一 席 之 地

潘习龙　著

中国人民大学出版社
·北京·

编辑手记

这是一部风格独特、在对现实的荒诞讽刺中仍满怀希望的小说。

（一）文学青年的奋斗史充满正能量。

《一席之地》讲述了京都大学中文系学生黄龙毕业后的人生经历，展现了一个出身普通但最终获得社会认可的年轻人所拥有的价值观、爱情观及精神风貌。

现实是冰冷残酷的，但作者传递给读者的不是绝望，而是希望。

黄龙怀着在中国文坛上一举成名的梦想，在大学时期就完成了长篇小说《药》，他不愿意草率出版，而是千万遍修改，希望自己的作品变成一部旷世之作。

他恋爱遭受挫折，女朋友嫌他穷酸不务实，弃他而去；工作也遭受挫折，中文系高材生毕业后入不敷出，还要依靠做家教贴补生活。他的作品不断被拒，心理上遭受一次又一次的打击，但黄龙始终没有放弃自己的梦想，而且他幸运地碰到了拥有同样梦想并且单纯质朴的女孩凤子，两人虽然经济拮据，住着四处透风的出租房，却享受着甜蜜的爱情。最终黄龙获得了春蕾文学奖，在文坛上拥有了自己的一席之地。

（二）纯美爱情温暖都市男女。

小说浓墨重彩地讲述了黄龙与凤子美丽的爱情故事，正是因为拥有爱情，黄龙才有了面对打击的勇气和执着。虽然周围的一切都在发生戏剧性的改变，但他们彼此的感情却历经诱惑、物欲、压力而始终不变。

（三）真实再现高校的管理现状和微妙的人际关系。

黄龙的老师文八斗原本是个玩世不恭的文人，但现实把他拖进了勾心斗角的泥坑。在领导长期打压排挤之下，他心灰意冷，决定出家但又缺乏勇气。最终文八斗终于迎来了咸鱼翻身的机会，当上了中文系系主任。他在自己曾经深恶痛绝的规则中如鱼得水，拉帮结派，不遗余力把自己的同学和亲友引进到中文系。

（四）小说语言风格独具一格。

小说运用诙谐幽默的行文风格，大量运用夸张、比喻、抒情、讽刺等写作手法，让读者在一笑之后回味无穷。

当黄龙被初恋女友伤害的时候：

……她很勉强地给了他一个吻——一个冰冷的吻、绝望的吻、让人毛骨悚然的吻、人类爱情史上遗臭万年的吻！她只是露出了一点点舌尖，像冒出桌面的钉子头，刺伤了他的唇、刺碎了他的心。这人世间呀，原来有"三索"：第一是索债，第二是索命，第三是索吻。

……喝醉之后，黄龙对着镜子苦笑，捂住脸痛哭。他在心里骂自己贱贱贱——赤裸裸的贱，恬不知耻的贱，孤苦伶仃的贱！

而当黄龙遇到凤子时，终于品尝到爱情的滋味：

冬天，出租房的窗户关不严，贼风从缝隙里溜进来。黄龙先用卫生纸堵住缝隙，再用透明胶贴上，但还是不管用。黄龙早早上床，帮凤子把冰冷的被子捂热。黄龙让凤子戴着帽子睡觉，凤子说不太习惯。他们只好把脑袋钻在被子里避寒，黄龙用手把被子分成一个个小区间，区分出卧室、会客室、电影院……他还在被子的边上支起几个出气孔。黄龙说一床被子就是一座皇宫，宫殿里住着王子和公主。凤子说她不想住宫殿，也不想当公主，她只想住蒙古包。他们将变成一对牧羊夫妻，那才是人生最大的幸福。黄龙只好用拳头在被子的中央顶了顶，皇宫瞬间变成了凤子心仪的蒙古包。

书中还有很多精彩的描写或让人忍俊不禁、或让人心有戚戚，值得细细品读。

希望作品中的人、读作品的人以及作品本身，都能找到属于自己的一席之地。

目　录

第一章

毕业典礼

清晨的校园格外宁静。不知原本如此，还是毕业生特有的心境。

中文系宿舍楼前拉着两条俗套的标语："欢送中文系毕业班同学"，"今天是母校的学子，明天是祖国的栋梁"。

504 宿舍，两个高低床相向而立。

门外响起了班长赵大业的敲门声："504，起床了！九点准时参加毕业典礼。"

钱百毅飞身下床，他撩开白龙的蚊帐骂道："别他妈的做僵尸状了！毕业典礼有个鸟意思，还不如咱们联机玩游戏，你要是赢了我，我就请你下馆子。"

韩立伸出头来附和："真有这等好事？我陪你玩！"

钱百毅骂道："韩立，老子和你同室四年，什么时候骗过你？老子请你吃过多少顿，你还记得清吗？"

韩立不急不躁，满脸堆笑："咱们钱大哥就是够哥儿们。"

钱百毅对韩立的讨好并不领情："别他妈的请吃一顿快餐就叫大哥，

我要请你吃一顿海鲜，你不就叫我大爷啦？赶紧帮我把短裤洗掉!"

韩立嘿嘿干笑："好好好，回头给钱大爷洗。"

男一号黄龙的蚊帐里传出了动静："中国人全凭几张纸活着：出生证、身份证、毕业证、职称证、工作证……"

朝阳拖出长短胖瘦的四条人影——黄龙、白龙、钱百毅、韩立，这便是 504 的全部。

黄龙，湖北的瘦龙。二十四年前，农历闰七月，百年一遇的酷暑。波涛汹涌的五丰河变成了涓涓细流，洪湖干得底朝天。经过无数的祈盼与失望之后，村民们对下雨已经失去了信心。一天中午，天边突然滚过一阵闷雷，像由远及近的战车声，一堆乌云从东南角席卷而出。一袋烟工夫，蓄谋已久的暴雨倾盆而下。在雨水落地的瞬间，一个婴儿降临人间。男人举着一块尿布兴奋地在暴雨中狂奔："我黄老幺也有儿子啦!"这个婴儿就是黄龙，黄袍加身的"黄"，真龙天子的"龙"——这是黄龙从父母那儿听来的传奇故事。五岁时，大字不识几个的黄龙，拿着一本图画书讲故事。虽然他讲出来的故事和书中的情节完全不同，但他能自圆其说，让小伙伴听得津津有味。他细心观察身边的一切，对于文学天才而言，一张脸，一棵树，流动的水，飘过的云……眼前的一切都是绝佳的文章。上学之后，黄龙的每一篇作文都是范文，被同学们争相传阅。黄老幺觉得儿子是老天爷赐给他的文曲星——李白转世，苏轼再生。黄龙暗忖，自己更像法国大文豪雨果，因为他们都是久旱逢甘雨时降生的。

白龙，陕西的睡龙。他的床上整整齐齐地摆放着书籍、食物、水杯、台灯……扎紧蚊帐，这儿就是一处世外桃源。据说，他从小就患了一种"婴儿病"，一看到床就情不自禁地想扑上去，一天不睡上十二个小时就会犯困。但室友们发现他躺在床上并没有睡觉，而是双眼直视蚊帐顶，像天文学家那样漫无边际地胡思乱想。刚入校时，白龙也曾有过热情似火的梦想，有过和赵大业一样远大的政治抱负。白龙曾担任过中文系宣传干事，负责宿舍前的黑板报。领导说，只要把这块黑板报办好了，他就是下一任的宣传部长。到了大二，黑板报办得有声有色，"宣传部长"却遥遥无期。郁闷的时候，白龙请前黑板报版主喝啤酒，得知领导对十多个干事都有同样的承诺——拿乌纱帽当诱饵，吸引新生帮忙干活。等到大家觉醒的时候，大学已经毕业了，另一拨新生顶了上来。白龙愤怒地扔掉了水彩笔，一头钻进了蚊帐。

　　钱百毅，山西富二代。据不完全统计，他家有五套别墅、五个后妈、十几个公司和几十个铺面。放假说声回家，谁也不知道他回了哪个家，见了哪个妈。"咱家既不是挖煤的，也不是卖醋的。俺爹既没那么黑，也没那么酸。"钱百毅所有的看点都在那张肉嘟嘟的脸上，他整天乐哈哈的，俨然一副妇女之友的模样。那张嘴，肥厚、外翻、前突，生在穷二代脸上叫"八戒嘴"，生在富二代脸上叫"性感嘴"——天生为接吻而生。

　　韩立，黄龙的老乡，苦大仇深的遗腹子。他像高尔基一样从小丧父，像高尔基一样当过搬运工，像高尔基一样二十四岁发表处女作，韩立和高尔基有无数个相似之处，唯一不同的是缺少了列宁这样的领袖的关怀。大学四年没有从家里拿过一分钱，韩立居然奇迹般地活了下来。韩立，不会耸肩、不会尖叫、不会流泪、不会爆粗、不会网络语，一脸傻傻的笑，活脱脱小老头子一个。韩立对自己一成不变的傻笑做了解释："上高中时，我娘为学费砍掉了门前的一棵大槐树，我就流干了最后一滴眼泪，我的表情从此定格。"

在中文系毕业典礼上，系主任朱秀德端坐中间，两位荣誉系主任黄厚德和江有德分列两边，这个座次十五年没动摇过；黄厚德致开幕词，朱秀德做主题报告，江有德致闭幕词，这个程序十五年没动摇过；朱秀德布置当前工作，黄厚德回顾艰难岁月，江有德展望美好未来，这个内容十五年没动摇过。

黄龙躲在会场的角落静静地欣赏《巴黎圣母院》。他瞥见文八斗老师靠在另一个角落里看书，不知道是《巴黎圣母院》，抑或是《悲惨世界》？世界名著是黄龙的第一情人，他每天和这些情人厮混在一起。如果他被某文豪的作品所吸引，他会把这位文豪的全部作品一口气读完，有中文版的看中文版，没中文版的啃英文版，只差把大文豪的灵魂生吞活剥。他总结文豪的时代背景，揣摩文豪的心理状态，分享文豪的喜怒哀乐。名著让他不能自拔，就像一个爱好电脑游戏的顽童，十多个小时不过弹指之间。

黄龙断断续续地听到朱秀德的讲话："……有一句关于离别的歌词：'我送你离开，千里之外，你无声黑白'。无论同学们走到哪里，老师的心永远与你们相伴。祝福你们飞得更高、飞得更远……"黄龙因《千里之外》勉强抬了抬眼皮。

在朱秀德慷慨陈词之后，赵大业代表学生发言："各位老师、各位同学：首先请允许我代表全体同学感谢我们的母校和老师，感谢你们四年来的悉心教导和精心栽培！作为即将离开京都大学的学子，我一直在思考：我们在社会浪潮中该如何传承文化，又该如何在此基础上有所超越？子曰：大道之行也，天下为公……庄子曰：吾生也有涯，而知也无涯……辩论场上的激情四射，科研上的争占鳌头，田径场上的欲领风骚……"

钱百毅在黄龙的背上轻轻戳了一下，504的四位鱼贯而出。

白龙对钱百毅说："赵班长正讲你在田径场上独领风骚，你怎么不愿意听了呢？"

钱百毅鼻子里哼了一声："老子听到他的抒情排比句就恶心！"

散伙宴会

504室传出了玩电脑游戏的尖叫声。玩游戏的时间总是过得飞快，转眼到了中午，504急匆匆地赶往园丁餐厅参加散伙宴。等到他们来到大厅，这里早已酒气冲天。除了中文系毕业班的学生，部分授课老师也受邀参加，自然少不了头面人物"三德三炮"：黄厚德、江有德和朱秀德；小钢炮、小铜炮和小洋炮。钱百毅、韩立、黄龙、白龙、赵大业、丘月、孟春雨等人坐在一张桌子上。孟春雨一个劲儿黏着钱百毅，丘月却不愿和黄龙坐在一起。同样是谈朋友，冰火两重天。丘月不停地和钱百毅说笑，和孟春雨嬉闹。乍一看，还以为钱百毅有两个女朋友。丘月的嬉闹更加衬托了黄龙的孤独。黄龙不由自主地想起了经历过的一幕一幕，顿时感觉周身汗毛倒竖。"汗毛倒竖"与"毛骨悚然"表面上差不多，事实上南辕北辙。"汗毛倒竖"，汗毛经过一百八十度的痛苦旋转之后，颤颤巍巍地倒立起来。不仅普通读者无法理解"汗毛倒竖"这一奇观，就连专看疑难杂症的老中医也没见过这种怪病。黄龙感叹自己居然找了个毫无感情的木头女朋友。

在丘月的眼中，黄龙啥也不是。学习成绩平平，家庭条件一般；跑步像蜗牛，唱歌像黄牛，这样的男朋友丢死人了。还什么文艺青年？写几句酸溜溜的狗屁诗，谁也看不懂，自诩"朦胧"。当丘月无比苦恼的时候，黄龙也是苦恼无比。他低三下四地维系这份摇摇欲坠的恋情。

一个班上的同学，低头不见抬头见，狗屎也得吃四年。更何况，在那热情似火的青春期，拥抱一块冰冷的石头总比拥抱空气要强，石头毕竟给人带来物感。男生身边带着一块石头总很耀眼，无论宝石还是顽石。况且黄龙幻想着，只要他用心去捂，顽石也能孵出小鸡。

毕业的去向不同，大家的心境自然不一样。赵大业是个官迷，冲着"保底省部级，最高政治局"的人生理想活着，所有的行为都是为这一理想添砖加瓦。毕业之后，他找到了一家央企，为理想迈出了坚实的一步。赵大业在各酒桌间游弋，给每位老师单独敬酒，拿客套话温暖着老师们的心。他还给一些有出息的同学敬酒，拉着一些同学在角落里喁喁私语。

黄龙不想挤到"三德"面前凑热闹，而是径直过去给文八斗敬酒。白龙也跟了过来。文八斗说："黄、白二龙，你们是非常少见的文学天才，希望你们在文学道路上越走越远。"黄龙很虔诚地听着，白龙不置可否地笑笑。

钱百毅的心情糟透了，因为中国男足又输球了。只要中国男足输一次球，钱百毅就痛苦地死一次娘。中国男足每天都输球，钱百毅每天都死娘。钱百毅感慨："中国男足和巴西男足有着惊人相似之处，就是带球时喜欢拖泥带水。唯一的区别是巴西队把足球拖进了别人的球门，中国队把足球带进了自家球门。"

当男生们喝得东倒西歪的时候，女生们早已喝得死去活来，好像死刑犯喝了这顿酒就奔赴刑场似的。钱百毅突然停止了嚎叫，冲向洗手间，坐在一旁的韩立太监似的跟了出去。钱百毅趴在盥洗盆上，双眼紧闭，全身颤抖，好像临死前最后的抽搐。经过两次干呕之后，突然"哇"地一声，一条七色彩虹飞了出来，依稀能分辨出红烧肉、蹄筋、带鱼之类的碎片。韩立像捣鼓一样捶打钱百毅的后背。彩虹一次次飞起落下，地上和盥洗盆里一片狼藉，整个洗手间里弥漫着酸腐臭味。胃肠是一个多么龌龊的魔术师啊！香醇美酒在里面打个转身，就变成了如此肮脏的东西。呕吐如瘟疫，又有几名男生冲了进来，卫生间里顿时霞光四射。女卫生间里也传出了哇哇的惨叫声。

韩立关切地问："没事吧？"

钱百毅连连摆手："没事，没事，吐了就好了。"

仅仅三秒钟，钱百毅把刚才的垂死挣扎忘得一干二净。他活力四射，投入到新一轮的搏杀中。

钱百毅端起酒杯喊叫："人生难得几回醉，此时不醉待何时?!"他不知从谁的屁股后面捡到了这句破诗，每次喝酒之前免不了嚎叫两遍。

黄龙笑着说："你是人生难得几回清醒。"

这句话惹火了钱百毅，他揪住黄龙嚎叫："喝了这杯酒，即使死了也值得！"

"钱百毅，我酒精过敏胜过青霉素过敏！"

"咱们同室四年，我从来没有逼你喝过酒，但今天必须喝。你他妈的，既不抽烟，又不肯喝酒，你还是不是男人啊？"

钱百毅边说边抓住黄龙的脖子灌酒。黄龙一把将酒杯打翻在地，扭头跑出餐厅。丘月一声不吭地埋头啃鸡腿，好像什么也没发生似的。一只鸡腿就是一个世界。

孤独的龙

黄龙独自在宿舍清理物品。他有些后悔，犯不着在离校前折腾得不愉快。但钱百毅明知他不能喝酒，还强行灌酒也太伤自尊了。此时此刻，除了失落，就是伤感。大学四年，失落和伤感如孪生兄弟，一直陪伴在黄龙左右。

黄龙把废弃的物品全部扔到走廊上。走上社会之前要懂得放下，首当其冲的是大学教材——最笨重最不值钱的货色。正当他清理行李的时候，一本书从书架上掉下来，砸在他的头上。他捡起来一看，是一本《中国文学概论》。翻开扉页，上面留着稚嫩的笔迹："主讲老师黄厚德"。这是他在京都大学听的第一门课，当时的情景历历在目。黄厚德摇着轮椅上了讲台，女同学激动得热泪盈眶，仿佛轮椅上坐着一块价值连城的化石。黄厚德中过风，吐词不清。当他说不清楚的时候，偶尔在黑板上画上几个字作注解。黄龙暗想，如果他当老师，不管讲课多么牛逼，一定会在六十岁时滚下讲台，彻底退休，退得连"会长"、"荣誉主任"、"顾问"之类的虚职也不兼任，别厚着脸皮在那儿障眼碍事。理论上讲，黄厚德讲《中国文学概论》应该头头是道——他就是一尊文学发展的纪念碑。遗憾的是他讲了三句就跑题了，跑进了那艰难的岁月，跑到了有实权的正部级学生那里去了。下课铃响的时候，他才意识到离题太远，但已经没有工夫杀回马枪了。黄厚德自言自语地感慨时间过得太快，一生不过一眨眼。黄厚德偶尔舞文弄墨，指手画脚地写一些文学评论。他用文章向世界宣布：第一，没死；第二，老年痴呆。

大学四年，黄龙不怎么热爱生活，却把生活抓得很紧。他酷好文学，但不喜欢学校开设的文学课，这是一个没学过中文的学生没法想象的失落与无奈。刚入校时，大家还文绉绉地谈论世界名著，谈论名著上的标点符号，似乎领略到了名著的精髓。但一开口，黄龙就知道这帮家伙根本不懂文学。这群人鹦鹉学舌地背诵贾宝玉的肖像描写，仿佛自己成了红学权威。他们没有读懂作者创作的初衷，没有成为作者的精神伴侣，也没有读懂作品的意境，最多只是贩卖评论家的说辞。黄龙觉得把同学当成普通人交往，都是些不错的人；非得说是什么文人，未免有些俗气。大家混熟之后再也不谈名著了，而是讨论做家教时的见闻：哪家大方，哪家抠门；哪家豪宅，哪家高干。他们谁也不嫌谁讲得粗俗，不粗俗就没有朋友，人么，讲话至少有个伴儿。

正当黄龙浮想联翩的时候，同学们从散伙宴上胜利凯旋。钱百毅友好地把黄龙拥抱了一下，一切不愉快顿时烟消云散。钱百毅拉着黄龙去参加毕业班专场舞会。黄龙推说感冒了，正准备上床捂汗。钱百毅转头拖着韩立一路奔向舞厅。

众所周知，钱百毅是舞厅的白马王子，孟春雨是舞厅的白雪公主，"百毅春雨组合"是舞厅里最大的看点。韩立是天生的舞盲，无论钱百毅如何扫盲，也没扫到他脑袋里的那个盲区。韩立坐在一旁观望，他不明白为什么音乐一响，那些傻帽就知道如何跳，真是太奇妙了。他总纳闷，四条腿分别长在两个人的身上，分别由两个脑袋指挥，为什么配合得那么流畅？他自己一个脑袋指挥两条腿，居然还有绊跤的时候。

韩立，天生一副寒碜相，自然没有勇气邀请美女跳舞。他突然瞅见身边有两个被忽视的丑女，脑袋大，脖子短，头发披着，脑袋缩着，像两只躲在墙角的蛤蟆。她们一直用蛤蟆眼盯着舞池里一只只移动的腿，好像那些腿就是害虫。韩立犹豫了老半天，总算鼓起勇气和丑女搭讪。原来两只蛤蟆和他是老乡，他没有想到洪湖的蛤蟆跳到了北京。

韩立没有管住嘴巴，居然漏了一句："你们俩是姐妹？"

两个丑女同时瞪大眼睛，惊愕地问："你是怎么看出来的?!"

韩立以为自己猜对了，洋洋得意地说："你们长得像双胞胎似的！"

两个丑女同时大怒："岂有此理！太伤自尊了！"她们同时扭过头，不再搭理他。韩立赔上两瓶可乐，总算摆平了这两个活宝。

光看不练不是事儿，韩立的内心燃起了难得的躁动。他想邀请其中一位丑女跳舞，无论邀请哪一位，韩立都有足够的信心。韩立首先邀请丑女甲，甲嘴巴上说"不太会"，但还是欣然接受邀请。舞曲响起，韩立拖着丑女甲在舞池里来回游弋。丑女甲也不知道自己的分量，居然不主动配合。韩立把她拖来拖去，像黄牛犁地似的来回转动。一曲下来，韩立累得满头大汗。

韩立原准备邀请丑女甲之后，再邀请丑女乙，但犁地一圈，实在牛困人饥，丧失了犁第二块地的勇气。韩立看到丑女乙摆在脸上的不高兴，他只好逃离舞厅，一路小跑，不时回头张望，担心甲乙追索过来，包抄合围。

韩立回到宿舍，倒上一杯开水压惊，"嗖……嗖……"地喝着。

黄龙："韩立，你在喝肉汤啊？怎么'嗖'得这么香？"

韩立："你怎么知道是我回来了？"

"能不知道吗？全世界就你这么夸张地喝水。"

"今晚心情好，开水变成了肉汤。"

"让我分享一下。"

"今天走桃花运了……"

黄龙从蚊帐里探出头来，听别人的桃花运比自己身临其境还要过瘾。韩立绘声绘色地讲述两只蛤蟆的故事，还学着蛤蟆的样子从门跳到窗子，七步；又从窗子跳到了门，七步。

深夜，三位室友还没入睡，钱百毅的蚊帐里传来了孟春雨的呻吟声。在这四年里，钱百毅一直暗恋孟春雨嫩白嫩白的大腿。课堂上，钱百毅直勾勾地看着孟春雨，孟春雨直勾勾地看着赵大业，赵大业直勾勾地看着窗外的小鸟，小鸟直勾勾地看着唾沫横飞的老师……这是京都大学最奇妙的食物链。钱百毅曾经说过："谁拥有了孟春雨，谁就拥有了整个北京城的春天。"小鸟曾经说过："谁拥有了老师口中的唾沫，谁就拥有了整个青岛啤酒厂。"

孟春雨是个春意逼人的美女。那鸭蛋脸儿，天生就是拍艺术照的坯子。随便拣几张照片制成挂历，足以让全中国的男人患上狂犬病。她妈看了她的艺术照，居然一眼没认出是自家闺女。有多少男生追过她，恐怕只有上帝知道。像钱百毅这样不学无术的富二代，只能算个编外人员。孟春雨心目中的白马王子是赵大业——一个有理想、有抱负、有家庭背景的青年。但赵大业是官迷，爱江山不爱美人。他像练过《辟邪剑谱》似的，对女色毫无兴趣，每天穿梭于各种社交活动。在他的人生规划中，根本没有和孟春雨的这出戏。在追求赵大业无望的情况下，孟春雨突然把自己贱卖给了钱百毅，以此惩罚赵大业的傲慢。孟春雨说，她被钱百毅的执着所感动。女人很容易被男人的执着感动。她们最终不是爱上了男人，而是爱上了男人的执着。

当蚊帐里传出呻吟声时，不仅钱百毅拥有了春天，整个504也画饼充饥地拥有了春天。黄龙曾经想收获一个秋天，他像一个饿死鬼，盯着美味佳肴盯了四年，从未尝过一口。丘月犹如一台编好程序的电脑，牵手两个月之后开始拥抱，拥抱两个月之后开始亲吻，亲吻两个月之后有下身冲撞。但任凭黄龙左冲右突，他也没能突破那条碎花短裤。只要黄龙想突破，丘月的电脑即刻死机。黄龙无数次重启，丘月无数次死机。丘月太有定力了，定得像一名圣姑。丘月说："是你的终究是你的，不是你的也别再勉强。"一贯自信的黄龙对爱情的所有权超级没信心，感觉自己只是一名保管员，有责任将这段爱情分毫不差地交给真正的所有者。他躲在蚊帐里吃着画饼，当白色粘稠物湿透内裤的时候，他迷迷糊糊地睡着了。

床头的电风扇突然停止了转动。一栋栋宿舍楼像一群发情的母狗，一起骚动起来。有人冲上楼顶骂街，有人跑到操场上裸奔。

安营扎寨

天蒙蒙亮，毕业班学生早早地骚动。有人蹲在厕所里学鬼叫，有人躺在床上唱情歌，有人在走廊里看黄色小说，有人慌乱地清理物品。大伙像一群昏了头的蚂蚁，漫无目的地乱跑乱抓。黄龙来不及吃早餐，匆匆赶往丘月的宿舍搬行李。宿舍里早已人去楼空，屋子中央堆着一大堆废纸和遗弃的物品，垃圾中夹杂着一只玩具狗熊。这是他送给丘月的第一份礼物，是半个月没有吃早餐换来的。黄龙默默地拾起哭泣的狗熊，紧紧地攥在怀里。他给丘月打电话，她没有接听。

黄龙拖着行李缓缓地走出校门。回首凝望，"丁字裤"校门萎靡不振地趴着，失去了往日的性感。黄龙清楚地记得，校长在开学典礼上说校门是"T"字造型。"T"隐含了无数催人泪下的故事，"T"浓缩了整个京都大学的历史。但同学们都习惯把校门叫"丁字裤"。一横是上面挡雨的，一竖是支撑的，一钩是保安亭。来来往往的学子，不是钻入"丁字裤"，就是从"丁字裤"里钻出来。

黄龙对着"丁字裤"吐露心声："京都大学并不像想象的那么美好，也没给学生带来多大的帮助。"很多人回忆大学时的美好时光，那是很多年之后虚幻的回忆。时间是最优秀的酿酒师，把最糟糕的糙酒酿成了最醉人的琼浆，把最蹩脚的"丁字裤"讴歌成了最成功的凯旋门。

永别了，京都大学；永别了，"丁字裤"。

黄龙站在公交车上，肩上挂着包，手上拎着袋，腿下夹着破棉被，四肢并用管住了生活的全部。他想起妈妈曾给他求过一支签，上面写着一个"旅"字。算命先生说这是一支上上签。"旅"代表两层含义：第一层含义，好男儿志在四方，不会像父母那样终身和泥土打交道，一定会干出大事业，衣锦还乡；第二层含义，官员的代称，部队里面不是有旅长吗？妈妈听了很受用，除了给算命先生求签费，还额外送给他十个鸡蛋算作小费。今天黄龙终于明白"旅"原来是漂泊。他打心底佩服算命先生的远见卓识，算准了他这辈子住出租房的命。

两室一厅的出租房里住着很多人。黄龙和另一位各住一间，客厅里挤着一群小商贩——卖假发票的、烙饼的、贩水果的、修鞋的、送快递的。单间每月六百块钱，客厅每月的床铺费 100 块钱。小商贩比黄龙富有得多，但他们都吝啬得要命，赚回来的一分一厘都如数存入银行，年底带回家养老婆孩子。黄龙问："咋这么抠门？"小商贩回答："你有老婆小孩之后就会明白一个道理：钱就是命，命就是狗屎。"小商贩很难洗一次澡，换一次衣服。黄龙把房门紧闭，把窗户开一条小缝，这样才能抵挡客厅里的臭味。偶尔开门的时候，冷气与臭气形成一个强大的怪异的漩涡。通过这个漩涡，气象学家可以摸清台风的运行规律。

傍晚，黄龙一个人在小街上漫无目的地行走，走累了就从宣传员的手上接过两张广告纸，一张垫在屁股下坐着，一张捧在手上。广告单上写着二手房信息，一套房少则两百万，多则上千万。他没想到宣传员会这么抬举他，居然把他当成了目标客户。

马路边卖鞋子的铺面播放着响亮的动感音乐。为了踩上音乐的节奏，黄龙明显加快了脚步。过路人都在踩鼓点，都在强劲地扭动着屁股。黄龙想，如果他将来开店，一定用慢节奏音乐招揽顾客。

黄龙路过一家理发店，下意识地摸了摸头，走了进去。

"剪头多少钱？"

"洗剪吹，二十五块。"

"这么贵啊？单剪呢？"

"我们这儿没有单剪，最便宜的就是洗剪吹的套餐了。"

"这不是套餐，是绑架！"

理发店的女孩只是轻蔑地看了看黄龙，并不答话。

黄龙气恼地走出去，拐进隔壁一家服装店。经过服装店轻音乐的洗礼，他感觉心情好了许多。黄龙经过另一家理发店问价格，也是洗剪吹二十五块。黄龙没有勇气还价了，任凭理发店绑架。洗完头之后，女孩帮忙捏头捶背，还问黄龙要不要掏耳朵。得知掏耳不需要另外收费时，黄龙接受了这个超值服务。他本来没有掏耳的习惯，只觉得赠送项目浪费了可惜。随后的几个小时，黄龙的耳朵一直隐隐作痛——赠品实在不是什么好东西。

黄龙漫无目的地行走，他不停地向行人点头，但对方大多面无表情。他终于明白，散步不是为了消遣，只是想找个人说话。孤傲的黄龙同样需要朋友。他感觉自己是一团飘浮在北京街头的雾霾——既污染环境，又阻挡视线。

走累了，走饿了。黄龙来到一家小吃店，点了一份红烧鲫鱼和一碗青菜汤。有荤有素，有菜有汤。他要让肠胃好好地放纵一下。收银台后面的女孩长得很胖，像一大块肥肉墩在椅子上。她穿着短裙，套着长筒丝袜。黄龙一向对丝袜情有独钟，但这次实在忍无可忍。女孩不由自主地抖动肥肉，似乎向顾客炫耀那个富饶的地方。

黄龙正在欣赏那张胖嘟嘟的脸，却发现胖女孩死死地盯着门外。黄龙顺着她的目光看出去，只见一条灰色的流浪狗正在小吃店门前嗅来嗅去，显然被香味勾走了魂。它身上沾满了泥土和污垢，瘦骨嶙峋，但体格高大，神态凛然，一看就知道它曾经的辉煌。

胖女孩突然起身，冲出门外，照着流浪狗飞起一脚。流浪狗躲闪不及，屁股上重重地挨了一下，"嗷"的一声惨叫，消失得无影无踪。这世道，人不可貌相。没想到胖墩墩的女孩竟有如此的身手，算得上当代武松。

足足二十分钟，胖女孩一直沉浸在"打狗英雄"的成就感之中。她万万没有想到，流浪狗居然一颠一颠地又嗅了过来。饥饿让它忘了疼痛，忘了尊严。在胖女孩再次出腿之前，黄龙赶紧端着盘子跑了出去，把鱼头倒在地上。流浪狗立刻扑上来，叼着鱼头跑掉了。胖女孩感慨："唉，人和狗一样，每天活着，就是为一口吃的。"黄龙回头看了看胖女孩，他惊讶地发现打狗英雄转眼变成了哲学家。

晚上，黄龙躺在床上玩手机。他快速滑动滚动条，号码像蝗虫一样从眼前飞过，他实在找不到一个值得联系的朋友。上大学时他很孤独，但还没有这么强烈地需要朋友，而且至少有个丘月可以吵架，有个文八斗可以厮混。想到文八斗，他想到了围棋。

他从房间走到客厅，询问这群小商贩有没有人会下围棋。一位年轻商贩自称是"围棋高手，专业水准"。黄龙像抓到了救命稻草似的，赶紧从房间取出木板棋盘，说一定要拜他为师。其他小商贩围上来看热闹。

一个商贩说:"这棋子上连个字都没有,咋知道哪颗子大、哪颗子小?"

另一个商贩附和:"是啊,军长吃师长,师长吃旅长,才能比出输赢啊!"

年轻人故作高深地说:"你们不懂就别嚷嚷,慢慢看就看出门道了。"

落子五轮之后,黄龙知道年轻人完全不懂围棋。他对活棋的理解:只要有两个空就是活棋,似乎身上长洞的地方就是鼻子,就能呼吸。

黄龙失望地说:"兄弟,今天咱们就别下了。我送你一本棋谱,等你看熟了,再和我较量吧。"

年轻人显然对黄龙的藐视有些不高兴:"我才不看棋谱呢,除非我吃得撑着了。下棋不就图个好玩吗?棋下得太好了,反而就不好玩了。"这句话说得很在理,这或许就是黄龙孤独的原因。

黄龙用红肿的双手捧起《药》的手稿,这是他大二时完成的一部长篇小说。他千万遍地推敲,足足改了三年。黄龙觉得人生哪怕做成一件事,这辈子也不虚此行了。《药》承担了"不虚此行"的大任。

黄龙突发奇想:何不让自己的左手和右手来一场围棋赛呢?左手侧重捞实地,右手侧重大模样。左手赢了,就打右手一巴掌;右手赢了,就打左手一巴掌。结果两只手杀得难解难分,左手把右手打红了,右手把左手扇肿了。最后,两只手不得不握手言和,因为再这样打下去,一定会闹出人命。

埋锅造饭

第二天早晨,黄龙给丘月打电话,无人接听。黄龙并不感到奇怪,丘月不接听属于正常现象,接听了算是意外惊喜。既然爱情不在服务区，黄龙只好盘算自己的生活。

黄龙本来是一个不会算计的人，但现实大大地提高了他的数学水平。他在心里盘算，每天在外面吃，一天至少要四十块钱，一个月要花一千二百块。对富人来说，那十二张纸还不够付歌厅小姐的小费；对穷人来说，那叫沉甸甸的生活。

洗过脸之后，黄龙下楼谋生活去了。他先到路边一个卖煤气罐的小店转悠。那儿出售五十、十五、五公斤的煤气。他不敢买大罐的，一则太贵，二则不方便。他要了一个五公斤的迷你小罐，连罐带气两百块钱。黄龙在电视上看到的有关煤气爆炸的新闻，让他对煤气罐非常恐惧，仿佛那是一枚定时炸弹。小罐一旦爆炸，威力有限，至少能留下一副供亲人瞻仰的遗容。

黄龙围着煤气灶转悠。最贵的煤气灶两千块钱，最便宜的单灶二十块钱。黄龙在最昂贵的煤气灶上敲敲打打，摆弄了半个时辰，最后果断地买下最便宜的单灶。黄龙的转悠，如同篮球明星的虚晃，无非是想向店主表明咱们不是买不起豪华煤气灶，只是家里实在没那个需要。这款廉价的单灶，色彩鲜艳，造型夸张，做工粗糙，拥有粗俗女人所具备的全部特征。

十点半，黄龙再度出山。厨具店的老板娘是个中年妇女，五大三粗，还长着小胡子。黄龙犹豫片刻之后走了进去，心想买东西又不是买媳妇。店里的锅碗瓢盆很齐全，足以让黄龙完成一站式采购。黄龙拎起一个炒锅询价，老板娘说九十九块钱，还连连恭维黄龙："好眼力！这款炒锅举世无双的皮实，把炒锅往头上一顶，天上掉下原子弹也安然无恙。"黄龙被老板娘的话逗乐了："大姐，你是在卖炒锅，还是在卖导弹防御系统?"黄龙摘下一个标价十二元的炒锅，问能不能便宜点。老板娘顿时大倒苦水，说什么本小利薄，本身就不赚钱，再加上房租、水电、税务三座大山，完全是亏本经营。黄龙觉得自己成了信访局局长，无言以对。他自知理亏，再也不敢讨价还价。勺、盘子、碗、筷子、食用油、热水瓶、热水壶、抹布、洗洁精……总共花了三百多块钱。小厨房大社会，不当家不知柴米油盐贵。

老板娘拿了两个黑色塑料袋，把全部家当装进去。黄龙左手一个，右手一个，步履蹒跚地走向出租房。很多大款到银行提现金也是用黑色塑料袋。黄龙想，如果拎回去打开一看，里面全部是百元大钞，那该怎么办啊？难道半路有人调包了？他是应该报警，还是把钱黑了？到了出租房，他迫不及待地打开黑袋子，里面仍然是锅碗瓢盆，一连串的问题纯属自作多情。他把物品一一拿出，在小桌子上排兵布阵。八平方米的小室，兼顾了卧室、书房和厨房三大功能。黄龙在锅上敲一下，在盆上拍一下，好像这堆锅碗瓢盆能演奏出贝多芬的命运交响曲。

十一点半，黄龙三度出山。他来到一家名叫"家家福"的小超市。这个超市的名字看起来眼熟，似乎在哪儿见过。原来小超市的名称、颜色、广告词和家乐福非常相近，仿佛粉丝按照明星的模样整出来的山寨脸。黄龙买了黄瓜、豆腐、豆芽、鸡蛋，另加食盐、酱油、醋、色拉油、鸡精、胡椒粉、面条……

诸葛亮六出祁山，无功而返；黄龙三度出山，建立了牢固的回龙观革命根据地。生活原本如此简单，只是庸人把生活折腾得不堪重负。他打开煤气灶，一团蓝色的火苗在眼前摇曳，划出一束束温暖的弧线。豆腐炒豆芽，鸡蛋炒黄瓜，黄龙围着煤气灶跳来跳去，仿佛在表演一场篝火晚会。晚餐，鸡蛋豆腐汤，豆芽炒黄瓜，同样的四个品种，黄龙却做出了完全不同的菜肴。虽然他从来没见过餐馆做过豆芽炒黄瓜，但菜谱总是人发明的。世上本没有菜，炒的人多了，也便成了菜。广东人炒鼠炖猫就是这个道理。

晚上睡觉时，黄龙蜷着身子，他担心脚不小心掉进锅里，变成了红烧蹄子。次日早上，黄龙煮了一碗面，把剩下的半根黄瓜拍了拍，倒上醋，洒上辣椒粉，做成了一道凉菜。日子总能过下去，上帝关门的时候总会留着一扇窗，不会把人赶尽杀绝。

客厅里的六个商贩不约而同地打呼噜，声音震耳欲聋，更要命地是节奏不统一。你吹我拉，此起彼伏。早上，小商贩们相互指责，都嫌对方的呼噜声太大。黄龙连续两个晚上没法合眼，摆在面前的是学会适应，还是另攀高枝。第三个晚上，黄龙躺在床上，呼噜声再次响起，他却进入了一个奇妙的意境。儿时屋前屋后青蛙乱叫，一派美丽的田园风光。他用意念想象客厅里趴着一群青蛙，"听取蛙声一片"，一下就睡着了，做了一个甜甜的家乡梦。

洪湖家乡

时间，有时如闪电，眨眼即逝；有时如坚冰，无法消融。离上班还有几天，黄龙实在散发不出消融坚冰的热量，只好回老家去转悠一圈。

火车上，一名穿着妖冶、浓妆艳抹的女孩和黄龙并排坐着，她的打扮让人不由自主地想起了三个字——狐狸精。狐狸精拿了两个大包，一个放在行李架上，一个放在桌子旁，占据了乘客放脚的地方。黄龙坐在外侧，屁股只能挂着椅子的一角，脚放到过道上。黄龙示意狐狸精把包往里面挪一下，给他腾出一点落脚的地方。

狐狸精瞪了他一眼："我先上来的，这个地方我占住了。"

"公共空间是大家共用的。"

"既然是共用的，我占用也不算错吧？"

黄龙理屈词穷，无言以对。他背对火车前进的方向，看不到扑面而来的风景，而是感觉被狐狸精抓住衣领，拖着狂奔。

一个打工的男人带着小女儿坐在黄龙的对面。打工男胡子拉碴，上身套着破旧肮脏的衬衣，下身穿着牛仔裤，随身带着两个蛇皮袋。一看这行头，就知道是刚从建筑工地上下来的农民工。打工男带着一个三四岁的小女孩。小女孩打扮得花枝招展，根本不像农民工的女儿，更像狐狸精生出来的小狐狸。为了不让女儿太闹，不管女儿说什么，打工男都不停地答应。

"我要到中山公园玩。"

"没问题！"

"我要坐轮船。"

"没问题！"

"我要天上的月亮！"

"我帮你摘！"

"我要所有的星星。"

"没问题！我用渔网往天上一撒，全部给你拖回来。"

"哈哈哈！"女儿听得哈哈大笑，她的两只小手在空中乱抓，好像在帮爸爸收网。

黄龙的目光一直围着这只可爱的小狐狸打转。他忍不住笑了，跷起大拇指说："兄弟，你是世界上最好的爸爸。"

打工男憨憨地笑："做父母的都是一样！"

狐狸精面前放着一个化妆盒。她一直对着镜子做面部精装修，没有用正眼瞧对面的小狐狸一眼，好像小狐狸不是狐狸家族成员似的。打工男似乎受狐狸精的启示，他试图拽掉嘴唇上的一块死皮。死皮并没有他想象的脆弱，仍然牢牢地附在上面。

黄龙注意到打工男的嘴唇上渗出了鲜血，打工男无奈地舔了舔，算是结束了这次微创手术。隔行如隔山，死皮仍然高傲地翘在嘴唇上。打工男能搞定高楼大厦，却搞不掂一块小小的死皮。黄龙有一种强烈的冲动，他想拿起狐狸精化妆盒里的唇膏给打工男涂抹一下。如果真能这样，和谐号就变成了名副其实的和谐号。

颠簸七个小时，黄龙喝了七口水，吃了七块饼干。在武昌火车站下车，他看见车站门前有一家快餐店，玻璃橱柜里展示着十五块钱一盒的快餐。一个红辣椒切开后盖在快餐上面，像一个舞女的裙。黄龙吞了一口冷涎，来回走了两圈。他自言自语地说："十五块钱一盒，的确太宰人了！"他又仔细端详那诱人的裙，鲜红中透着火辣辣的性感。他下决心买一盒，这是他生平第一次在火车站奢侈地吃盒饭。黄龙还没反应过来，红裙裹着米饭卷进了肚子。其中的味道，只有肠胃知道。

黄龙转乘大巴车回家。黄家村坐落在两条河的交汇处，地处高高的河岸上，当地人把黄家村叫黄台。湖北省的宣传口号是"世界的中心在亚洲，亚洲的中心在中国，中国的中心在湖北。"黄家村在这句口号的后面加了三句："湖北的中心在洪湖，洪湖的中心在汉河，汉河的中心在黄台。"黄台人认为他们的口号比湖北省的口号更响亮。湖与河的中心有一台，你说那不是世界中心还能是什么？如果实在不认同"黄台中心论"，村民只好告诉你，黄台是全人类的诺亚方舟。

屋后是河，屋前是塘。河里有鱼，塘里有藕。这条河叫五丰河，是家乡的母亲河，记载了黄龙的成长经历。黄龙小时候和小伙伴一起到湖里摘莲蓬，他们把几十个莲蓬用麻绳穿起来，圈在身上，仰头看着天，顺着河水漂流，流到自家门后再上岸。

村头的大槐树仍然葱郁茂盛。上大学的前夜，唐老师曾经坐在槐树下，表情严肃地对黄龙说："你是文学天才，中国文坛上肯定会有你的一席之地。"黄龙怔怔地盯着唐老师，好像担心唐老师看走了眼。自负的骨髓里混杂了一丝不自信。

唐老师肯定地说："孩子，相信自己吧！做了一辈子的语文老师，从来不会轻易地说出这么武断的话。"

黄龙斩钉截铁地说："老师，我一定会努力学习，不会让您失望。"

唐老师语重心长地说："在这个世界上，每个人都在寻找自己的一席之地。最低标准是安身立命，最高标准是著书立说。"

想到这些，黄龙对着大槐树叹气。理想是老师嘴上的理想，现实是自己脚下的现实。黄老幺对儿子的工作深感意外，他甚至开始怀疑念叨了一辈子的吉人天相。黄大妈热切地望着黄龙，看儿子变胖了没有，变白了没有。弟弟黄虎对黄龙不冷不热，爱理不理。黄虎浑身上下全部是文身，文有各种图案，文了十一种生肖，唯独缺了一条龙。从文身就可以看出，黄虎对哥哥的仇恨并没随时间的过迁而淡化，而是随着时间的推移越积越深。黄虎和黄龙从小就不是一个道上的人，他们的朋友圈也完全不同。黄龙的朋友都是一些勤劳善良的老实人，黄虎的朋友都是能喝善吹的江湖兄弟。黄虎初中没毕业，死活不肯读书，和这群哥们儿混社会去了。黄龙做体力活不行，性格古板固执，做弟弟的自然不希望自己有这样的哥哥。黄龙是黄虎讥讽的对象，黄龙对黄虎更是嗤之以鼻。黄大妈只怨自己给两个儿子的名字没取好，每天在家里上演龙虎斗。

黄虎和他那帮朋友辍学之后，贩卖过鸡蛋、谷子、牛、布匹、酒，什么好卖就贩什么，什么利润大就贩什么。他们积累了一些资金，拉着农民进城承包工程。黄龙上大学时，黄虎已经拉着队伍在北京和武汉承包工程了。

黄虎的业务做大了，二郎腿跷得更高了。他对黄老幺说："爸，您不是从小就骂我是废物吗？有出息的儿子终于大学毕业了，您也老有所养了。"

黄龙忿忿不平地说："黄虎，你不要总认为父母偏心，当初是你自己不愿意念书啊。"

"爷爷是你害死的，不是你要学费，爷爷能到工地上打工吗？能从脚手架上摔下来吗？"

"血口喷人，小心老子揍死你！"

黄大妈赶紧上去拉开儿子："你们吵架别再把爷爷拿出来说事，让死去的人得到一点安宁吧！"

"大学生啊，还得学会眼观六路、耳听八方，否则一辈子只能住出租房。现在的大学生啊，连狗屁都算不上了。"

"有些人一辈子就知道吃喝玩乐，活得有什么意义呢？活着和死了又有什么区别？"

"你别以为自己在追求什么人生价值，听起来让人肉麻。一副穷酸相，还有什么价值可言？到村里溜一圈，看看乡亲的表情，就知道谁活得更有价值。"

黄虎的一帮狐朋狗友过来了，黄龙不想在家里待着，出门到村里转悠。他看到三个小孩在门前踢毽子，三人长得都很胖，根本跳不起来。他们用手拎着毽子上的羽毛，对着脚后跟比划了半天，才勉强把毽子勾起来。飞出去的毽子达到"鸡高狗远"才能计数。三个小孩争论不休，给自己计数时按小鸡小狗的标准，给别人计数时按洋鸡藏獒的标准。踢毽子是黄龙小时候常玩的游戏，他感觉自己的同龄人比现在这些小孩厉害得多。他们小时候踢毽要齐人高才能算数，眼下从人高变成了鸡高，不知是人类的进步还是退步。黄龙从小孩手中拿过毽子，示范了两下。三个小孩子都看傻了，纷纷要求拜他为师。

村里很多人都外出打工了，留守的村民，要么没有门道，要么没有手艺，要么好吃懒做，肯定各有各的无奈。看到他们三五成群地聚在一起打麻将，黄龙忍不住冒出一句："吃的是草，挤出来的是麻将。"这句话严重伤害了乡亲们的感情。村长阿混带头抗议："这是对新农村建设的全盘否定，这是对农民文化生活的严重污蔑。"

黄龙无处可逃，无趣地溜回了北京……

第二章

爱情之痛

黄龙终于打通了丘月的电话，爱情看似没有死机，只是出现了短暂的乱码。黄龙还没来得及抱怨她玩失踪，丘月就劈头盖脸地责备："你为什么不早点帮我搬行李，要这样的男朋友有什么用？你不来，我只好搭钱百毅的顺风车走了。"

"那你也得接个电话啊！"

"我心情不好，懒得接。"

"你觉得对别人尊重吗？"

"什么尊重不尊重啊，接了也是吵架。"

黄龙无话可说，只能选择沉默。全身的汗毛集体倒立，毛孔里冒着气，吹得倒立的汗毛瑟瑟发抖。尽管黄龙克制自己不去想那些不愉快的经历，但现实让他不得不去回首一段段心酸的往事……

第一学期的运动会上，一位长发飘飘的女生在八百米决赛中遥遥领先。尽管黄龙体育成绩很差劲，但他就是爱看体育比赛。对于体育成绩好的学生，也多了几分崇拜。从此，那缕秀发，如天边的云彩，浮在黄龙的眼前，飘在黄龙的心中。黄龙从来没有注意到班上有这个女生，这次运动会让他眼前一亮。俗话说得好："是驴子是马，拉出来溜一圈就知道了。"

黄龙从体育成绩公告版上得知长发女孩叫丘月。凭黄龙的三分自负，三分自卑，四分胆小，他真不知道应该如何表达爱情。在这方面，农村的男孩比城里的男孩差得远。但黄龙从此变成了丘月的影子，在离丘月十米远的地方盯梢。黄龙花了一周，完全能判断丘月将在哪个时间出现在哪个地方。在食堂，几百号学生挤在一起，黄龙抬眼一扫，马上就能找到那缕长发，眼前浮现出八百米赛道上的飒爽英姿。

这段时间，黄龙上课特别勤。无论是选修的还是没选修的课，他一概去听。他坐在教室的最后一排，仔细观察丘月的一举一动。一头秀发是她最得意的道具。她低头写字时，垂顺的头发铺到桌面上。她把头一摆，头发很驯服地披到了身后。她把脸一歪，头发倒向一边，盖住半边脸，藏住了一只眼睛。她直起身子，头发在圆脸的两侧划出诱人的弧线。她笑得很甜，他恨不得一头钻进那笑声里，把自己醉死。他反复在纸上画着她的肖像，一缕缕头发一行行诗，抒发他的相思之情。

老实人也有发飙的时候，在忍无可忍的情况下，他终于传出了一张电影票和一张小纸条。没想到下手相当顺利，丘月很快成了他的女朋友。这件事在中文系掀起了轩然大波——跑步最慢的男生居然追到了跑步最快的女生。黄龙刚和丘月接触的时候，看到她笑容可掬，一副善良、温柔、细腻、清纯的小女生形象，仿佛月宫下凡的嫦娥。整整一个月，黄龙都觉得自己是世界上最幸福的男孩。因为宇宙间只有一个嫦娥，嫦娥只有一个男朋友，那个幸福的人儿叫黄龙。

当黄龙还在痴痴地仰望皓月的时候，嫦娥却给了他一记重重的耳光。在确定恋爱关系后不久，黄龙得知丘月的爸爸在北京某建筑工地上打工，便热切地陪她去叩见未来的岳父大人。他们在马路边的工棚里见面。工棚的条件非常简陋，里面用木板搭建着临时床，一个炭火炉上放着开水壶。丘月冷冷地坐在床沿上，好像不认识她爸似的。丘大叔坐在地上，一边用小树枝在地上无序地乱画，一边数落她妈妈的无情。"我宁可死在外面，也比待在家里强。"丘月默默地听着，没说一句安慰的话，没有一丝表情。当丘大叔老泪纵横的时候，她愤然离去。黄龙没有跟着她离开，而是留下来安慰岳父大人。黄龙觉得男人更理解男人，他听丘大叔倾诉了很久。等到他慢慢平静之后，黄龙才道别离去。丘大叔的眼中充满了感激之情，或许这辈子从来没有人愿意听他诉说过。等黄龙回到学校，丘月劈头盖脸地说："黄龙，你怎么那么多废话！"黄龙万万没有想到，造物主给丘月制造无数秀发的同时，居然忘了画龙点睛地制造一根感情的弦。

第一学期结束之后，他们各自回家过春节。开学前，黄龙提前返校做接待丘月返校的准备。他完全按接待女王的规格筹划，除了接站，还有鲜花，还有美食，还有烛光，还有干净的被褥……

丘月是河北沧州人，一个盛产侠女的武术之乡。黄龙按事先约定，站在南三环长途车站出口翘首以盼。北京的春天飘着雨夹雪，衣服湿了，上面结了一层硬冰。他直挺挺地站在风雪中，变成了一尊"望妻石"。等的时间越长，心里就越纠结。手机断电人断肠。他担心路面湿滑，行车不安全。直到最后一趟大巴车进站之后，他才失望地回到学校。

其实丘月早已返校，只是觉得太累，直接睡觉了。丘月看到冻得哆嗦的黄龙，只是冷冰冰地抛出四个字："傻瓜，活该！"黄龙万万没有料到，长发飘飘的女孩比男人还要男人，原来她只是一部会跑步的机器，一段没有感情的木头。在他热烈请求之下，她很勉强地给了他一个吻——一个冰冷的、绝望的、让人毛骨悚然的吻，一个在人类爱情史上遗臭万年的吻！她只是露出了一点点舌尖，像冒出桌面的钉子头，刺伤了他的唇、刺碎了他的心。这人世间呀，原来有"三索"：第一是索债，第二是索命，第三是索吻。有人说，北京温度低，但干燥，感觉不到冷。然而黄龙感觉冷得刺骨，因为那是一颗潮湿的心。

一个伤疤没结痂，新的伤害接踵而至。春天到了，黄龙在京的中学同学约定一起到颐和园踏青，大家特别要求他把丘月带过来"展览"一下。丘月明确表态："我不想掺和你那边的事儿，包括你的亲人、同学和朋友"。在黄龙三番五次的哀求之下，她总算给了他面子。同学们绕着昆明湖有说有笑，丘月难得张开金口。不知道谁无意冒犯了她，丘月突然变得一声不吭，连脸上那点机械的笑容都没有了。当大家坐在草坪上打牌时，她独自远远地坐在湖边。

黄龙深情而又无望地盯着她，低三下四地讨饶："第一次和我的同学见面，你要表现得好一些，给我一点面子嘛。"讨饶声撞到了电线杆上，转化成强大的电流，传遍千家万户，照亮了除丘月之外的全人类的心房。

黄龙继续苦口婆心地说："再大的委屈，你回去找我算账。现在给我一个台阶啊！"

丘月把矿泉水瓶往地上一摔，大步流星地离开。黄龙赶紧追赶，但很快就不见她的踪影，因为木头人安装了一双永不疲倦的木头腿！等到黄龙返回的时候，同学们的嬉闹声早已平息下来，大伙很知趣地默默打牌。

黄龙赶紧过来圆场子："没什么，没什么，丘月有些不舒服，提前回去了。咱们继续玩吧！"

同学们关心地说："那你先回去陪陪她吧！"

黄龙知道他待在这儿大家会更难受，虚张声势地说了一句："那我就先走一步，改天请大伙喝酒。"

四年，无数次争吵，无数次和好；无数次哀求，无数次绝望。黄龙不清楚自己是在维系感情，还是在训练耐力。

编辑工作

大学生走出校门，等待他们的是完全不同的人生：当官发财的，拆字算卦的；马失前蹄的，歪打正着的；靠长相吃饭的，靠技术吃饭的；靠老爹吃饭的，靠干爹吃饭的——钱百毅接替了家族产业，赵大业挺进了央企。毕业前夕，白龙的政治抱负死灰复燃，他报考了环卫局宣传干事，想到自己有过办黑板报的经历，从系宣传干事到局宣传干事，也算平级调动，理应手到擒来，结果却无功而返。他只好和黄龙、韩立一起到《小说》杂志社工作。

黄龙坐十三号城铁奔向西直门的《小说》杂志社。第一天上班，他给自己设计了一份好心情：黄龙同学，你应该知足了。名牌大学毕业，祖国心脏工作，你要学会感恩。当下最流行"感恩"：睡马路的要感恩上帝给了你马路，拾荒者要感谢上帝给了你破烂，外科医生要感谢上帝给了你一个穿孔的阑尾。想到这些，黄龙的心情豁然开朗，突然觉得自己是这个国度的皇帝，十三号城铁是他的专列，熙熙攘攘的同车人，无非是随从、仆人、臣子与爱妃……

仨人走进办公室，里面坐着一男一女。女孩二十出头，青春靓丽；男的六十出头，老气横秋。女孩赶紧站起来打招呼，安顿他们坐下来。她敲了敲里面办公室的门，没有应答，只听到里面有人在打电话。

黄龙扫视了一下办公室：外面的大间大约八十平方米，里面还有一个独立的单间。大间里摆着六个卡位，还堆满了各类杂志。黄龙在大学招聘会上见过主编韩梅梅，她是一位长相粗犷的女人，个头不高，强壮的肌肉一直蔓延到脸上。有武则天的霸气，没武则天的容貌。

正当他们还在东张西望的时候，韩梅梅熟悉的面孔从里间露了出来。她大声说："欢迎，欢迎！"韩梅梅声音大得有些夸张，在这狭小的空间内形成强大的震撼力。她介绍大家相互认识。年老的编辑叫冯大钢，年轻的美女叫汪冰冰。

大家握手寒暄之后，韩梅梅招呼三位新人到主编室坐坐。韩梅梅的办公室和大厅一样杂乱，她一边清理书报一边说："你们三位要尽快成长起来，把杂志社的工作顶起来。冯老师年纪大了，汪冰冰又是女孩，你们三个男子汉来了，总算可以帮我一把了。你们不要以为杂志社就是收稿发行那么简单。我每天忙于应酬，跑项目、拉赞助、做宣传、搞培训，这样才能保证杂志社生存下来。光靠卖杂志，咱们早就关门了。"听到这句话，黄龙暗暗懊恼，心想韩梅梅看走了眼，他们仨人都不是这块料，应该把钱百毅招进来，一个顶三个。

韩梅梅每句话都带有手势，外加眼睛闪光，鼻翼伴奏，似乎一个人能表演一场音乐会。韩梅梅足足演奏了一个小时，她看到黄龙有些坐立不安，似乎有上洗手间的企图，只好把话打住，放他们出去。

黄龙坐在办公桌前，仔细打量冯大钢和汪冰冰。冯大钢穿着寒碜，言语不多，满脸慈祥，从神态上看有点像韩立他爸。冯大钢与冯小钢一字之差，市场价值却完全不同。"钢"不在大小，关键要用到刀刃上。

听到冰冰两个字，黄龙的脸颊就发烫，这是他从小落下的病根。初中时，一位女同学叫冰冰，他足足单相思了三年。黄龙仅仅停留在单相思上，不敢往前跨出半步。他知道班上一半男生都对冰冰单相思，怎么也轮不到他出这个头。黄龙每天躲在被子里，把枕头当冰冰搂在怀里，他和"枕头冰冰"谈情说爱，还假装和"枕头冰冰"拌嘴。但他从来没有亲吻过"枕头冰冰"，因为他不知道亲吻能带来快感。现代网络催人早熟，连幼儿园的小朋友都知道亲嘴游戏了。黄龙现在回想起冰冰的模样，觉得她应该是班上最丑的女生，只是因为她学习成绩是第一名，同学们都把她当成了美女。她的试卷是标准答案，她的长相自然而然也成了标准。男生们用她的长相去衡量其他女生，顿时觉得除了冰冰之外，全班的女生个个都是丑八怪。

而眼前这位冰冰则是千真万确的美女，脸蛋好、皮肤好、身材好的三好女生。如果你还不明白什么叫三好女生，就上网搜一搜电影明星范冰冰和李冰冰。汪冰冰，有着范冰冰的脸蛋和李冰冰的身材，外加两位冰冰都不具备的汪汪的眼睛。小杂志社真是埋没人才！这等尤物，如果碰上李安，早就变成了"国际冰"。

三个大学生的加入，给死气沉沉的办公室增添了一点人气。韩梅梅给他们一些稿件，让他们找找感觉。这些稿件既没有跌宕的情节，又缺乏优美的语言，但毕竟是上班的第一天，黄龙还是硬着头皮往下看。正当他百无聊赖的时候，丘月 QQ 上的美人头亮了。黄龙赶紧解释那天的误会，承认那天睡过了头，并约定周末见面，他会给她一个意外的惊喜。

免费午餐

中午，五名员工一起吃午饭。黄龙和丘月消除了误会，天也蓝了，路也宽了。黄龙觉得丘月掐住了他的快乐神经和痛苦神经。她把这两根神经当琴弦拨弄，无休止地拨动痛苦神经，偶尔拨弄一下快乐神经。不过这偶尔的一拨，足以让黄龙受宠若惊，甚至魂不守舍。

马路上到处都是人，饮食男女纷纷从写字楼里涌出来。黄龙他们来到附近一栋小楼，这里集中了几十家小吃摊位。每个摊位大约两米宽，前面挤满了人。店主不停地叫卖，一手盛菜，一手收钱。

汪冰冰指着一家人气最旺的摊位说："那家的米饭是免费的，但菜的质量比较差，你们看吸引了多少饿汉。"冯大钢、白龙和汪冰冰的饭量不大，他们想吃一些少而精的东西。韩立向黄龙使了个眼色，两人心领神会地向人群堆里挤过去。两荤两素 10 块，一荤两素 7 块，三素5 块。荤素任选，米饭随便加，还送一份例汤。说句公道话，在北京不用说饭菜，就是狗屎也差不多值这个价了。韩立和黄龙用手指着盛菜的方格，在吵吵闹闹的人群中打着哑语。

黄龙夹起一只鸡腿，鸡腿的颜色隐隐发黑，像从金字塔里拖出来的法老的腿。黄龙不敢把这个想法告诉韩立，担心倒了他的胃口。

黄龙问："这儿的饭菜这么便宜，你觉得卫生吗？"

韩立一边咽菜，一边咕嘟："放心吧，吃不死人的。这个价格，如果不用地沟油，这个老板就是慈善家了。物竞天择，适者生存。咱们孙子那一代就直接拿浓硫酸当矿泉水了。"

韩立吃得特别香，风卷残云地消灭了一碗饭，但菜却只动了一点点。因为米饭是不用钱的，菜却是真金白银买来的。吃米饭大肆挥霍，夹菜时却惜菜如金。

当黄龙还在左顾右盼的时候，韩立却不动声色地灭掉了第二碗。他一边吃，一边温馨提示："米饭免费哟！"一步领先，步步领先。黄龙盛第二碗米饭时，韩立非常低调地盛回了第三碗。看这架势，估计韩立早上没吃早餐，晚上也不打算吃晚餐。

韩立把第五碗米饭倒进盘子，把米饭和剩菜、汤汁搅在一起，又把桌上的辣椒面舀了两勺。他一边搅拌，一边干笑："黄龙，你看我自制的石锅拌饭。"显然，他想用幽默掩饰心虚。黄龙大为佩服，他担心韩立突然发飙，连盘子带碗一起塞进嘴里，创造一个吉尼斯纪录。

吃完饭，韩立端详着这碗例汤，清澈的汤面上飘浮着两片孤独的菜叶，像茫茫大海里的灯塔。韩立的头随着晃动的灯塔来回晃动。他随后用力地搅动，似乎想搅起那些并不存在的沉淀物。尽管韩立非常低调，但老板娘还是发现今天冒出了一个重量级的饭桶。挣韩立的十块钱真不容易，五碗米饭都值五块钱了。老板娘一直望着他摇头叹息，似乎在哀求壮士嘴下留情。

黄龙过去一直以为韩立的饭量小，真正的饭桶是钱百毅。谁知真人不露相，只是因为没有找到露相的舞台。如果早知道西直门有个米饭不算钱的地方，他早就从学校赶过来了。这样的话，这家快餐店应该在三年前就关门大吉了。

饿汉变成了饱汉，人生观大大改观。韩立露出了难得的笑脸。他一边走，一边摸着孕妇般的肚子，居然哼起了小调。韩立过去随口唱出来的都是"流浪的脚步走遍天涯"之类的歌曲，从表情看，他今天似乎唱着一首很阳光的歌。黄龙竖起耳朵，终于听清了歌词："只要和你在一起，还有什么不愿意？让我一生一世永远保护你，为了明天的甜蜜，珍藏最初的约定。你要相信我在爱情码头永远等着你……"

　　还未到上班时间，冯大钢和汪冰冰趴在桌上睡午觉。韩立在马路边散步消食，白龙浏览网上的花边新闻，欣赏美女照片。他用鼠标在性感美女的嘴唇上磨蹭来磨蹭去，好像这样磨蹭就等于和美女接吻了似的。他给黄龙发 QQ，让他看冰冰。黄龙扭头看了一眼，只见汪冰冰趴在桌上睡觉，右边脸靠在胳膊上，露出左侧的鼻孔呼吸。她长发披肩，红扑扑的脸，毛茸茸的睫毛，甜甜的酒窝。白龙正用李安式的多情的目光盯着冰冰。

　　"我忽然从内心涌出了一股柔情，想在冰冰的脸上亲一口。"

　　"第一天上班就有邪念？"

　　"不是情欲，更不是性骚扰，只是出于伟大而纯洁的怜爱。"

　　"得了吧！那你直接在冯大钢脸上亲一口，那样会更纯洁。"

　　白龙把落在汪冰冰脸上的目光缓缓收回，转头盯着电脑屏幕。他突然发现电脑中还有没删除的文档，他知道电脑的前主人是一位女孩。无聊滋生好奇，他打开文档中的一张照片。在一望无际的金黄色油菜花中，一个穿着洁白连衣裙的女孩冲着他甜甜地笑，长相极似年轻时的赵雅芝。白龙把照片传给黄龙。

　　"有点赵雅芝的味道。"

　　"是啊！如果咱们早几个月上班，左边是赵雅芝，右边是冰冰，左顾右盼，变成对眼也无怨无悔。"

　　白龙一边感叹赵雅芝的美，一边不由自觉地用鼠标在赵雅芝嘴上磨蹭："黄龙，我现在快变成花痴了，见到漂亮女孩就动心。自古红颜多祸水，这也不能全怪男人。刀郎唱出了所有男人的心声：如果那天你不知道我喝了多少杯，你就不会明白你究竟有多美。"

黄龙没心思搭理白龙，他正和丘月 QQ 聊天。他们是今天早上关系正常化的，他正忙于给爱情加温加热。专家说爱情是经营出来的，你们关系不好，只能说明你黄龙经营不够。韩立从外面走了进来，汪冰冰和冯大钢像冬眠的蛇，慢慢从桌面上苏醒过来。

情趣短裤

几天之后，韩梅梅对新员工的热切期望化作了泡影。黄龙太自负，整天抱怨稿件质量差，实在没法入眼，恨不得找作者索要精神损失费。按他的标准，杂志只能停刊。韩立太愚钝，整天乐哈哈地傻笑，文学就是创造，没有思想怎么当编辑？白龙更不值一提了，这个吊儿郎当的家伙，一肚子的坏水，人在办公室，心不知飞到哪里去了。

一个杂志社摊上这样三个混世魔王，不关门才怪。常言道，三个臭皮匠顶个诸葛亮，他们这三个臭皮匠凑到一起，结果变成了一群臭皮匠。晚上，白龙躲在办公室捣鼓着那些千奇百怪的创意，结果没能赶上最后一班城铁，只好在办公室的沙发上将就一夜。次日，韩梅梅的那张脸扭曲得像十三号城铁。"岂有此理，办公室弄成住家了？哪有一点公司的形象啊！"当韩梅梅在里面喋喋不休的时候，白龙在外面悄悄地清理物品。韩梅梅见白龙没有反击，似乎觉得骂得不过瘾。

她突然拍着桌子叫道："白龙，进来！"

汪冰冰应了一句："报告主编，白龙离职了。"

"现在的年轻人太张狂，不到社会上栽几个跟斗，就不知道自己几斤几两！"

韩梅梅一边说，一边走出来。她往白龙的办公室上瞟了一眼，差点气得半死，勉强扶着桌子才站稳。他离开的时候，用一个硬纸盒画了一张韩梅梅的肖像漫画，竖立在桌上。这张漫画是韩梅梅和猪八戒的有机组合，厚厚的嘴唇向外翻转。韩梅梅拍着桌子说要报警，但她犹豫了一下，没付诸行动。她清楚，白龙并没有在漫画上写她的名字。如果她去报警，等于向员工承认她长得像猪八戒。她稳定了一下情绪，只是轻描淡写地说了声"无聊"，随手扔掉了硬纸盒。上一批员工没有干上两个月就相继离职，好不容易招来三个活宝，结果不到一周又走了一个。韩梅梅似乎意识到什么，从此对大家的态度和善了许多。

虽然黄龙讨厌韩梅梅张扬的性格，讨厌她那肥厚而又缺乏性感的嘴唇，但他还是在这儿混着一份工资。这三千多块钱对他来说很重要，够吃够住，略有结余。你说这不是共产主义还是什么？至于明天？黄龙在心里冷笑，明天地球就爆炸了，大家又回到了同一起跑线。想到地球爆炸，的确让他有点担忧。如果地球爆炸，《药》不就失传了吗？他觉得地球人的当务之急就是把李白的诗、雨果的小说、莎士比亚的戏曲、连同《药》，以宇宙通用符号发向太空，变成永不消逝的电波。各大星球的智能生物随时可以接收欣赏。

韩梅梅很少待在办公室，编辑们显得轻松自在。黄龙静静地修改小说，韩立无聊地浏览新闻。同一条新闻，韩立一天能看上三遍，他是实在乏味，但又实在无事可干。他总想，为什么迟迟不爆发第三次世界大战呢？那中东，那非洲，除了汽车炸弹，就是人肉炸弹，干坏事也得讲点创意吧。

白龙在 QQ 上给黄龙发过来一大段文字："我正在研究营销哲学，我发明了一种营销模式叫'寄生营销术'。我准备在宾馆柜台上设立一个小专柜，销售三角裤礼品装。这种销售模式不同于实体店、网店、摆地摊这三种模式。它是采取网上同城购物销售与网下专柜销售相结合的形式。我还准备向创业的年轻人出租专柜，你可以把你的创意放入专柜，借助我的网络平台销售。"

"你的投资资金筹到了吗？"

"我爸看好这个项目，他出钱参股。"

"你爸不是看好这个项目，而是他看好了你这个闹心的儿子。你当时在学校搞旱冰鞋出租，逼着你爸投资，说只要买了冰鞋，一劳永逸，整个大学的生活费就不用他出了。结果呢？你却买回了一堆废铁！"

"上次的确交了学费，但不交学费也不会成长啊。这次绝不是做旱冰鞋这种小打小闹的玩意儿。这个项目的发展没有极限，可以做成连锁，占领整个中国市场。"

"目标太低了，你应该占领全球市场。"

"我不是和你开玩笑。如果你感兴趣，也可以投资，我愿意出让一部分股份。"

"有风险吗？"黄龙没心没肺地问。

"你说呢？不管经济环境如何变化，一个人总不至于买不起短裤吧？"

"那也是，但别人凭什么要买你的短裤呢？"

"贴身的东西容易打浪漫牌。情侣之间，闺密之间，送个精致的短裤礼品装是多么美妙的事情啊！况且有人类就需要短裤，市场永远不会饱和，款式不容易过时。以后再从短裤做到袜子、睡衣、吊带之类……"

"白龙，你不愧是营销哲学家，同时也是空想企业家。我真不清楚，别人开服装店卖时装、卖高档西服，你却卖短裤。短裤能赚几块钱啊？"

"短裤是服装之根，做事业就要从根部做起。把短裤卖好了，卖西服就易如反掌。正如达芬奇画鸡蛋一样。"

白龙没因为黄龙的质疑产生挫折感,随后又发过来荡气回肠的文字:"如果你像乔布斯一样,坚信自己生来是改变世界的人,就不应该安于杂志社的工作。你觉得一个人一眼看穿三十年后的自己,人生还有意义吗?"

"那的确是一件可怕的事情。"

"看来你似乎下决心跟我闯一闯了?当你从各种各样的创业项目中选好了方向,接下来就是考虑如何去实现它。对于年轻创业者来说,资金和精力是最大的障碍,你应该学会借力,借助我的专柜平台。"

"我没钱啊,你借钱给我参股?"

面前黄龙的问题,网络另一端的白龙只能干笑,他发过来一个挥手告别的头像。几天之后,白龙拿着设计样品来到编辑部。他准备和酒店联盟,在酒店接待台上放一个专柜,既不占酒店空间,还能给顾客带来方便。他准备在专柜里销售住店顾客需要的小物品。他设计的礼品盒是心形的,短裤前后绣着爱情小语。网络营销与专柜展示相结合,做成小物品销售平台。虽然大家并不看好这个项目,但还是欣赏他的勇气。

汪冰冰尖叫:"白龙你太有才了,我要做你的第一个客户!"

白龙慷慨地说:"感谢你的支持,这套样品就送给你吧!"

正当白龙举着短裤扭秧歌时,韩梅梅推门进来了。

韩梅梅指着白龙说:"你来这儿干什么?出去!不然我就叫保安了。"

"怎么啦?我找我落下的东西还不行吗?"

"你落下什么了?"

"一幅名画——美女猪八戒。"

韩梅梅似乎又犯了美尼尔氏综合征，有些站立不稳。白龙赶紧拎着样品盒逃跑了。

几个月之后，情趣短裤画上了失败的句号。大酒店拒绝难登大雅之堂的专柜。小酒店倒是欣然接受，但他们随即把专柜改成了时尚垃圾桶，情趣短裤变成了情趣抹布。

早晨，白龙对着镜子看到了一张憔悴的脸，婴儿睡眠变成了老头子睡眠。他惊奇地发现胡须一夜之间长得那么长。如果嘴唇上长的不是胡须，而是一根根金条，这张嘴就变成了一座金矿。

三大流派

周六早晨，黄龙给丘月打电话，确定约会的时间和地点，丘月没有接电话，爱情再度乱码。黄龙想：这样三天打鱼、两天晒网地谈朋友，不把人累死才怪。他只好给文八斗打电话，约定过去下围棋。进门的时候，文八斗正躺在阳台上，在半梦半醒中寻找创作灵感。

众所周知，中文系的老师分为三派：黄河派、长江派、珠江派。

黄河派是来自于黄河流域的老师，这个派别以研究古代文学为主。掌门人黄厚德，八十多岁的老头，号称文学泰斗。为了体现黄厚德的特殊地位，中文系的老师尊称他"老爷子"，同学们叫他"黄老"，其他人等一律叫他"黄老头"。黄厚德是京都大学的泰斗，这点不得不承认。何谓泰斗？第一，年龄上没人熬过他；第二，他的得意门生当上了部级干部。基于这两点，黄厚德是每年雷打不动的桃李奖得主。只要黄老头一天不闭眼，张老头和江老头永远没有染指的机会。

长江派以研究现当代文学为主。掌门人江有德，七十多岁的老头。

欲望催人老，朝朝暮暮惦记"文学泰斗"的江老头，看上去比黄老头还显苍老。江有德在中文系的地位仅次于黄厚德，同学们称他"次斗"。何谓次斗？第一，年龄仅次于泰斗；第二，得意门生当上了局级干部。基于这两点，江有德是写进宪法的桃李奖候选人。

珠江派以研究外国文学为主。掌门人朱秀德，五十多岁的老太婆，系主任，但同学们私下叫她"阿斗"。阿斗主任每天在家烧香拜佛，对天祈祷，希望上帝赶紧招回泰斗和次斗。他们一日不归天，工作就一日没法开展。但她的嘴上却挂着一句甜甜的口头禅："家有二老，胜过二宝。全系师生祝二老万寿无疆。"

三大派别中还分出若干子派，子派下面又分出若干孙派。黄河派细分为渭水派、汾水派、洛水派；长江派细分为岷江派、汉江派、湘江派；珠江派细分为东江派、西江派、北江派。

三大掌门人绞尽脑汁把嫡系弟子留下来，增强自身实力，扩大势力范围。于是乎，小钢炮、小铜炮、小洋炮被贩卖到了中文系。每次开会，三位掌门人齐声歌颂中文系的五湖四海精神，随即痛骂来自五湖四海的非嫡系教师。三大门派，既相互勾结，又相互斗争，一直处于斗而不破的最高境界。除了三大派别的门徒之外，偶有不知死活的异己分子蹿进来。朱秀德对看不顺眼的一律鼓眼睛，把他们一个一个地鼓出中文系。那铜铃般的大眼，非天生丽质，乃职业病使然。

文八斗，50多岁，个头不高，秃顶，啤酒肚，新疆的汉族人。既享受不到少数民族躺在祖国怀抱里的温暖，又沾不上中国三大水系的风水。他和朱秀德是大学同学。朱秀德是成绩最好的学生，文八斗是最具文学天赋的学生。他们被时任系主任的黄厚德相中留校，但人生轨迹因一个小小的选择而南辕北辙。当时有两间办公室，一间在紧邻黄厚德办公室的六楼，另一间在一楼卫生间的旁边。文八斗把六楼的办公室让给了朱秀德，他打趣道："靠近领导风水好，进步会快一些。"没想到玩笑话居然一语中的，和领导做隔壁，随时请示汇报，自然得到领导的器重。朱秀德荣升为系主任之后，办公室由单间换成了套间。文八斗仍然龟缩在一楼的角落，享受被边缘化之后的别样幸福。文八斗与中文系渐行渐远，他甚至怀疑自己在中文系的真实存在。他把大部分时间花在围棋和创作上，在棋盘上寻找公平，在作品中倾诉思想。

文八斗一贯独来独往。不结盟最大的好处是自由，最大的坏处就是成了各派共同打击的靶子。猴年马月之时，黄厚德突然患了一场中风病。清醒之后，黄厚德打了一个沉重而又污浊的喷嚏。喷嚏的气流撞开了他的心门，门内坐着怡然自得的文八斗。黄厚德突然感到胸闷气短，心跳加速。他含糊地说："文八斗本来属于自己人，但他却不拿自己当自己人。恨铁不成钢啊！"

朱秀德凑到黄厚德的耳边问："您的意思是……"

黄厚德谆谆教导："中文系不能没有靶子，否则就没有了激情，没有了凝聚力。文八斗整天吊儿郎当地下围棋，你这个系主任也得管管了。"

在黄厚德的授意之下，朱秀德开始对文八斗鼓眼睛。但文八斗并不退缩，而是用鼓眼睛对抗鼓眼睛，最终顽强地留了下来。

文八斗的散文和小说写得很棒，但学校并不看重个人创作，只关注核心期刊论文和汇到学校账户上的经费。写一百篇《荷塘月色》，还不如写一篇评论《荷塘月色》的所谓"学术论文"。尽管文八斗的授课得到学生的一致好评，但老师的绩效与授课质量毫无关系。

黄龙和文八斗是棋友，是文学知己。两个孤独的人走到了一起，相互驱散对方的孤独。围棋下得正酣的时候，文八斗突然扔掉棋子骂道："悲哀！电影学院培养不出导演，中文系培养不出作家，大学培养不出长脑子的学生。"黄龙万万没有想到温文尔雅的文八斗也会骂人。原来在遭受接二连三的、点名不点名的、大会小会的批斗之后，浪漫主义的文八斗渐渐堕落成了批判现实主义的文八斗。

"文老师，难道您不能学会同流合污吗?"

"唯命是从的人一定不会有成就，一辈子只能做碌碌无为的奴才。"

"现在是奴才的天下，不然的话，怎么会有那么多人俯首甘愿当奴才呢?"

"谈论那帮卑鄙小人太影响情绪，咱们还不如多讨论一下你的《药》! 你是难得的文学天才，你要认清自己的价值。大文豪不是学出来的，不要因功利教育中毒太深。"

黄龙只是笑了笑，没有回答。他知道自己压根儿没有中毒，因为他根本没有听过几节课。每门课只是在最后三天复印女生的笔记，再夹带几张小纸条，蒙混过关。走出考场之后，雁过无痕，叶落无声。即便这样，黄龙偶尔也能撞上大运。有一门《哲学史》，黄龙一节课也没上，居然考了 95 分，全班第二名。有 20 分的题目没有动笔，他不清楚这 95 分是怎么评出来的。后来听师兄说，有些老师根本不阅卷，除了对有好感的学生给高分之外，其他学生的分数完全凭对名字的好恶打分。黄龙感谢他爸给他取了一个有威慑力的名字，胆小的老师看到这个名字就发憷，自然给了高分。白龙只考了 78 分。同样是龙，颜色不同，成色相去甚远。还有同学居然因考试挂科没拿到毕业证。黄龙死活想不明白，这个学生在试卷上写了什么? 难道写了反革命口号不成?

旷世之作

当黄龙准备在文八斗家吃晚饭的时候，丘月的电话回了过来。得知她还没吃饭，黄龙立刻起身告辞，直奔丘月的出租屋。中午，他陪文八斗喝了点小酒，头晕沉沉的。公交车从大马路钻进小胡同，又从小胡同驶向大马路。黄龙感觉公交车走得太慢了，从西二环到东五环，好像从地球的南极到北极一样。

黄龙想起丘月时心里有了丝丝甜意。她是他的初恋，也可能是他的终恋。他一定要好好善待初恋，善待丘月。等到八十岁之后，坐在墙角晒太阳的时候，多一点美好的回忆。他觉得自己对丘月抱怨得太多。难道自己是完人吗？不是，肯定不是。连毛主席他老人家都认为自己的功过五五开。就算自己与毛老人家一样伟大，他和丘月也是各对了一半。更何况与毛主席相比，他只算沧海一粟，一文不值。这样算来，在与丘月的是非问题上，他就是全错。想到这些，黄龙恨不得马上跑到丘月的出租屋，跪在地板上给她赔礼道歉，请求宽大处理，并重新和她建立新型战略伙伴关系。

在离出租屋还有两公里的地方，黄龙还要转一趟公交车，但公交车迟迟不来。焦急的黄龙只好徒步奔跑，他的脚下像踩着风火轮，一眨眼就到了。黄龙敲门进去，丘月正斜靠在床上翻杂志。她或许百无聊赖时才想起给他电话，但他马上克制了这种不健康的想法。应该把人想得美好一些，他设想丘月正在思念他，思念得不能自抑，只能靠翻杂志聊以自慰。想到这里，黄龙心情好了起来。谈恋爱要讲究情调，情调依赖氛围，氛围需要语言、环境、灯光、事件、眼神等道具来传递。

"丘月，我今天特别开心，咱们要好好庆祝一下！"

"什么事？"丘月的目光从杂志上缓缓移开，冷冷地问。

"文老师把《药》又看了一遍，他说经过这次修改之后，现在已经非常完美了！"

"哦？"

"我中午在他家喝了一点酒，口腔溃疡了。你帮我磨点维C粉吧。"

"黄龙，不能喝酒就别逞能！以后别在我面前提口腔溃疡了。"

"砰、砰、砰"，丘月用卫生纸包着两粒维C片，用化妆品瓶子在上面敲打，声音如怨妇的诉说。当维C粉呈现到面前时，黄龙看到的只是裂开的几小块，而不是想象中的粉末。如果天上掉下这么大的几块陨石，足以把人砸死。他什么也不想说，默默地拿起瓶子，在折好的卫生纸上来回滚动。他把粉末涂洒到溃烂处，因药粉刺激，他的口水骤然增多，不停地往卫生纸上吐口水。

丘月示意他出去，黄龙这才注意到宿舍里还有一个女孩。女孩戴着耳机，像老鼠一样缩在门后。俩人刚刚下楼，丘月的愠怒转为大怒："黄龙，不是我嫌弃你，你的人生就这两件事：讲小说、吐口水。你总得给我一点美好的回忆吧！你看我的同事都反感了，你没看到别人戴上耳机了吗？"

听到这句话，黄龙很受伤。他希望八十岁晒太阳时有一个美好的回忆，丘月同样需要八十岁时的美好回忆。但他带给她的只是絮絮叨叨的祥林嫂，只是无休止的口腔溃疡。上帝太不公平了！没有给他一点出彩的东西，让全世界的美女都变成他的粉丝。

世界上没有哪个男人会承认自己的无能，承认自己无能就等于向世界宣布自己是太监。黄龙继续辩解："你别把我说得一无是处。《药》

就是一部旷世之作，连文八斗也是这么认为的。"

"文老师说过'旷世之作'吗？"

黄龙沉默良久，并没有回答。丘月不依不饶，继续用讥讽的口吻质问："文老师真的说过'旷世之作'吗？别在外面胡编乱吹了！"

文八斗的确没有说"旷世之作"，只是说"一本难得的好书"。"难得"等于"旷世"，这完全是黄龙的个人见解。作为一无所有的文艺青年，文学成了他的遮羞布。每当理屈词穷的时候，他就拿小说说事。

"你口口声声说自己写得好，别人还能说什么呢？实话说，你的小说没有你想象的那么好，无非是耍耍嘴皮子，博得读者一笑。至于你标榜的艺术价值，真的没有。如果不能变成艺术品，还不如索性俗一些。你看看网络小说，别人靠点击率一年能赚几千万！说《药》是艺术品吧，又得不到文坛承认，拿不到文学奖；说《药》是通俗小说吧，又赚不到点击率。这样的尴尬局面你比我更清楚，只不过你不愿承认罢了。你是一个不敢直面生活的人，缺乏顶天立地的脊梁。如果你面对生活冲一把，哪怕撞得头破血流，我也承认你，我也爱你。但你只是一个充满幻想的小三，你是你作品的小三。"

"丘月，我会证明给你看的！"黄龙把手上的一个矿泉水瓶重重地砸在地上，塑料瓶在水泥地上剧烈地反弹了两下，接着是无休止地颤抖。黄龙感觉这个颤抖音一直持续着，他不清楚是自己的耳鸣，还是自然界确实存在这鸣响声。

"别在我面前砸瓶子，这样不能代表你的强大，反倒让我觉得你很可怜。"

"给我滚！"

"姓黄的，你别歇斯底里了。我现在就滚，永远从你的视线中消失！"

丘月使出了八百米决赛的冲刺速度向前飞奔，黄龙不由自主地追赶，"丘月、丘月！"她并不因为他几近哀求的呼喊而回头，很快消失在他的视线之外。他赶紧给她打电话，手机已关机。

黄龙快快不乐地回到出租房，上网消磨时光。他浏览新闻，国内新闻仍然是城管强拆时不小心碾死了户主，国际新闻仍然是恐怖组织制造了汽车爆炸。期间，他又给丘月拨打了几十次电话，对方一直处于关机状态。他突然想上黄色网站刺激一下，结果发现国家正在扫黄，黄色网站全部停业。黄龙在出租房里来回走动，感觉有力无处使。男人最大的悲哀莫过于：既有贼心，又有贼胆，但就是找不到心中的那个贼！

黄龙在百度中输入"情侣吵架"四个字，结果显示几百万个网页。看来全世界的情侣没有几对不吵架的。有专家说，情侣吵架不一定是坏事，很多婚前频繁吵架的情侣婚后都非常幸福。因为吵架说明彼此都很在意对方，吵架是爱的表现。他觉得这位专家说得很在理，但这婚前的痛苦何时能熬成婚后的甜蜜啊！另一位专家说，情侣经常吵架，表明你没有达到对方的期望值，这样的情侣即使结婚了也不会幸福，因为彼此伤害太多。

尽管两位专家的意见完全相反，但黄龙觉得他们说得都在理。原来专家放出来的屁都是香的。黄龙实在不想"屁比三家"。他关上电脑，从床铺下拿出半瓶二锅头。这半瓶酒是白龙和韩立到他"府上"聚会时喝剩的。他斟上一杯，一饮而尽。再想找一点下酒的菜，结果锅碗瓢盆里空无一物，连一只蚂蚁也没有找到。他索性又斟了第二杯，用第二杯酒给第一杯酒做下酒菜。反正已经口腔溃疡了，今天就破罐子破摔吧。喝醉之后，黄龙对着镜子苦笑，捂住脸痛哭。他在心里骂自己贱贱贱——赤裸裸的贱，恬不知耻的贱，孤苦伶仃的贱！

打铁公司

酒醒之后，黄龙面壁发誓，如果丘月不和他联系，他也不主动和她联系了。女孩需要矜持，男孩更需要骨气。他要好好地修改《药》，不能迷恋于现有的情节，突破自我才是最大的突破。他要发表一篇旷世之作，给丘月看看，给世界看看。一个月的时间里，他真的没有和她联系，她也没有和他联系——她从来没主动和他联系过！

冯大钢看完《药》之后拍案叫绝："太棒了，真的太棒了！小伙子，真没想到你有这样的文采，真是旷世之作！遗憾的是咱们杂志没有连载栏目。"

黄龙半信半疑地问："真的有那么好吗？"

冯大钢瞪大眼睛反问道："你自己写的，难道你还不清楚？但话又说回来，小说要做出影响力，不仅要写得好，更需要找到推手。如果没有推手，再好的小说也会默默地死去。"

黄龙疑惑地问："什么是推手？"

汪冰冰解释："文坛上的推手，有点像明星的炒作。一些民营图书老板把你涂得又黑、又臭、又脏，你马上就成了文坛明星。但像你这样初出茅庐的作者，哪怕书卖得再好，也不会有多少经济回报，就是赚个臭名。"

黄龙："那还不简单？直接跳进大粪池得了！"

韩立："黄龙对钱不感兴趣，只对臭名感兴趣。最好把他弄到臭名昭著的程度，否则既弄脏了身子，又吸引不了眼球。"

黄龙："韩立，我没你那么高尚，我很在乎钱。我过去的理想是吃文字饭，没想到'文字文字，一文不值'。"

汪冰冰闪着汪汪的大眼睛说："我可以把你的小说推荐给北京打铁图书公司，我们过去的同事芝芝在那儿工作。"

黄龙终于明白，打铁公司不是铁铺，而是一家响当当的图书公司。

黄龙渴望得到承认，希望自己成为文坛巨星，希望自己振臂一呼，粉丝无数。《药》是一剂良药，是一支千年野人参，能医治人类的精神疾病。

黄龙和韩立结伴来到打铁图书公司，找到了芝芝。原来，芝芝就是油菜花中的那个女孩。她长得并没有照片上的那么漂亮，脸上斑斑点点，只是偏瘦的脸型容易上镜而已。

黄龙看到芝芝，忍不住说："缘分啊，我现在正坐着你坐过的办公桌呢！"

芝芝笑着问："你怎么知道哪张办公桌是我坐过的？"

黄龙不敢说看过照片，只是支支吾吾地说："冰冰告诉我的。说这儿曾经坐过一个美女。"

芝芝引荐他们认识了打铁图书公司的老板金皮皮——一个蓄八字须、套粗项链、夹雪茄的男人。"皮皮"、"项链"，黄龙不由自主想到了一种奢侈品——宠物狗。

金皮皮信心满满："只要按照我的要求写，中学生个个可以打造成文学巨匠。"

黄龙兴奋地附和："那太好了！我一定会按您的要求去写！"

韩立笑着说："他想当文学巨匠快想疯了！只要让他当文学巨匠，让他抢银行他都愿意。"

金皮皮像文学大师一样高谈阔论："我反对絮絮叨叨的作品，小说必须有动作、有语言，故事荒诞离奇，人物千奇百怪，爱情乱七八糟，三分钟抓不住眼球就是失败。至于后面的内容，怎么写都没关系。文学像生意场上交朋友，今天交一个，明天就要获利，后天就可以扔掉，这就是快餐文学的真谛。居然有人骂我无耻，说我生产精神垃圾。操，这个世界谁无耻啊？我没生产地沟油、没生产毒大米、没生产黑心豆腐！"

黄龙吓了一跳，他从来没有想到有人会这么理解文学，他心中的一座精致的文学殿堂似乎被烈性炸药炸得稀烂。黄龙软中带硬地表述自己的文学观："金总，我认为文学是高尚的艺术品，每个细节都需要精雕细琢，一着不慎就会一文不值。我崇尚经典文学，不想做快餐文学，更不想生产地沟油文学。"

金皮皮被黄龙的文学论吓了一跳，他心中的文学垃圾堆似乎同样遭受了烈性炸药的袭击，尘土、快餐盒、塑料袋、包装纸……在心中飞舞。金皮皮嘿嘿干笑："小黄啊，我觉得你有点迂，年龄不大却成了老古董。现在的生活节奏很快，你用心琢磨文字，别人也不会用心欣赏，你同样被淹没在历史的淤泥之中。你看每年推出了多少网络新词，你自认为的经典文学，十年后根本没人能读懂。实话告诉你，当下是一个没有经典的时代。当你说经典的时候，你就已经过时了。做文学就要顺应潮流，引人关注。上个月，一名官员包养六十个情妇的新闻曝光之后，我们公司一个月之内就推出了一套情妇系列小说：《路边的野花不要采》、《野花胜过家花》、《采野花的技巧》、《野花、野花，我爱你》。这套书的销售异常火爆，那帮可耻的读者，好像买了这套书就等于买回了六十个情妇似的。有一些卫道士站出来痛骂这套书粗俗，我他妈的像六月天里吃了老冰棒——心花怒放。简直是文化奇观！有人赞美你，你不一定会火；有人骂你，你肯定火了。实话告诉你，这套情人系列丛书，我想卖多少就能卖多少。从这套书的销量就可以看到男人与生俱来的劣根性。文学就是要找到劣根，满足需求。"

"一本《药》我写了四年，你们一个月能写出四本书？"

金皮皮的那张嘴像洞开的闸门，一肚子污水一涌而出："《驻京办事处》火爆之后，官场小说如狂长的野草。我们一个月内出版了《一把手》、《二把手》、《市长》、《市长秘书》、《市长夫人》、《市长情人》系列官场小说。他妈的所有官场小说都是一个德行，俗称'官场小说定律'：一把手到北京开会，班子成员出了问题，但乌云遮不住太阳，一把手回来之后拨乱反正，重新回到了共产主义。这个公式你想突破也突破不了，这是中国文学的万有引力定律。在循规蹈矩的时代，突破等于找死。在不违背基本定律的前提下，省级以下的官员你想怎样糟蹋就怎样糟蹋，不给点发泄渠道，女人会憋出乳腺炎，男人会憋出膀胱癌。对省级以上的领导，你就别想动粗了，因为他们代表了祖国的形象。他妈的，一个月出一套书只算毛毛雨。《好妈妈胜过好老师》火爆后，我公司连夜加班，第二天天亮之前就复制粘贴了《好爸爸胜过好老师》，抢在北京早高峰之前送到印刷厂。一周之内，书店里摆上了我公司开发的育儿书系列：《好爷爷胜过好老师》、《好奶奶胜过好老师》、《好后妈胜过好老师》、《好领导胜过好老师》、《好流氓胜过好老师》……"

金皮皮吐了一个又肥又壮又浓的烟圈，讲话节奏明显放缓："有一天中午，我迷迷瞪瞪打瞌睡，不小心碰倒了墨水瓶。白纸上星星点点，中间还夹杂着一些杂乱无章的线条。我久久地盯着这张白纸发呆，突然拍着桌子大叫'有了'！我的个妈啊，正在午睡的员工全部钻到桌子下面去了，他们以为北京地震了。我让他们根据这张废纸上的墨迹，写一篇说明文，题目叫《盗墓日记》。我随后又泼洒了几张白纸，组织另一批学生完成《盗墓日记》之二、之三……本来我设计的《盗墓日记》共有十集，第十集的高潮是挖到美国白宫的藏宝间，用空军一号运走白宫内的宝物。第十集的结尾是这样写的：正当三叔驾驶空军一号在太平洋上超音速飞行时，闷油瓶拍了拍三叔的肩。三叔猛然抬头，前面白光一闪。三叔的心头一紧，是导弹？是外星人？还是大尸鳖？……要知空军一号的命运如何，请看玄幻小说第二套《僵尸笔记》。但《盗墓日记》刚刚挖到第八集，有个中学生看后患了精神分裂症，跳楼自杀。家长非赖我们，盗墓工作才虎头蛇尾地收场了。遗憾啊，遗憾！"

"金总，如果再坐一会，我也可能患精神分裂症了。我的理想就是要追求经典。我们的观点相差太远了，我收回我的稿子。"

金皮皮重重地放下茶杯，一脸不高兴："小黄，不是我找你来听的，是你主动找上门来的。我正忙着呢！芝芝，送客！"

韩立赶紧对着金皮皮离去的背影赔小心："金总，对不起，对不起……"

黄龙赶紧逃离打铁图书公司，他担心跑慢了，被打铁公司的铁锤给砸成了大尸鳖。自从有了网络，剪刀糨糊升级为复制粘贴，打铁图书公司的产量提高了一万倍。查找替换人名地名，外加一张吸引眼球的封面，一锅东北乱炖应运而生。作品像井喷，书店变成了贩卖假货的交易市场。反正中国人多，总有人会上当，怎么骗也骗不完。

所有的小说，男人和女人，只要见面，就会上床；官员和商人，只要上酒桌，就会行贿受贿。快餐文学——二奶般的感情、盗墓般的悬念、政客般的恶习,交织成一个个荒诞离奇的故事。中国文学开始了史无前例的大跃进。在打铁公司的带领下,全国人民热血沸腾。大伙怀着各种企图大炼文字钢铁。

韩立开导黄龙,别想流芳百世了,现在的文学就是娱乐,一笑而过叫文学。韩立看到他一脸严肃的样子,更觉得滑稽可笑。"黄龙,实话告诉你,我花一个小时在网上找一些素材,写上两千多字,投给《故事大王》,一千块钱的稿费就收入囊中。我每月发表三篇,生活费就解决了。写得越离奇古怪,发表的可能性就越大。娱乐别人,也娱乐自己。这种现状也不能全怪打铁图书公司,读者的心态助长了图书公司的繁荣。读者不是为了思想充实,单单为了神经刺激而读书。浮躁的社会让读者浮躁,浮躁的读者让作家浮躁。为了引人关注,写手们喜欢在脸上抓出几道血痕,装出一点流氓的习性,打上'个性'的标签。"

黄龙沮丧地说:"我对快餐文学绝望透顶。今年在狗屎上洒一点法国香水,用白色瓶子装着。明年在牛粪上洒一点美国香水,用紫色的瓶子装着。这个世界,金子发光,玻璃发光,狗屎也发光。挤进珠宝店的都是宝贝。只要给他们上柜费,狗屎牛粪都可以同台竞争。快餐文学做久了,人就变成了快餐。"

韩立笑着说:"那当然。这是一个没有经典的时代,一个没有大脑的时代,一个赝品比真品还要狠的时代。"

主流文学

在打铁图书公司走过一遭之后,黄龙终于明白把《药》做成畅销书实在太难。"赚钱顺想,折本倒想",心态一下子摆平了。只要自己的作品好，不畅销又何妨？好作品需要时间的沉淀，历史会给出最真实的答案。

黄龙从此不再关注畅销书，他转向研究主流文学。文学领袖熊主席曾谆谆教导文学青年："中国老一辈的文学作品比西方高一个层次，你们年轻人要好好接过接力棒。"熊主席还写了一篇学术论文论证他的观点。从字里行间可以看出，熊主席并不是对中国主流作品全盘肯定，而是犹抱琵琶半遮面地说他的作品比西方高了一个层次。本来熊主席只需一句话就可以说清楚，结果他写了两万多字的废话。文人讲话就是这么含蓄。

黄龙拜读了熊主席的长篇小说《这样的人生》。小说讲述了一位自强不息的年轻人努力工作，利用业余时间苦读《钢铁是怎样炼成的》和《雷锋日记》，最后在平凡的岗位上做出了不平凡的奇迹。小说结尾颇具哲理："幸福人生，在于个人品味。你体会不到幸福，每天吃鲍鱼龙虾也不幸福；你体会到了幸福，每天吃打折面包也会幸福。"自从这本书面世之后，中国人见面之后异口同声地寒暄："你幸福了吗？"

看完熊主席的小说，黄龙勾勒出一个模样：穿黑色西服，扎花边领带，头上抹了油，脸上施着粉，一月不见两次笑，三天坐四次主席台的"主席形象"。黄龙骂了一句："一个文人具备了官徒所具备的能吃、能喝、能拍、能钻的四大品质，那就是彻头彻尾地无药可医了。"

和谐文学奖是主流文学的盛会，每四年评一次，获奖者的级别相当高，高得让普通作者眩晕。一群有头有脸的文化领袖轮流坐庄，主席甲给主席乙颁奖，主席丙为主席丁写序。中国文坛可谓政通人和，盛况空前。主席戊给主席己的《乡村故事》写书评："己主席花了三年的时间完成了这部作品，每个字都是用心血拧出来的。"一个"拧"

字，死死地拧住了黄龙的眼球，他想去体会一下被拧的感觉。

尽管文豪们谦称小说风格不同，没法比较，但黄龙还是固执地让《药》和《乡村故事》做了一场惨烈地决斗。首先比语言，《药》的语言干净简洁，风趣幽默，意境高远；《乡村故事》想模仿农村老太婆的语言风格，但缺少老婆婆的淳朴自然，有点"站街女撒娇"——扭扭捏捏。接着比结构、比情节、比细节、比思想……黄龙感慨："这帮作家太勇敢了，太真实了，太敢于自曝家丑了，这么不堪入眼的东西居然敢拿出来评奖，无异于精神病人的裸奔！"

黄龙看了一百部主流小说，九十九部歌功颂德，一部批判文学。一位朋友告诉黄龙：某县长即将上调省城工作，组织部来调查他的工作表现。甲群众说："县长关心群众。"乙群众说："县长廉洁奉公。"丙群众说："县长以办公室为家。"丁群众说："大家都在说优点，我想提提缺点。"在场群众的心一下吊到嗓子眼上，暗忖县长甄选"群众代表"时出了纰漏。大家凝神屏气地听丁群众发言："县长最大的缺点是不爱惜身体，他像拼命三郎一样，上班不分白天黑夜，工作不分节内节外。'白加黑，五加二'，只知道体恤民情，不知道爱惜身体。"省城组织部的领导表扬丁群众敢说真话，不愧是新时代的"鲁迅"。县长因"鲁迅先生"的批评当上了财政厅厅长，"鲁迅先生"因厅长出面打招呼当上了某文学团体的副主席。"鲁迅先生"就是当代批评文学的代表。

"中国主流文学比西方高一个层次？"黄龙暗暗骂道，"还不如直接说'国产电影比好莱坞电影高一个层次'。"

一位哲学家说过："如果邮差知道他们的邮袋里装着多少愚蠢、庸俗、荒唐的废话，他们就不会跑得那么快了，而且一定会要求提高邮资。"

人活在世界上，分分秒秒都在做选择题——要么和打铁公司同流合污，要么和主流文学沆瀣一气。经过痛苦思考之后，黄龙决定不再做本来就没有正确答案的选择题了。他要按照自己的方式去写作，这辈子才对得起自己。他觉得自己看污秽的东西多了，没有受到污染，反而变得更纯洁。黄龙觉得自己被夹在两山之间。他对着悬崖峭壁呐喊，但没有听到一丁点回音。

　　黄龙走回办公室的时候，听到走廊拐角处一对男女的吵架声。他看到一个中年男子正和汪冰冰拉拉扯扯，冰冰气冲冲地跑回办公室。黄龙跟着走进办公室，瞟了一眼冰冰的电脑显示屏，发现她正和白龙聊得火热。一看就明白，白龙正在那边埋头挖墙脚。

　　黄龙再次走出办公室时，那个男人沮丧地靠在墙头。他大约四十来岁，头发灰白，戴着一副深度眼镜，身材瘦削，黑色西服配着大红领带。从外表看，男人既不是老板，也不是官员，多半是疯疯癫癫的学者。虽然不知道冰冰和男人吵架的缘由，但黄龙本能地同情眼前的这位男人。

　　黄龙主动和他打招呼，男人立刻表现出友好，似乎只要能和冰冰做同事的，他都会高看一眼。黄龙得知男子叫徐幼情——看来他爸希望他有和徐志摩一样幼稚的感情。

　　原来，徐幼情是冰冰大学时的老师，他第一次上课就迷上了汪冰冰，从不能自拔到不能正常工作，再到毅然离婚。汪冰冰不知道是被徐幼情的幼稚感情所打动，还是因为徐幼情的死缠烂打让她不得不屈从，总之他们同居了。

　　本来应该是一段老夫少妻的完美婚姻，但冰冰突然搬出爱巢，再也不愿和徐幼情交往了。她给出的解释是"心中有了别人"，徐幼情死活想不明白，她的接触面非常窄，每天上班送到楼下，下班接回陋室，他像对待幼儿园小朋友一样呵护她，这个"别人"是从哪里插足进来的。

黄龙笑了笑，本来还想安慰几句，冰冰突然从办公室里走了出来。黄龙赶紧闪进了办公室，徐幼情和汪冰冰开始了新一轮的争吵。

黄龙给白龙发 QQ："白龙，在咱们办公室门前，冰冰和徐幼情正在吵架。"

白龙没有回答，赶紧隐身。不幸的情侣都是相同的，幸福的情侣各有各的幸福。

黄龙家教

黄龙没有其他的赚钱门路，只好重操旧业做家教。

黄龙通过园丁家教公司找到了一份做家教的兼职。他拿着地址找到了西三旗碧园小区，为他开门的是一位穿着时髦、身材苗条、鸭蛋脸儿的少妇。随着清脆的脚步声，一个十二三岁的清瘦男孩走了出来。从外表和神态看，这个名叫郭磊的男孩长得像她妈。

双方很快成交，每周一、三、五晚上过来辅导，每次两个小时，每小时一百块钱，课酬按周结算。黄龙在书房辅导郭磊的功课，王大姐在客厅里看电视。郭磊比较听话，作业做得很认真，一点小错误都擦得干干净净，重新写上。郭磊的成绩在班上属于中等，关键问题是老师说一，他就只知道一，不会举一反三。黄龙已经很满足了，他做过很多小孩的家教，这么听话的男孩还不多，他有信心提高郭磊的成绩。离开的时候，黄龙把对郭磊的感觉给王大姐说了，她听了很高兴。

黄龙讲完课，偶尔还能留在他家吃点夜宵，聊聊天。郭磊的爸爸在附近开了一家餐馆，整天在餐馆里忙活。

一天晚上，王大姐正坐在客厅看电视，黄龙辅导完功课之后准备离开。

"王大姐，我先回去了。"

"哦，黄老师，你过来坐一下。我和你商量一点事。这个周末你有空吗？"

"周六上午我还要上班。其他时间都有空。"

"这个周末我要外出，你过来陪郭磊看看书、打打球。"王大姐说完，从身边手提包里拿出一沓钱来。

"周一、三、五，算两个小时，周六算四个小时、周日算八个小时。"王大姐一边说，一边数钱，王大姐数完一沓钱递给黄龙。

"王大姐，周日怎么能算八个小时，真正的辅导时间估计不会超过四个小时。"黄龙把多出来的四百块钱退给王大姐。

王大姐有点惊讶，她做了这么多年的生意，还是第一次见到有人这么给她算账。她为黄龙的骨气所震撼。不过，她没有接他递过来的钱，既然准备送出去，就不准备再收回。

"小黄，钱你先收下，周末可以带郭磊四处逛逛，也需要一些零花钱。中餐和晚餐就到他爸爸餐馆吃。"

黄龙执意把四百块钱放到了桌上，站起身来说："没问题。反正周末我也是闷在出租房里，正好和郭磊搭伴玩一下。王大姐，如果没有其他事，我就回去了。"

"哦，好的。那就谢谢你了。"王大姐悻悻地收起桌上的钱，向黄龙点了点头。

王大姐把黄龙送到门口，很真诚地说："经过这段时间的交往，我知道你是难得的好人。我们将来就像亲戚一样来往，我不会把你给郭磊做家教的事说出去。"

这句话把黄龙吓了一跳。他没有想到在有钱人的眼中，做家教和劳改犯差不多，是见不得人的劣迹，还需要隐瞒这段不光彩的历史。他原以为王大姐出手大方的原因是尊师重教，没想到只是出于同情，找个借口给点小费。

黄龙骑自行车没走出几步，狂风夹杂着树叶和雨点迎面抽打过来。他借助路灯的微光，把正在空中飘舞的塑料袋抓到手上，把钱和课本装进塑料袋里。他逆风而行，实在骑不动了，只好下来推着走；实在推不动了，他把自行车扔在马路边的树林里，徒步跑向出租房。

雨水与泪水合为一体，自负与自怜交织心底。一部悍马越野车从身边呼啸而过，溅了他一身的泥浆。他没有看清车牌号，他不知道是不是黄虎的悍马。如果真是黄虎的悍马车，他不知道该不该拦下来，搭一程兄弟的逆风车。黄龙突然对自己的信念产生了动摇，他不清楚自己在追求什么，追求的价值有多大。他甚至想明天就和黄虎和解，在他的手下当一名马仔，至少不会在暴风雨中挣扎……

韩立喂猪

第二天早上，黄龙看到韩立不停地打喷嚏，知道他昨晚淋雨了。

"韩立，怎么啦？要不要感冒药？"

"真是晦气！辛辛苦苦干了一个月家教，昨天应该是领工资的时候，但那家人居然跑掉了，白忙活了一个月。"

"你咋这么笨啊？你以为干家教是当公务员啊？还准备按月领薪水？做家教都是干一次结一次，最多也是按周付款。"

"那家人是菜农，突然从出租屋里搬走了，手机也打不通了。为了逃避一千多块的家教费，不惜换了手机号。"

"我要比你幸运多了，我昨天搞家教，别人还要多给，我拒绝了。"

"咋这样呢？给钱你还不要？"

"无功不受禄。"

"这个社会实在没法讲客气了。我也是讲客气，这下鸡飞蛋打，还赔上一场感冒。"韩立一边诉苦，一边咳嗽擤鼻涕。

"在这个世界上，仅仅依靠诚实而没有智慧是很难活下去的。想开点吧，只当支援了贫困山区。今天中午我请你吃饭！"

中午，黄龙和三位同事来到老湘餐馆。借助一点酒，汪冰冰的小脸蛋散发着红扑扑的青春之美。韩立夹菜时大肆挥霍，吃饭时却惜饭如金。吃完饭，冯大钢和汪冰冰回办公室午睡去了。韩立拉着黄龙在附近公园里散步消食。

"韩立，我咋觉得这段时间冰冰对你特别殷勤，你是不是走桃花运了？"

"别开玩笑了，这等好事还能轮到我吗？白龙和冰冰打得火热，我经常把宿舍让出来，他们自然对我感恩戴德。感情这东西真是怪怪的，白龙对冰冰不冷不热，但冰冰却对他热情似火。徐幼情对她达到痴迷的程度，她却不珍惜他的感情。"

"白龙的关注点是发明创造，他想一夜之间变成乔布斯。"

"黄龙，我打算近期辞职回洪湖了。我妈妈的身体一直不好，前天还骨折了，躺在医院没人照顾。我这辈子没本事在北京买房扎根，晚走不如早走。"

"你回家准备做什么？"

"喂猪，我这辈子就是对猪有感情。我要接过我妈妈的衣钵，回家建个养猪场。"

"你有本钱吗？"

"要多少本钱啊？刚开始买一头猪，一头猪生出十头猪，十头猪生出一百头猪，不就做起来了吗？"

"得了吧，你以为每头猪都会下猪仔啊？还有公猪呢？"

"黄龙，这个还要你教我吗？我家是养猪世家，这个我能不知道么？我倒要考考你，你说猪一年下几次仔？"

"我又不是兽医，咋会知道这个呢？"

"一头猪一年可以下三次仔，平均每次下十只猪仔，我把卖公猪的钱给母猪买饲料。第二年，猪的女儿又可以下仔；第三年，猪的孙女也可以下仔了。祖孙三代一起下仔，你还担心我做不起来？"

黄龙被韩立逗乐了，他笑着说："你拿出愚公移山的精神，不用说喂猪，就是造原子弹也会成功。"

"别笑话我了，没爸的孩子只能这样，每个人都有自己的活法。如果把这件事说给赵大业听，他肯定会笑掉大牙的。"

"你这样活得更有价值。真的，我对你肃然起敬。"

想到韩立周日要离开，黄龙周六早晨给他打电话，想替他饯行。韩立说他和白龙正在京都大学操场上散步，过去熟视无睹的校园，突然让他恋恋不舍。

黄龙赶过去的时候，韩立、白龙和钱百毅已经在学校旁边的饭馆等着了。四个人过去常在这里聚餐，AA制，每人掏二十块钱，两菜一汤。这次韩立要离开了，钱百毅说要隆重一些，由他买单，菜尽管点。

黄龙把见到冰冰和徐幼情吵架的事情告诉了白龙,白龙默默不语。

黄龙说:"白龙,徐幼情也很不容易,你别挖别人的墙脚啊。"

白龙笑而不答。听到这句话,钱百毅似乎有些心虚,他一声不吭地埋头吃饭,表现出从来没有过的酒桌上的安静。

邂逅丘月

既然到了学校,黄龙不忘买些水果,顺便看看恩师文八斗。

黄龙敲门,过来开门的是丘月,这让黄龙大吃一惊。他本想等小说发表之后再去找她,没想到会在这儿相遇。丘月的脸开门时风和日丽,随即转为乌云密布。

武师母赶紧起身让座。文八斗一眼就看出了黄龙和丘月正闹着别扭,他解释道:丘月所在的咨询公司请他做文化顾问,丘月给他送资料来了。武师母把丘月拉进卧室,文八斗在客厅陪黄龙聊天。文八斗说昨晚没睡好,他被系里的那帮鸟人气得半死。他向黄龙介绍了吵架情况。

朱秀德:"大学排名就要看科研经费的数量,看核心期刊的论文,即使你的随笔写得比《荷塘月色》还好,也不能计入工作量!更何况大家都很自恋,每个人都认为自己的文章比别人写得好,这也没有一个评价标准。学术论文和国家课题才算金标准……"

文八斗:"我没有拿到国家社科基金,但同样在做研究,学术思想与经费数量毫无关系。中文系的老师写不出像样的文章,难道不是笑话吗?"

小钢炮:"朱老师是系主任,按照学校的规定管理。你有意见就去找校长，找教育部长，不用在这里狡辩！"

文八斗站起身来，似乎显得很激动。

黄厚德："文老师，你坐下来慢慢谈吧！有想法可以自由发表，毕竟咱们的校训是'兼容并包，思想自由'。但咱们不能玩物丧志，中文系不是中国棋院，下围棋只能是业余爱好，不能当饭吃。"

江有德："年纪大的老师要有专业深度，不能涉猎得太广，什么都不精。"

小铜炮："是啊，年纪大的老师要给咱们年轻老师做个表率！"

文八斗："业余时间下围棋有罪吗？如果下围棋违反了宪法，我甘愿受罚。"

小钢炮："罚啥呀？自我良心谴责是最好的处罚！"

文八斗："各位领导，如果事先告诉我一声，今天是针对我的批斗会，也让我事先做个准备啊。我们不用吹嘘自己有多么厉害，比文章，我们可以各出一篇文章，请第三方匿名评审，看看谁的文章质量高；论讲课，我们可以走出校门，一起到社会讲坛上演讲，让听众评价谁讲得好。不用三十个人关着门，个个都认为自己多牛逼！"

小洋炮原本是个舶来货，在文八斗不在场的时候，他也是被嘲弄的对象。这时，他旗帜鲜明地与"三德"保持一致，也人五人六地怒斥："文教授，我们没有认为自己牛，就你牛！"

文八斗："你们这群猎手，想从四面八方合力围剿我这头怪兽吗？"

黄龙听了这番情景再现，愤懑地说："中国是一片抹杀个性的土壤，十三亿人民同一个信仰，同一首歌……"

"如果老师都是同样的思想，说同样的话，用同一种研究模式，大学就变成了生产线。"

"文老师，那您就学着装聋子、装哑巴、装傻子。"

"我就是不服这口气！有人把自己当成学术权威，事实上是把'权力'误读成了'权威'。他们根本不算学者，只算官员。中国有才华的文人都是同样的遭遇。BJ大学中文系，从民国到现在，前前后后在中文系待过的老师数千人之众，真正有几人能青史留名？鲁迅被BJ大学辞退，临死前还是通缉犯；沈从文被挤出中文系，被打压得寻短见。风光的权威都成了过眼烟云，只在校史上留下了名字，留不下作品。"

"所谓权威，早已被埋进了历史的沙堆里，只是在新生入校时才被挖出来，展示他们的斑斑锈迹。"

"小黄，系里的那些破事咱们就别说了。你看看我最近发表的一篇小说吧！"说话间，文八斗拿出了一本《小说选刊》，上面刊登了文八斗的中篇小说《三十人的权威》。

"文老师，难怪您又挨批了，您写高校的事情，很容易让人对号入座啊！"

"只要讲真话，我什么都不怕。一个民族，如果连大学都不敢讲真话了，这个民族就将面临灭顶之灾！"

"估计朱秀德看了小说之后又会骂您，'有人把小说写成了报告文学，还是歪曲事实的报告文学'。"

"放心吧！这帮领导应酬那么多，哪有心思静下来看书啊。"

武师母和丘月从房间里走了出来。丘月心头的乌云被师母的和风吹散了，她的面部呈现出难得的秋高气爽。武师母对黄龙说："小黄，我看你进来时脸色有些不对劲。你们走到一起很不容易，年轻人应该学会珍惜，你要对丘月多一点关心。情侣争吵也是正常的，男孩子胸怀要宽广一些。听说你们一个多月没有来往了，你们回去好好谈谈吧。"

分道扬镳

黄龙和丘月一起朝校园外走去。黄龙暗暗发誓再也不和丘月吵架了，吵架把精气神都快抽干了。丘月使出了运动员的速度往外冲，黄龙一路小跑才能跟上。

回到丘月的出租屋，黄龙说要做一顿丰盛的晚餐，并以此为起点，永不吵架，让爱情之舟重新启航。丘月并不答话，只是盯着纷繁芜杂的街道，冷冷地笑。他们来到菜市场，除了买青菜和肉之外，黄龙知道丘月最喜欢吃黄骨鱼——身着黄袍、头上长角的那种鱼。黄龙在市场转悠一圈没有找到黄骨鱼，丘月说实在没有就买鲶鱼凑合吧。鲶鱼和黄骨鱼长得很像，只是黄骨鱼头上多了三个角，鲶鱼嘴角多了几根须。

卖鱼的中年男子，用三个字形容：壮、胖、脏。

黄龙指着水池："鲶鱼多少钱一斤？"

"两根须的鲶鱼四块钱一斤，四根须的鲶鱼八块钱一斤。"

"有什么区别吗？"

"两根须是家养的，四根须是野生的。"

多了两根须价格就差了一倍，黄龙仔细看了一眼四根须的鲶鱼，一条大约三斤重，不用说在北方，就是在洪湖也不可能有这么大的野生鲶鱼了。

黄龙试探性地问："那我们就买两根须的吧？你说呢？"

丘月斩钉截铁地回答："要么不买，要买就买野生的。"

黄龙说："我觉得不可能有这么大的野生鲶鱼了，'野生'只是商家做的一个概念。"

鱼贩子有些不耐烦："我说这位老弟，在女朋友面前连一条鱼都买不起，掉价不掉价啊？买不起就滚开，别说鱼有问题。影响老子做生意！"说话间，鱼贩子把一把刀用力往砧板上一扎，刀稳稳地插在上面。

丘月扔掉拎着的一棵大白菜，拔腿就走。黄龙捡起塑料袋，愤怒地盯着鱼贩子。鱼贩子嘴上叼着烟，上嘴唇留着一撮小胡子，擤鼻涕时鼻涕挂在胡子上，凝成了一根根白面黑心的冰柱子。

见到黄龙盯着自己，鱼贩子瞪眼吼道："看什么看？小心老子宰了你！"

黄龙一字一顿地说："你的鱼全部是家养的，就你是野生的。对着镜子看看你的胡子吧！"

鱼贩子回头到砧板上取刀，黄龙一溜烟地跑掉了。

黄龙追上丘月，气喘吁吁地解释："你一想就明白鱼贩子是骗人的。两根须还是四根须是品种决定的。正如人都是两条腿，农民工不可能上了北京户口就会变成四条腿。"

丘月奚落道："脸皮真厚！别人这么羞辱你，你还好意思在我面前耍嘴皮子。黄龙，你想想，我没有让你给我买房买车，买貂皮大衣，只是想让你买一条野生鲶鱼啊！你说你爱我，想尽快结婚，但你想过没有，结婚照到哪家影楼去拍？摆几桌酒席？咱们住在哪里？你说你喜欢小孩，谁给咱们带小孩？我不让你准备小孩的出国费用，但你至少要告诉我，小孩到哪里上幼儿园吧？"

一连串的问题把黄龙问懵了。他沉默片刻后说："别给我压力了。现在大学生大部分都是这样，别人能活下去，咱们也能活下去。在原始社会人类就能繁衍后代，难道咱们养不了一个孩子？"

"黄龙，别给我避实就虚地谈大道理，生活是要实实在在地过下去的。《政治经济学》的第一课就是原始社会的物物交换，一头羊换三袋米，你既没有羊，又没有米，你喝西北风啊？一见面就大谈特谈你的小说，咬文嚼字地改了一个字，你兴奋得鬼叫三天。你咬文嚼字能嚼出钞票吗？你能把肚子嚼饱吗？有时，我真看不透你究竟是个怎样的人。说你雅吧，你上不了主席台，客套话讲不来；说你俗吧，你喝不了二两酒，抢银行还下不了手。别人说男人顶天立地，我从来没有奢求你为我顶起一片天，但至少让我看到一点生活的曙光，让我找个嫁给你的理由吧。"

丘月像一架盘旋在头顶的轰炸机，把黄龙的雷达系统炸得稀烂。他握着拳头在空中挥舞："我无能，我配不上你，你去找个顶天立地的男人吧！"

丘月快步朝前方跑去。黄龙对着她的背影吼道："你跑吧！你以为我还会像过去那样追你、乞求你吗？不会了，永远不会了！"

丘月拦下一辆出租车，扬长而去。面对出租车喷出的尾气，黄龙开始了习惯性的懊恼。他背着大白菜返回出租屋，仍然满脑子想着四根须与两根须的问题。为什么差价会这么大？快差出一本世界名著了。你说鱼须子和名著哪个更值钱？买东西总得看一下性价比吧。咱们是穷人，生活需要掂量。即使是老板，节约也不是罪过啊！丘月总抱怨他买书，说在网上随便看看不就得了。但黄龙就是喜欢看纸质版的书，可以在旁边做读书笔记，可以前后对照，比较阅读，把书读透。

黄龙打开电脑，想看看丘月上线没有。他惊奇地发现，丘月美丽的头像已经不在亲友组，而是出现在陌生人组中，这表明她把自己从QQ好友中删除了。

黄龙打开邮箱，迟早会来的一天终于来了——丘月发来一封邮件："黄龙，你是个好人，但我没有给你带来幸福和快乐，这样吵下去对彼此都是伤害。咱们分手吧，我换了出租房，换了手机号，这辈子永远不再联系。我相信你会碰到更好的更合适你的女孩。对不起……"

邮件让黄龙感到震惊，不谈了，说清楚不就行了，还犯得着搬宿舍、换号码和删除QQ吗？黄龙猛地抓起大白菜，狠命地砸向窗外。心，可以去伤，但不可以用刺刀去捅！他独自徜徉在北京隆冬的夜色中，高楼上的霓虹灯闪烁着刺骨的寒光，东张西望的流浪汉似乎在寻找回家的路，母猫带着幼猫从面前一蹿而过。他没有表现出失恋后的寻死觅活，但单薄的身体确实遭受了重重的一击。一个趔趄之后，他挺起腰来，对着天一声冷笑："这样也好，给爱一条生路。"黄龙对这段恋情做了盖棺定论：即使没有鲶鱼事件，也照样会有黑鱼事件、鳝鱼事件、鲫鱼事件……浑身都掉到井里去了，靠一只耳朵能挂得住吗？

周一早晨，汪冰冰转交给黄龙一本书——《感谢折磨你的人》，说是白龙送给他的。可以想象，在那个隆冬的夜里，白龙正和冰冰躲在温暖的被窝里讲情话。或许，在那个隆冬的夜晚，除黄龙之外，全世界的情人们都钻在被子里讲着温暖的情话。

第三章

龙凤呈祥

黄龙爱吃米饭，但每天不得不面对面条。出租房的电费本来每度四毛钱，但房东婆却按两块钱收费。她说要用实际行动响应国家的绿色环保倡议。黄龙也相当配合，索性不买电饭煲。他在办公室把笔记本电脑的电池充满，带回出租房，既能办公，又能照明，还能给手机充电。

黄龙天天吃面条，久而久之，感觉身体就是一根特大号的面条。但黄龙还是硬撑着，坚决不为两块钱一度的电费折腰，他不想中了房东婆的圈套。但一件小事改变了他的饮食习惯，也让他从面条的泥坑中解脱出来。

某日，黄龙经过龙凤呈祥面包店。一位妈妈抱着一个小女孩从面包店里走出来。小女孩手上拿着一块面包，她吃面包的方式很特别：用嘴撕下长条面包，一端咬在嘴里，另一端挂在嘴外，嘴巴慢腾腾地咀嚼，挂在嘴外的面包一点点被拖进去。

在熙熙攘攘的人群中，没有人注意到小女孩的吃法有什么特别，包括她的妈妈。黄龙被这卖萌的吃法打动了，他悄悄用手机拍了一段视频。接着他也跑进面包店买了一块面包，学着小女孩的样子撕下一条，慢慢咀嚼，让面包挂在嘴边慢慢蠕动。扫马路的大妈很惊愕地盯着黄龙。这让他意识到自己的吃法很恶心——他早已过了撕面包的年龄。他赶紧把面包塞进嘴里，一溜烟跑回了出租屋。

黄龙感觉面包的味道非常不错，他开始每晚到面包店买打烊前的打折面包。面包店里的售货员身材不高，但曲线优美，皮肤白皙，声音温柔，清纯可人，像一首优雅的田园小诗。黄龙没有勇气和漂亮女孩搭讪，特别是被丘月甩了之后，自信心更是跌入谷底。他特别羡慕坐三个小时火车就能聊到女朋友的男孩，但他实在不具备这种特异功能。这类男孩大多不学无术，但鲜花终究还是插上了牛粪。究其原因，牛粪的脸皮足够厚，鲜花的内心足够虚荣。

又是一个星光灿烂的夜晚，黄龙进面包店之前暗暗给自己鼓劲："做一次牛粪吧!"黄龙来到面包店的门口，看到里面还有一堆"牛粪"迟迟不愿离开，死皮赖脸地缠着女孩说话。等到那堆"牛粪"和他擦肩而过的时候，黄龙瞟了一眼，原来还是一堆"老牛粪"。黄龙买完面包之后，鼓起勇气问了一句："小妹妹，你是哪里人?"

"湖北人。"

"哦，咱们还是老乡呢! 听你的口音好像是靠重庆那边的?"黄龙感到自己说话的声音怪怪的，好像不是从自己的口中发出的。

"是的，我是神农架的。"女孩的声音很低，清澈得像一条静静流淌的小溪。

"我是洪湖人。就是那个'洪湖水、浪打浪'的洪湖，你听说过吗?"

女孩点了点头，脸上露出浅浅的笑。

"我是学中文的，在一家杂志社当编辑。我叫黄龙，你叫什么名字？"

"我叫胡小凤，别人都叫我凤子。"

黄龙看了看门店上"龙凤呈祥"的牌匾，笑着说："我们是老乡，在这里相互有个照应。"

凤子不置可否地笑了笑，或许每天和她套近乎的"牛粪"太多了，她学会了以一笑应万变。

黄龙又试探性地问："如果晚上我到你店里找你聊天，你不会反感吧？"第一步成功了，黄龙马上就有了得陇望蜀的企图。

"当然欢迎呀！"

"你放心，我是好人。只是在这里没有朋友，有时闷得慌。"

凤子羞涩一笑，没有回答。这一笑破解了黄龙心头蒙娜丽莎微笑的千年之谜。黄龙兴高采烈地走出面包店，感觉北京的夜空从来没有这么明朗过，北京的空气从来没有这么清新过。

在爱情的问题上，女人往往"一朝被蛇咬，十年怕井绳"，男人往往伤疤还没结痂，心头又蠢蠢欲动，这就是人性。人性不是人决定的，而是上帝安排的。

凤子逃婚

面包店打烊之后，凤子徘徊在北京的街头。她没有欣赏到黄龙眼中的夜空，只是独自品尝微笑背后的辛酸——一个没爸孩子的辛酸。三岁之前，凤子不知道世界上还有一个亲人叫爸爸，她看到别人家有男人和女人，他们家也有爷爷和妈妈。三岁后的某一天，她猛然发现自己家少了一个重要人物——爸爸。妈妈骗她："爸爸到外地出差了，过几天就会回来。”

上学后，同学们对付凤子的拿手武器就是骂她"石头缝里蹦出来的。"凤子哭闹着要去找爸爸，妈妈也哭了，母女俩抱头痛哭。凤子从小养成了内敛的性格，尽量不和小朋友发生争执。小朋友嘲笑她时，她无言以对，只能"哇"的一声哭起来，用这种方式向别人讨饶。

连花花都成了凤子羡慕的对象，花花的爸爸妈妈离婚了，花花和妈妈生活在一起。但花花毕竟见过自己的爸爸。连花花也敢骂她"石头缝里蹦出来的"。

"你爸都不要你了，你有什么资格骂我？"

"谁说我爸不要我了，我后天又要见爸爸呢！你呢？你知道你爸长什么样子吗？说不定就是那短嘴猴子呢！"

凤子这次没有哭，冲上去在花花的手上咬了一口，花花"哇"地哭了。凤子被自己的野蛮行为吓了一跳。

深秋的夜晚，凉风吹动树叶发出沙沙声，这声音与她的脚步声交织着。耳畔仿佛响起了一个慈祥男子的声音："凤子，你是不是很孤独啊？需要爸爸的帮助吗？爸爸实在脱不开身，尽管也想马上过来陪着宝贝女儿，但爸爸也是身不由己。原谅爸爸吧！"凤子警觉地站在原地转了一圈，没有看到一个人影。她不由自主地叫了声"爸爸！"回答她的是被惊醒的麻雀的扑翅声。

回到出租屋，凤子打开电视想分散一下注意力。电视节目中正讲述着一个找爸爸的故事。奥运冠军郭君君很小时父母离异，她和爸爸生活在一起，并跟着黄教练练习射击。十四岁时，君君训练之后回到出租房，却没有见到爸爸的踪影，只是看到墙上挂着那件灰色的风衣。君君几次离队去寻找爸爸，但一直没有爸爸的音讯。等拿到金牌后，君君打出了金牌寻父的启示，在国内引起了强烈反响。一位网友留言："郭叔叔，您看到您女儿了吗？不管您当初离开她的原因是什么，现在她已经长大了，如果您真心想弥补自己的女儿，就应该大胆地见她。就当是对女儿获得金牌后的奖励吧！"凤子的眼睛模糊了，她关上电视，盯着窗外的夜空。她想即使找到天涯海角也要找到爸爸，因为她只想问他一句话，揭开一个谜底——"为什么您要遗弃我？"

凤子知道妈妈不愿意她提到爸爸，懂事之后她再也没有在妈妈面前提过爸爸了。她从爷爷那里得到了一点爸爸的信息，她的爸爸叫"红军"，知青返京后在文化局工作。她无数次用"红军"和"文化局"这两个关键词搜索，搜出来的信息多如牛毛，但所有信息都是关于文化局组织老红军做演讲的新闻。

凤子从神农架来到北京的背后也有一段故事。当时村里有一位年龄相仿的男孩叫石敦厚，他是石溜子的三儿子。石溜子的大儿子是青松镇的镇长，二儿子在武汉大学当老师，他们家算得上金猴村的名门望族。

石敦厚和凤子是中学同学，初中还没毕业，石敦厚就因大哥的关系到镇政府当上了小车司机。凤子的妈妈胡爱莲到镇上买东西，偶尔碰上石敦厚。他总会摇下车窗，说正好要回村里，可以把胡爱莲捎回去。这种"顺便"多了，胡爱莲看出了端倪。她打心眼里喜欢石敦厚，觉得这孩子人如其名，是个厚道可靠的人。

石溜子找胡爱莲聊天："咱们家敦厚从小就喜欢凤子，但孩子老实，不敢向凤子表白。要是咱们两家结成亲家，在村里也有个照应。如果把凤子嫁到外村去，你要有个三病两痛的，身边可没人照顾。"

石溜子很会分析心理，他知道胡爱莲就这么个女娃，她最大的心病就是没有安全感。胡爱莲有些动心，不完全是因为安全感，而是感觉石敦厚这孩子可靠。她希望给凤子找个可靠的人，不像她一辈子受苦。

凤子没念完高中就回家帮妈妈务农了。在山区，女孩读个初中，认识个上下就不错了，更何况家里确实需要帮手。

晚上，胡爱莲把这件事跟凤子说了，凤子却不同意。凤子拒绝的理由是"没感觉"，凤子天性浪漫，她的身上遗传了胡爱莲的基因。这点胡爱莲是最清楚不过的。

"凤子，妈妈知道你的性格，浪漫不能当饭吃，婚姻就是过日子。我觉得敦厚这娃是过日子的人。"

"妈妈，我能理解您。但我完全没感觉，您说这日子还过得下去吗？"

"感情这东西要慢慢培养，在一起待的时间长了就会有感情，日子也就过下去了。"

"妈妈，其他事情我都可以听您的，但婚姻问题上您要给我一点自主权。"

"你想想吧，咱们家是从外地搬过来的，孤儿寡母，在金猴村扎下来就很不容易了。溜子伯伯这些年对咱们也不薄，敦厚的大哥又是镇长，前途无量。听说敦厚马上就要转正了，这辈子吃上国家饭，就有了保障。不是妈妈势利，你想过安稳的日子，就得有个靠山。"

"妈妈，这些我都知道，但咱们不能拿婚姻当交易啊。"

"我不多嘴了，你考虑考虑吧。"

爷爷总算开了腔："莲儿，我们还是以凤子的意见为主吧。"爷爷是个宽厚豁达的人，对子女更是百依百顺。不过豁达也不完全是件好事，当初正是因为他的豁达，才酿成了胡爱莲婚姻上的不幸；正是因为他的豁达，父女俩才一夜之间搬到了神农架。

这天，胡爱莲和凤子到地里干活去了。等到她们回家时，门前的泥土路铺得平平整整的。胡爱莲问邻居才知道是石敦厚带着几个朋友把路整平了，还铺上了小石子。以后再碰上雨天就不用深一脚浅一脚了。

胡爱莲喜上眉梢，想到自己找个这样的女婿，还愁没有幸福的晚年？面对平整的路，凤子的心里却忐忑不安。事实上，凤子早就知道石敦厚喜欢她。只是当时他还没到镇政府上班，没有勇气追凤子。在农村，要说在哪儿上班，那是找对象最大的本钱。

石敦厚喜欢凤子，这让全体村民大跌眼镜。

"石敦厚这小子灌了什么迷魂汤，村里那么多好女娃他不喜欢，却偏偏迷上了凤子。凤子身板不够硬朗，做农活也不算能干；读书又没考上大学，没有跳出农门。郎不郎秀不秀的媳妇最难伺候。"

"胡爱莲真是撞大运了，她要招个乘龙快婿了。"

"凤子这女娃，长得有点像她妈，是个克夫相。"

自从到镇政府上班之后，石敦厚的自信和勇气平添了不少。晚上，他悄悄摸到凤子家里去。客客气气打完招呼之后，凤子找个借口溜到邻居家去了。石敦厚陪胡爱莲聊天，他知道丈母娘接受了，就等于成功了一大半。

为了躲避石敦厚，凤子很晚才回来。

胡爱莲发脾气："胡小凤，你以为自己是谁啊？有个人追求你，你就不知天高地厚了。你自己有什么本事，可以展示啊！"

"我没有本事，但我就是不喜欢他！"

"我管不住你了！你别在这个家里过了。"

凤子委屈得哭了，平时爷爷和妈妈都惯着她，妈妈从来没对她讲过狠话。一家人很不愉快地歇息了，晚上村头的狗汪汪地叫，胡爱莲也没在意。第二天早上，爷爷敲门叫凤子起床，这才发现凤子离家出走了。她留下一张纸条："爷爷妈妈，我知道你们把我带大很不容易，但我的确不喜欢敦厚哥。我到北京找好朋友佟梅去了，安顿下来之后，我会给你们电话。你们不用担心，我会照顾好自己的。"

灵魂深处

傍晚，黄龙握着手稿在休闲公园里散步。他的嘴巴一张一翕，但并没发出声音。他不停地推敲《药》中主人公的一句口头禅："狗屁"——这两个字可以替代一切语言和一切无法用语言表达的语言。"狗屁"贯穿了阿利从生到死的整个过程，描述婆媳吵架时，黄龙写道："阿利的嘴中轻轻地嘀咕了一句，范莉听不清他在说什么，但从嘴巴一翘和一个爆破的口形判断，知道他说了一声'狗屁'"。阿利自杀时，黄龙写道："从阿利紧闭的嘴唇可以推断，他在咽气的瞬间还想放出最后一个'屁'字。但阿利万万没有料到，生命中的最后一次爆破却狗屁不成功。"

黄龙拿捏准了"狗屁"的火候之后，兴奋地在草地上连做了两个前滚翻。这时，他才意识到树林里传来的吉他声，或许正是这优美的音乐给了他创作灵感。他寻声而去，穿过荒草，循着小径，来到了湖边。湖水的气息扑面而来，四周寂寥无人，绿色四合，天地黯然无语。他看见两个女孩坐在草坪上弹吉他，人在画中，吉他声伴着月光流淌在湖面上。她们弹奏的曲目是《卡伐蒂娜》，克莱德曼的钢琴曲里也有这首曲子。黄龙经常听到宾馆大厅里用这首钢琴曲作背景音乐，但两个女孩用吉他弹奏出来比钢琴更有味道，吉他的音色似乎挖掘到了曲目最深层的内涵。一曲之后，黄龙轻轻地鼓掌走过去，他发现其中一位是凤子。凤子一眼就认出了黄龙，她和他打招呼，并向他介绍了自己的同伴："这位叫佟梅，我的中学同学。我们俩组成了一个乐队，叫做凤梅组合。"

黄龙和她们坐在湖边攀谈起来。原来，佟梅和凤子是高中最要好的朋友。佟梅上了大学，凤子中途辍学，但俩人从来没有中断过联系。凤子遗传了她妈妈的天赋，从小能歌善舞，尤其爱弹吉他。她们每天晚上坐在湖边的石板上，像一对幽会的恋人，唱歌弹吉他，天南海北地聊天。她们一起排练节目，准备参加电视台的选秀比赛。

俩人亲如姐妹，偶尔一天不见面，就好像缺少了什么似的。从此，孤独的黄龙闯入了凤梅组合的生活。他在公园里琢磨《药》，倾听她们的音乐。黄龙想，如果自己多一点音乐细胞，早就加入凤梅组合了。

佟梅的性格外向，和黄龙谈天说地，想到哪里就扯到哪里，用她自己的话说："我是个话痨，一天不说话，肯定会憋死。"虽然凤子在公园比在面包店里放松了许多，但言语仍然不多，总是用淡淡一笑替代千种语言、万种风情。

虽然黄龙不停地和佟梅聊天，但明眼人一看就清楚，醉翁之意不在佟梅。黄龙只是想扯出个话题，让凤子参与。可凤子只是听他们说话，偶尔插上两句，或者做个夸张的表情，表明自己对他们的谈话很感兴趣。

黄龙出差一个月。在这段离京的日子，他才知道自己多么迷恋凤子。虽然凤子在黄龙面前没有打开心扉，但他敢断定凤子是个感情丰富的女孩，而绝对不是像丘月那样的木头人。

回京的第一个晚上，黄龙迫不及待地来到湖边。还没穿过树林，他就听到了弹唱声。他很陶醉地听完一曲，又听见凤子和佟梅在一起打闹。不知道佟梅犯了什么错，凤子非罚她学两声狗叫。佟梅不依，凤子不罢休。

"你不学狗叫，咱们今天就不弹琴了。"

"汪、汪！"

"咯咯咯，咯咯咯……"

树林里传出了两人欢快的笑声。原来黄龙不在场的时候，凤子是这么的天真无邪啊！她们又把刚才的曲目重复弹唱了一遍，这一次是佟梅弹琴，凤子唱歌。凤子的歌声，时而如山中的瀑布响亮高亢，时而如山涧的溪流婉转清澈。弹唱结束之后，黄龙走进树林，从时间间隔上努力向她们表明，他没有听到狗叫声。

佟梅高兴地说："黄龙，你怎么出差这么长的时间啊？凤子可想死你啦！"

凤子并不像刚才那么放肆了，只是做了个鬼脸，在佟梅的背上拍打了几下。

黄龙问："你们唱得太美了。这是什么名曲啊？我怎么没听过呢？"

佟梅反问道："你怎么会有这么高的评价啊？"

"我不是说你们表演得好，是说曲子写得好。"

"这是我们自创的曲目——《灵魂深处的呼唤》，主要归功于小凤子。"

黄龙笑着说："没想到凤子还是诗人啊，能写出这么优美的歌词。"

黄龙帮她们仔细推敲了一遍歌词。他简直不敢相信一个面包店的售货员能写出这么有意境的歌词，简直是一首精妙绝伦的抒情诗。配上曲子，配上湖边的风景，黄龙感觉自己不用黄袍加身，也仿佛成了玉皇大帝。

创作阵痛

佟梅向黄龙讲述了《灵魂深处的呼唤》的创作过程。凤子只是坐在一旁淡淡地微笑，如清风吹过的湖面。只是当佟梅夸奖她时，她会在佟梅的背上习惯性地拍打两下，表达她的难为情。

前些天，佟梅提议干脆创作一些歌词，出个什么专辑之类。凤子说，那可怎么写啊？写什么呢？爱情还是友谊？理想还是生活？她们拿不定主意。有一天夜里，凤子在梦中听到有人轻轻地呼唤她的名字，于是她毅然决定，专集的名字叫《灵魂深处的呼唤》。佟梅觉得这个名字很有震撼力，凭这个名字一定会火。

可惜她们仅仅创作了一个伟大的名字就卡壳了。每天面对的只是一个名字，实在想不出在歌词中应该呼唤什么。创作歌词毕竟是第一次，她们写了扔掉，扔了再写，有时分头琢磨，有时共同讨论，可就是没有达到想象中的精彩。累了躺在石板上歇歇，或仰望蓝天，或闭目养神。几天过去了，她们只吃面包、喝水，全身心沉浸在亢奋而焦虑的状态之中。

一天晚上，她们在佟梅的出租房里讨论歌词。

"佟梅，你是大学生，灵感比我多得多啊！"

"灵感完全是神来之笔，与学历无关。你不是说你们家有音乐遗传基因吗？你应该多开动脑筋啊！"

她们慢慢变得烦躁了，感觉《灵魂深处的呼唤》像个吸血鬼，让人身心疲惫。最后她们吵架了，佟梅把自己重重地扔到床板上，随口喷出了一句气话："大不了就散伙！"

这句话深深地伤害了凤子。这哪像一个乐队队长说的话啊？在凤子的心目中，佟梅可以亵渎面包店，可以亵渎她心爱的小皮包，但绝对不能亵渎音乐！凤子哭了，伤心地跑出了出租房。天很黑，北京正下着六十年一遇的大雨。她没有打伞，小道上不见人影。当跑进平时弹吉他的那片树林时，她感觉心里陡然明亮起来，路边昏暗的灯光变成了心中的明灯。她突然感受到灵魂深处的呼唤，她拿起路边的一根树枝在地上胡乱地画着。佟梅也追了过来，两人在暴风雨中紧紧地抱在一起。她们完全明白了对方，彼此感觉到了那份"灵魂深处的呼唤"。

歌词写出来了，以大自然和人性为主题。在大自然的震撼力之下唤起人性的反思，这是一个非常大气而有深度的意境，并不是一般歌词所表述的爱情、友谊或自然。大自然与灵魂的撞击，才是宇宙间最具震撼力的呼唤。她们随后开始谱曲，曲子一气呵成。对凤子来说，谱曲如家乡的一泓清泉，随口哼出来就是一首悦耳的乐曲。她们一遍遍弹唱，在宿舍、在操场、在路边、在天桥上、在地铁口……在安静的公园里享受孤独，在热闹的街边享受喧嚣。

兴奋之余，她们又变得冷静了。两个打打闹闹的女孩学会了装模作样的深沉。她们用挑剔的眼光去推敲每个字、每个音符。经过细心打磨之后，她们再合奏一遍，听听效果。傍晚，夕阳正好离去，薄雾悄悄降临。佟梅坐在石板上，凤子站在草坪上，凤子冲着佟梅点点头，两人同时拨响了第一个音符。清脆的音符像彩带一样从琴弦飘向天空。她们感觉自己站在一个空旷的舞台上，粼粼波光如人山人海的歌迷，正安静地、专注地、如痴如醉地听她们表演。俩人几乎同时进入了这种幻境。

凤子惊奇地说："佟梅，我看见咱们站在星光璀璨的舞台上，台下有无数双眼睛盯着我们。"

佟梅点头回答："千真万确，我还看到露出亮光的剧院入口，音乐天使从那儿飞进了我们的脑海。"

"是的，天使穿着一件紫色的纱裙……"

"是的，天使长着一对洁白的翅膀……"

说到这里，两个女孩屏气凝神。她们默默地站着，盯着湖面。这时夕阳消散，暮色合拢，湖水静静地陶醉于音乐之中。过了很久，佟梅叹了一口气："哎！我们的感觉完全一样，高山流水遇知音。"凤子使劲地点头，紧紧地握着佟梅的手。

在随后的排练过程中，每当沉浸在一种心无杂念而被音乐激发的状态时，她们都会产生这种奇妙的幻境：空旷的舞台、音符彩画、紫色的长裙、歌迷的眼睛……或许贝多芬曾经有过，或许莫扎特曾经有过，或许舒伯特曾经有过……

凤梅组合，追梦女孩。

顶礼膜拜

听完凤梅组合的创作过程，黄龙对凤子的感情从佩服到崇拜，再到神化。黄龙在心里感慨，他和丘月在一起四年，每天都为鸡毛蒜皮的小事吵架，从来没有讨论过文学；他和一个面包店的女孩在一起，居然张口谈文学，闭口谈艺术。如果当初爱上丘月是一时冲动，现在爱上凤子完全是神的旨意。

黄龙每天晚上到湖边和凤梅组合汇合。下雨时，凤梅组合不会过来，黄龙独自撑着雨伞来到湖边。如果杂志社不得不加班，他会火冒三丈。这些年太孤独了，中学同学早已不再联系，大学同学只剩下一条春节祝福短信。他没有想到会巧遇这两位仙女，他甚至觉得这两个女孩是《白蛇传》里的白蛇和青蛇。他甘愿当许仙，让自己的脸上带上一股幸福的妖气。

　　凤子把夜班换成了白班，这样她们晚上在一起交流的时间就更多了。凤梅组合开始联系酒吧去表演，《灵魂深处的呼唤》成了她们的主打曲目。黄龙也跟过去助兴。酒吧里什么货色都有：有的豪爽，有的啰嗦；有的聪明，有的糊涂；有的音乐素质很高，有的只会干吼干嚎……

　　有些听众仅仅把《灵魂深处的呼唤》当成烘托气氛的背景音乐，而并没有用心去聆听。每到这时，黄龙恨不得冲上去，踢死这帮酒鬼。凤子和佟梅似乎没有意识到这一点，她们只是尽情表演，享受属于自己的舞台。

　　黄龙总想找机会和凤子单独相处。一天傍晚，天下着雨。黄龙一边诅咒这鬼天气，一边朝湖边走去。他远远看见有人撑着雨伞站在她们平时弹琴的地方。黄龙的心怦怦乱跳，难道是自己错怪了老天的安排？黄龙走上去，果然是凤子。

　　"凤子，你怎么在这里？"

　　"下雨了，随便出来走走。"

　　"我今天看到了另一个版本的《灵魂深处的呼唤》，我觉得远远胜过了你们的版本。"

　　凤子瞪大眼睛问："什么版本？你也创作了一首歌曲？说给我听

听，给我一点学习的机会吧！"

"你愿意听吗？"

"那当然，平时我不是总让你提修改意见吗？"

"这些天，我感觉自己身上的亿万个细胞同时迸发出灵魂深处的呼唤，那声音更加雄伟、更加真挚……歌词只有九个字：因为爱你，我不能自拔。"

凤子的脸刷地红了，她低头笑而不语，清纯的脸上露出了与生俱来的清纯羞涩。

"凤子，从我那次到面包店问你名字开始，我就感觉到'龙凤呈祥'是专门为我们设计的。湖边邂逅是神的安排，今天下雨更是神的旨意。你创作的歌词让我震撼，在京都大学中文系，我找不出这么有才华的女生。我昨晚做了一个梦：从你的外表到才气，从你的思想到性格，像四堵高不见顶的墙壁，把我团团围住。我试着跳出去，但怎么跳也是徒劳。我知道，钥匙握在你的手上，只有你才能解救我。"

凤子侧着头，看着天，对黄龙的求爱不置可否。黄龙追问凤子的态度时，凤子浅浅地笑着说："我手上也没有钥匙，能拯救你的只有你自己。"

黄龙正准备向凤子再度讨要钥匙时，远远看到佟梅走了过来。从此以后，凤子就变成了佟梅的影子，再也不给黄龙单独表白的机会。没办法，黄龙只好从佟梅那儿找突破口。黄龙把对凤子的感情告诉了佟梅，希望她能帮他。

佟梅说："凤子是个很单纯的女孩。我实话告诉你，她爸把她妈遗弃了，她受她妈的影响很大，特别害怕和异性交往。你喜欢她，就一定要好好待她。她因为妈妈的婚姻已经受到伤害，你不能再对她造成任何伤害。"

"谢谢你的提醒。如果凤子接受了我,我一定会好好呵护她!"

"我们上高二的时候,有一名女生和凤子吵架,她突然在宿舍里唱道:世上只有爸爸好,没爸的孩子像根草……凤子听到这首歌,哭得很伤心。过了不久,凤子就辍学了。我不知道吵架和辍学有没有关联。直到现在我也没敢问凤子,担心伤害她。"

听完佟梅的讲述,黄龙的心里阵阵隐痛。他恨不得找到曾经和凤子吵架的女生,把她狠狠地骂一顿。他会对着她吼叫:"我是凤子的爸爸!"

生日晚会

黄龙了解凤子的身世之后,对她的感情由膜拜变成了怜爱。

凤子对黄龙仍然若即若离,弄得黄龙一头雾水。他不知道凤子的态度,弄得既没心思上班,也没心思创作,连《药》也治不了相思病。

佟梅笑着说:"你还一直说丘月是木头人,我看你才是木头人,一点也不了解女孩的心思。"

"我咋不了解啊?凤子像你的跟屁虫一样,我哪有机会向她表白啊?"

"黄龙,我给你讲讲女性心理学吧。任何一个女孩被人追的时候,她的心里是开心的,但又带有惶恐。她对突然闯进自己生活的男孩,有着矛盾的心理。不要以为她在考验你,其实凤子也在和自己作斗争,她怕像她妈一样受到伤害。"

"我看凤子对我没有一点感觉。"

"木头男人！她咋会没有感觉呢？你看她红肿的眼睛就知道她晚上失眠了。"

这一天，对普通人来说是个普通的日子，但对黄龙来说是个特别的日子。下午五点，凤子接到佟梅的电话，说让她过去吃晚饭。按照事先约定的六点半，凤子来到了佟梅的出租房。

为凤子开门的是小女孩妞妞——佟梅对门的小天使。妞妞平时经常在佟梅这儿玩耍，和凤子也很熟悉。出租房里黑洞洞的，没有灯光。妞妞手里捧着一簇鲜花，她欢快地叫嚷："祝凤子姐姐生日快乐！"

凤子还没回过神来，房间里响起了《生日快乐》的吉他曲，曲目弹得非常生疏，超级生硬。黄龙和佟梅从房间里走了出来，黄龙抱着吉他，边弹边唱："祝你生日快乐，祝你生日快乐，祝你生日快乐，祝你生日快乐！"佟梅拿着一根粗大的红蜡烛跟在后面。一曲终了，佟梅把蜡烛放到桌上，正准备到房间去取生日蛋糕，凤子扑到佟梅的怀里大哭起来。凤子虽然在面包店里工作，每天为别人制作生日蛋糕，但这辈子从来没有人给她送过生日蛋糕。每次过生日，她妈都是给她下一碗面条，说是长寿面。

佟梅笑着说："小凤子，你扑错了方向。所有这些都是黄龙为你做的。与我无关！"佟梅想推开凤子，凤子却死死地赖在她的怀里。黄龙站在一旁，不停地搓手，好像有力无处使似的。

佟梅接着说："小凤子，你别嫌弃黄龙的吉他弹得太差。他从零起步，花了一个月才练到现在这个水平。"

凤子对黄龙深情地说："谢谢你！"

黄龙拿出生日蛋糕，佟梅一个劲儿给凤子擦眼泪，但她仍然泪流不止。佟梅点上了二十四根蜡烛，黄龙帮凤子戴上生日王冠。凤子闭上眼睛许了愿，吹灭蜡烛，给大家分蛋糕。

黄龙说："小凤子，今天是你的生日，今年还是你的本命年，相信你会有一个完全不同的人生！"

黄龙说话间又送上了生日礼物——一把非常精致的吉他。这把吉他，凤子看过无数次，但一直没舍得花钱买下。凤子激动得热泪盈眶，她从小缺少父爱，缺少保护，或许凤子对黄龙的感情是亲情与爱情的混合体。

妞妞稚嫩的童音又响了起来，她一边刮着脸皮一边说："羞，羞，我过生日从来不哭，凤子姐姐过生日还哭了。"

凤子不清楚自己是在哭，还是在笑。佟梅打开灯，凤子这才注意到整个客厅都经过了精心布置，天花板上挂着彩带，客厅里搭建了一个小舞台，整个房间洋溢着节日的气氛。

四个人开了一场生日晚会，节目单是黄龙精心设计的。第一曲是黄龙自弹自唱的《灵魂深处的呼唤》，伴奏弹得同样很差劲。

佟梅笑着说："把一首这么好的曲子弹得这么糟糕，也是黄龙的本事。"

凤子反驳道："我觉得很好听了！"这话听得黄龙心里甜滋滋的。从来没有被异性欣赏过的黄龙，突然变得信心爆棚，似乎自己成了歌坛巨星。

"小凤子，别说这种违心的话啊！"

"我和你相处这么多年，我什么时候说过违心话了？我就是觉得黄龙弹唱得很好听。"

佟梅只是摇头叹息："重色轻友，无药可医！"

整个晚会，凤子的肩上一直挂着那把黄龙送的心爱的吉他。凤子感觉这把吉他特别合手，好像是专门为她设计的。当妞妞趴在沙发上睡着了的时候，生日晚会宣告结束。凤子留下来住在佟梅那儿，黄龙道别离开。

敦厚进京

送走黄龙之后，凤子突然发现手机上有十多个未接电话，全是石敦厚打来的。凤子心头一紧，深吸一口凉气。

她赶紧回电话："敦厚哥，刚才手机调静音了。你有事吗？"

"凤子，我在龙凤呈祥面包店门前等着你呢。祝你生日快乐！"

"啊？你到北京来了？什么时间过来的？"

"今天早晨到的，只是想给你一个惊喜，所以事先没给你电话。我来到面包店时，你的同事说你刚刚离开，我一直在这儿等着你！"

凤子赶紧跑向面包店，远远看见一个壮实胖墩的人影。凤子怕面包店的姐妹们看见，她远远地对着人影招手。石敦厚拎着两个大包跑过来，一包是他给凤子带的礼品，一包是胡爱莲托他带来的衣物。

"敦厚哥，我爷爷妈妈的身体都还好吧？"凤子鼻子一阵酸，突然有了想家的感觉。

"爷爷七十多岁了，自然希望你在家陪他。你说说，神农架有什么不好的？非要跑到北京来受苦？"

凤子没有回答，只是问了一句："你到北京来，我妈知道吗？"

"说过了。我说陪领导来开会，顺便看看你，没说是专程过来的。"

"哦——"

"前阵子你妈病了一场。"

"什么？我妈给我电话没有说啊。"

"她怕你担心，所以没告诉你。我带她到镇医院住院了，医生说是支原体感染，现在已经完全好了。"

"谢谢你！敦厚哥。"

"凤子，你和我一起回去吧？"

"对……对不起，我只是……敦厚哥，感谢你今天来看我，感谢你照顾我妈，感谢你为我们家所做的一切！"

"凤子，咱们之间别说感谢了。你跟我回去吧？"石敦厚眼睛里闪着光与热，这个眼神给了凤子巨大的压力。

凤子清楚，她对石敦厚只有亲情，没有爱情。她不知道怎样把握这个度，不想让石敦厚产生错觉，给他造成伤害。

石敦厚突然抓住凤子的手说："凤子，咱们从小青梅竹马，同学们都打趣我们是天生的一对。自从懂事起我就打心里喜欢你。我曾经发过誓：非你莫娶。"

凤子推开石敦厚的手说："咱们做兄妹不是更好吗？"

石敦厚伤感地说："兄妹感情不是爱情，是对我深深的伤害。凤子，难道我们之间没有一点超出兄妹感情的东西吗？"

"我想……我们之间没有可能。"凤子尽量把语气表达得婉转一些。但她终于明白，在感情的问题上，只要有拒绝，就会有伤害。没有哪个情场高手能把男女爱情和平演变为兄妹感情。

石敦厚感到了北京深秋的丝丝凉意。凤子赶紧找了一家快捷酒店，让石敦厚住下来。

石敦厚试探性地问："凤子，你到房间坐坐吧？"

凤子说："已经很晚了，你早点休息，我明天早上陪你吃早餐。"

凤子头也不回地离开了。她知道石敦厚含着眼泪盯着她的背影，但她警告自己一定不能回头。她担心一回头，石敦厚就会冲上来缠住她。她知道石敦厚一定会在心里骂她是木头人。

第二天早上，凤子不敢一个人来见石敦厚，担心他又谈感情。她拉佟梅来一起陪他吃早餐。石敦厚临走的时候，向凤子扔下一句狠话："如果我得不到你，我也不会让别人得到你！"

看着石敦厚离去的背影，佟梅气愤地说："凤子，这个男孩表面上很厚道，内心却很猥琐。你要防范一点。"

凤子清楚自己的心中已经有了黄龙，因为他才是她梦中才华横溢的白马王子。在一个星光稀疏的月夜，凤子问黄龙："如果我妈妈坚决反对，我们不能在一起，你会恨我吗？"

黄龙柔情又不失刚强地回答："我相信我一定会感动你妈妈的。万一她不能接受，我同样会感谢你对我的感情。真心祝福你！"

听到这句话，凤子情不自禁地扑入黄龙的怀里。虽然黄龙长得清瘦，但丝毫不缺少男人味。幼稚的凤子哪里知道，如果石敦厚是胜利者，他也会做出同样的"获奖感言"！

"但这种万一是一万个不可能的。"还没等凤子回过神来，黄龙赶忙又补充了一句，生怕到手的爱情又失去了。

龙与凤，童话般的爱情故事从此拉开了帷幕。

佟梅离去

在佟梅的盛情邀请下，凤子和黄龙搬进了佟梅的出租房。仨人合租了那套两居室，从此他们的生活更加多姿多彩。每天下班，黄龙急匆匆地离开办公室，身后抛下一句话："家里有人做饭！"这句话是多么温馨啊！让在马路边吃快餐的光棍们羡慕不已。

佟梅买菜，凤子掌勺，黄龙洗碗。黄龙在洗碗之前把剩下的菜肴吃得干干净净，包括菜盘里的葱姜蒜，一个都不放过。

佟梅感慨："瘦子食欲好，又不担心长胖，真是一辈子的福气。黄龙，我给你起个绰号叫'吸尘器'！"

凤子赶忙站出来护着黄龙："你把咱们的黄龙叫'吸尘器'有点不雅，还不如叫个什么'肉体冰箱'之类吧。"

佟梅笑着拍打凤子："傻丫头，叫'肉体冰箱'还不如叫'吸尘器'好听呢！"

黄龙很享受被美女嘲弄，他爽快地答应："你们随便叫，越丑化越好。"

饭后，凤子翩翩起舞，佟梅弹曲伴奏，黄龙鼓掌尖叫。情到深处时，黄龙站起身来，一边哀怨嚎叫，一边扭动身躯。佟梅忽然收住音，长叹一声："两位兄妹，好时光只剩下最后几天了，我爸爸让我回去帮忙打点家族企业，今天下午我刚刚办完辞职手续，下周回武汉。"佟梅的爸爸是湖北知名的企业家，他们家的实业做得很大。

凤子的心里遭受沉重的一击，她红着眼圈问："事先怎么没听你说过啊？你走了，我们还有什么意思啊？"

佟梅笑着说："别说假话了，灯泡走了，两个人的世界会更加精彩。"

凤子拍打着佟梅的背："不许你这么说，你是我们至亲至爱的亲人，怎么可能是灯泡呢？我和你是凤梅组合，我和黄龙是龙凤组合。"

一周之后，佟梅真的要走了，凤子哭得两眼红肿。佟梅搂着她说："别哭了，我的小祖宗，我又不是一去不复返了。"

"佟梅，你说话不算数，你说过要把凤梅组合打造成中国最著名的乐队。为什么中途离开呢?"

"凤子听话,我爸三番五次地催我,我也是身不由己啊!我知道你很痛苦,所以一直没忍心告诉你。我一定会经常来看你的。"

佟梅离开之后,凤子一个人懒得去酒吧唱歌了,于是整天和黄龙泡在一起讨论文学,几乎忘掉了她曾经的音乐梦想——因为黄龙的梦想就是她的梦想。

黄龙发自内心地感谢凤子。他动情地说:"小凤子,自从认识你之后,我感觉自己像变了一个人似的。我过去表面上很自负,但内心很脆弱、很自卑。丘月常常把我数落得一无是处,现在静下来想想,觉得她说得也有道理。以前从来没有人像你这样认同我、欣赏我,虽然我知道自己没有你说的那么好,但你给了我勇气和信心。你参与《药》的修改,两个月胜过两年。"

"幼稚老公,咱们都是小夫妻了,何必还说这些客套话呢?"黄龙听到"幼稚老公"四个字心头一惊。黄龙还不好意思叫凤子"老婆",矜持的凤子居然张口叫他"老公"了。如果"老公"两个字是字字千钧的话,"幼稚"两个字就是字字万钧了。这里面包含了无限的爱,无限的欣赏,无限的自豪。

"亲爱的小凤子,我是一个非常真实的人,哪里会讲什么客套话啊?我一想到你就有一种心灵的感动。没有想到世界上会有一位这么可人的女孩会爱我,我甚至感觉自己受之有愧啊!"

"怎么会受之有愧呢?你这么有才,这么真实,这么正直,你就是我梦中的白马王子!"

"丘月把我折磨得太苦了,我原以为所有的爱情都是那样暗无天日。小凤子,你给了我一片明净的蓝天。"

"学会忘记吧。比大海更狭窄的是河流，比河流更狭窄的是臭水沟，比臭水沟更狭窄的是男人的胸怀。"

"是的。或许每个人的内心都有死结。有些人知道，有些人不知道，有些人知道但嘴上不承认。有些人每天挣扎着，想解开死结，但越挣扎死结套得越牢。丘月是我心头的死结，你父亲是你心头的死结。"

"是的。每个人都是一道谜，连自己都看不清自己，因为谜底写在上帝的手心。但我要感谢丘月的大公无私，居然舍得把一个有品位有品质的男人拱手相送。我这么说，你也别洋洋得意，你也有幼稚和自恋的坏毛病。女人天生就自恋，希望得到男人的欣赏，你却不去欣赏她，反而每天欣赏自己，这或许是丘月离开你的原因吧。不过你的缺点登峰造极，幼稚变成了脱俗，自恋达到了忘我，反倒让我觉得蛮可爱的。事实上，优点和缺点并没有明显的界限，关键在于你如何去欣赏。我呀……就是欣赏你，一切的一切，反正缺点也是优点。"

"上帝给每个人安排了一段属于自己的感情和一段不属于自己的感情。关键在于他能不能走出不属于自己的那段情感，勇于探索属于自己的爱情港湾。小凤子，你就是我的港湾。"

还是初恋

佟梅离去之后，黄龙和凤子迫于经济压力，重新租了一个小套间。虽然条件简陋，但小日子过得甜甜蜜蜜。

凤子常常问："幼稚老公，你觉得咱们谁爱谁多一些?"

黄龙毫不犹豫地回答："自然是我爱你多一些。"

凤子知道答案是一成不变的，但她还是情不自禁地问这个问题，不是为了结果，而是为了过程。

风子继续因势利导："我爱你胜过爱地球！"

黄龙条件反射似地反驳："我爱你胜过爱宇宙！"

风子特别喜欢黄龙在爱的问题上和她"抬杠"。她深情地吻了吻黄龙，算是对他"抬杠"的奖励。这段对白是他们每晚必修的功课，他们从来不厌其烦。

心中有了爱，琐事变得浪漫了。每周五的晚上，他们要到公园去约会。吃过晚餐之后，风子先行一步，她走到曾经弹吉他的湖边，坐在青石板上翻看杂志。黄龙洗过碗之后，在草丛里掐上一支野花，从另一条路上走向湖边。他们假定三年没有见面了，黄龙从天涯海角千里迢迢赶过来，约见自己朝思暮想的风子。黄龙远远地挥手，风子飞奔过来，扑向黄龙的怀中。过路人赶紧避开，给这对"久别重逢"的情侣留点空间。谁也不会想到他们半小时前还在一张桌子上吃饭呢！

这个创意是风子发起、黄龙设计、两人共同表演的。玩政治不能作秀，办企业不能作秀，但谈恋爱一定要学会作秀！湖边吵架的情侣看到他们的表演之后，马上惭愧无比，和好如初。爱情，像公园的幽静小道，绕来绕去，绕成了一张情网。

黄龙曾经是个无趣的人，现在变得相当有趣。比如他过去从来不嗑瓜子，也特别瞧不起嗑瓜子的人。"肚子饿了就吃几口饭，嗑瓜子多浪费时间啊！"但风子喜欢嗑瓜子，有事没事往嘴里丢几颗，瓜子壳像明星走红毯似的咔嚓而出。爱屋及乌，黄龙从此喜欢上了嗑瓜子，尽管嗑得没有风子那么优雅、那么娴熟。黄龙不知不觉改变了人生观：一个连瓜子都不会嗑的人，那是多么无趣无味无情调的"三无产品"啊！

黄龙过去是个不讲卫生的人，现在仍然不讲卫生。有时回家太晚，他索性不洗澡了。每次不洗澡黄龙都能找到借口：今天有点累；今天头痛；今天的灵感太多……

凤子抱怨："每天让你洗澡就像抓壮丁似的！"

黄龙据理力争："一个晚上不洗澡，难道地球就不转了吗？"

"女孩子知道你这么不讲卫生，谁还敢嫁给你啊？"

"女孩能容忍男孩不讲卫生，只是不能容忍男孩有洁癖。你想想，洗澡要脱衣服、冲水、打香皂、再冲水、擦身子、穿衣服，生命消耗在无聊的琐事之中。"

"那你建议白龙发明一个干洗机，让你在机器里走一圈，身子就干净了，省去那些无聊的琐事。"

黄龙和凤子共用一套毛巾，不分彼此。有一天，凤子惊奇地发现黄龙用洗澡的毛巾在洗脸。

凤子好奇地问："小毛巾是洗脸的，大毛巾是洗澡的。难道你还分不清吗？"

黄龙嗫嚅地回答："清……清楚。只是我觉得自己脏，所以就用洗澡的毛巾洗脸了。"

"没想到不讲卫生的人还很自卑！"

"但我宁可自卑，也不愿意讲卫生。小凤子，那你下辈子还愿意做我的老婆吗？"

"我下辈子当你妈，好好管住你！"

……

凤子把和佟梅在一起的撒娇劲儿全部撒到了黄龙的身上，让黄龙学几声狗叫那是家常便饭。他们一起在出租房里学"水牛顶头"：用双手扶住对方的肩膀，脑袋对顶，比赛结果无一例外是黄龙失败。黄龙输了，甘愿受罚。他趴在床上，让凤子当马骑。"别人开奔驰宝马接亲，等到我们结婚的时候，我就当马把你驮回家！"听到这句话，凤子的心里美滋滋的——听它千遍也不厌倦，听它的感觉像三月！

骑马并不是简单地重复，创新才能带来惊喜。凤子用她的红腰带当缰绳，让黄龙咬在口里，她不停地叫"驴、驴"。他们看到奥运会上有一个盛装舞步的比赛项目——人穿盛装，马走舞步。凤子把自己打扮得花枝招展，骑在黄龙的背上。黄龙娴熟地表演慢步、快步、跑步、横向运动、帕沙齐、皮埃夫……遗憾的是奥运会上没有把人当马的盛装舞步，否则他们肯定能赢得金牌，为国争光。

凤子疑惑地问："幼稚老公，我每天这样折磨你，你是不是很烦啊？弄得你没有男子汉的尊严？"

黄龙爽快地回答："没关系。在外一条龙，回家一条虫。"

凤子做了个鬼脸，嬉笑着说："实在对不起，反正我就是喜欢折磨你。"

冬天，出租房的窗户关不严，贼风从缝隙里溜进来。黄龙先用卫生纸堵住缝隙，再用透明胶贴上，但还是不管用。黄龙早早上床，帮凤子把冰冷的被子捂热。他还让凤子戴着帽子睡觉，凤子说不太习惯，于是他们只好把脑袋钻在被子里避寒，黄龙用手把被子分成一个个小区间，区分出卧室、会客室、电影院……他还在被子的边上支起几个出气孔。黄龙说一床被子就是一座皇宫，宫殿里住着王子和公主。凤子说她不想住宫殿，也不想当公主，她只想住蒙古包。他们变成一对牧羊夫妻，那才是人生最大的幸福。黄龙只好用拳头在被子的中央顶了顶，皇宫瞬间变成了凤子心仪的蒙古包。

夏天，他们一起在房间里打蚊子。天长日久，俩人打蚊子的技能相当高超。蚊上一百，形形色色。有的蚊子喜欢停在天花板上，黄龙抛出一本书，一具纹路清晰的蚊子标本紧贴其上。有的蚊子喜欢飞来飞去，黄龙一挥手把它抓在掌心，在松手的瞬间往桌上一拍，留下一撮黑色的灰。有的蚊子相当狡猾，钻在床下，没法打到。只是关灯之后，它才钻出来闷头咬人。黄龙用毛巾把凤子的脸包住，把自己的脸露出来当诱饵。等蚊子叮上之后，黄龙一巴掌打过去。黄龙有时扇十多耳光才能打死一只蚊子，效率特别低。有一次，黄龙活捉了一只蚊子，凤子把它放在玻璃瓶里养着。蚊子在瓶壁上缓缓爬行，凤子守在旁边细心观察。凤子看久了，似乎对它有了感情。她担心蚊子会饿死，扔进一粒米饭喂它，蚊子不拿正眼瞧一下。凤子上网查找蚊子的食谱，得知蚊子除吸血之外，还爱喝果汁。她赶紧往瓶子里倒入几滴果汁。蚊子仍然傲气十足，不屑一顾。凤子突然觉得这只蚊子很有个性，有点像她的幼稚老公。或许它正在撰写一部生物界的旷世之作，或许它的家里也有一个可爱的凤子。想到这些，凤子赶紧拿起玻璃瓶，跑到院子里去放生。蚊子从玻璃瓶里飞出来，围着凤子绕了两圈，追寻它的理想和爱情去了。

黄龙希望凤子也有自己的社交圈，希望她有朋友。但当她真的和别人在一起时，哪怕是和女孩过于亲近，黄龙也受不了。有时黄龙惹凤子生气，把她气哭了。黄龙很懊恼，不停地哄她逗她，为她弹唱《灵魂深处的呼唤》。

和解之后，黄龙主动凑上去献殷勤："亲爱的凤子，我愿意一辈子做你的奴隶。"

"那怎么行？你是龙，中华民族的神。我甘愿做你的奴隶，做你的仆人，做你的小女人。"

"不行，我是奴隶，你是高贵的公主，你是奴隶主，我的主儿！"

"讨厌！哪个奴隶会这么肉麻地叫'主儿'啊？"

"那也是，奴隶主和奴隶之间也不可能传出绯闻！"

在爱情的童话王国里，奴隶是个多么高贵而又体面的职业啊，让多少热恋中的情侣趋之若鹜。

"幼稚老公，你转过身来，屁股对着别人太不礼貌了吧？"

"小凤子，你睡自己的枕头吧。"

"我不是睡在自己的枕头上吗？"

"你看看，你的确睡在自己的枕头上，但你的枕头却骑在我的枕头上！"

"那是我的枕头欺负你的枕头，这种事可别赖我！"

清晨，一群麻雀竞相鼓噪，仿佛自己是北漂的歌星。凤子好奇地问："幼稚老公，咱们怎么调了边啊？"

黄龙笑着说："不是换了一次边，而是换了三次边。你不停地往我这边挤，把我挤到床沿了，我只好换到另一边。没过几分钟，你又闻风而动，只差在床上围追堵截了。"

"讨厌！你能不能给别人留点面子啊？"

凤子数落黄龙吵架时的幼稚语言和搞怪动作，她声称要写一部《幼稚老公吵架语录》，在中国爱情出版社出版。凤子说要开设一个"情侣吵架培训班"，让情侣吵架时少一分伤害，多一分浪漫。她说如果情侣不吵架，爱情就没有了火花。世界上最无趣的爱情就是一潭死水。

"幼稚老公，我从小没有父爱。在我内心深处，既把你当成了男朋友，又把你当成了父亲。如果我无理取闹，你要原谅我。"

他们很珍惜这段初恋——这不仅是凤子的初恋，也是黄龙的初恋。黄龙总算明白，他和丘月在一起时压根儿就没有恋过。或许，有些夫妻过了一辈子也没有恋过。

凤子回家

凤子接到胡爱莲的电话，说爷爷身体不好，希望她回家一趟。

凤子赶紧请假回家。她原本想带黄龙一起回去，但上次没征得妈妈的同意就跑到了北京，让妈妈很伤心，这次她想让妈妈有个心理准备后再带黄龙回去。

北京西站候车室里，乘客们纷纷检票进站。凤子执意让黄龙再抱一分钟，黄龙紧紧地搂住凤子。

"小凤子，一分钟应该差不多了吧?"

"没有，才二十秒呢!"

"你戴的什么手表啊? 这么长的时间才二十秒?"

"我的手表不是北京时间，是爱情时间。"

"我送你离开，千里之外，你无声黑白。"黄龙被自己哼出来的歌曲吓了一跳，他这辈子第一次哼这首歌，第一次有这种依依惜别的情怀。

凤子听得泪流满面，轻声附和："你送我离开，天涯之外，你是否还在? 琴声何来……"情，只有有情人才能感知。

凤子在小镇上乘坐黑狗子的三轮车回家。她戴着耳机静静地听歌："你存在，我深深的脑海里，我的梦里，我的心里，我的歌声里。你存在，我深深的脑海里，我的梦里，我的心里，我的歌声里……"

车子在行进，窗外的风景不是风景，而是一个个黄龙的模样。回家之后，凤子发现爷爷没什么大病。如果说病，只能算作思念病，爷爷太想孙女了。

"凤子，你没有征求我们的意见就跑到北京了，刚开始你妈有些不高兴，后来觉得没什么不好的，让你开开眼界也不错。妈妈一辈子也没有离开过这片大山。你去过毛主席纪念堂了吗？"

"那当然。女儿还去了长城，看了故宫。"

"凤子，妈妈给你谈点正经事儿。你年纪也不小了，该考虑个人问题了。上次石敦厚专程跑到北京见你，不知道你有什么想法。爷爷和我都是开明人，只要你能说服我们，我们由着你。"

"妈妈，结婚是一种感觉。您想想，和一个没有感觉的人过一辈子，多难受啊！"

"那你想找一个怎样的人呢？怎样的人会让你有感觉呢？"

"我已经有了男朋友。本来这次他要跟我一起回来，但没有得到您的同意，我没敢带回来。"

胡爱莲心里扑腾一惊，没想到女儿还挺有主见，完全就是第二个胡爱莲。

"给我说说他的情况。"

"他叫黄龙，黄袍加身的黄，真龙天子的龙。京都大学中文系毕业，在《小说》杂志社当编辑。"

胡爱莲半晌没吱声，心想女儿遗传了她身上的所有缺点，就是喜欢文艺青年。她很严肃地说："胡小凤，我反对你找搞文学的。这种人，一阵儿风，一阵儿雨，靠不住。"

"妈妈，我觉得您这是个人偏见。怎么能以职业来评价人呢？"

爷爷发话："莲儿，我们的意见都是建议，以凤子的意见为主吧！"

凤子出门到村里转转，见到了石敦厚。她想和敦厚哥好好谈谈，把事情说清楚。都在一个村里，低头不见抬头见。两人在山边的小路旁坐下。石敦厚迫不及待地说："凤子，嫁给我吧！我这辈子愿意给你做牛做马。你知道我读初中时就喜欢你，我都快疯了。我敢向你保证，世界上没有谁像我这样爱你！"

"敦厚哥，谢谢你！婚姻不是做牛做马的问题。我认你做哥哥不是更好吗？我们从小一起长大，更多的是亲情啊！"

"凤子，你别这么搪塞我了，你觉得我究竟有什么不好？我可以为你改变一切。"

"我觉得你很好，但不是觉得好就会谈朋友、就会结婚。敦厚哥，实话告诉你吧，我心中有了别人。"

"啊？这怎么可能？我不能接受！"石敦厚说话间抓住了凤子的手，想抱住凤子。

凤子一把推开他："别这样，我不高兴了。"

"胡小凤，你别让我多年的感情付之东流！"石敦厚不顾凤子反对，紧紧地抱住凤子，强行吻她。

凤子一下子生气，她用力挣扎，石敦厚还是不放手。凤子口咬脚踢，石敦厚这才放开她。凤子骂了一句："石敦厚，你太无耻了，我错看你了。"

这时，淅淅沥沥地下起了小雨，凤子一溜烟地跑回家里。雨点从屋檐上落下，发出均匀而缓慢的嘀嗒声。她躺在床上，漫不经心地听着这嘀嗒声。她突然觉得这不是雨声，而是黄龙由远及近的脚步声。这声音太耳熟了，一定错不了！难道是黄龙想给她意外的惊喜，雨夜偷袭神农架？凤子惊喜地坐了起来，轻声呼唤"幼稚老公，幼稚老公"，窗外回答她的仍然是"嘀嗒，嘀嗒"。她侧耳细听，感觉时而像黄龙的轻声细语，时而又像黄龙熟睡时的呼吸，时而又像黄龙的嘿嘿笑声……凤子苦笑着摇摇头，原来雨点是世界上最牛的口技大师，它能表演黄龙发出的一切声音。一滴雨，一片思念的大海，海水深处藏着一条幼稚的龙。

凤子忍不住拨通黄龙的电话："幼稚老公，我好想你，你过来吧！我愿拿出一年的寿命换取一种特异功能，让你马上出现在我身边，共同聆听雨水的嘀嗒。"

"亲爱的凤子，别傻了，安心睡觉吧。"

"我实在舍不得挂断电话，不能依偎在你的怀里，至少能听到你的声音。我真的不能控制自己，我中你的毒中得太深了，你是我唯一的解药。我后悔没带你到神农架，带上你这解药。我再也不想离开你了，一辈子，每天都要见到你。你的每一句话、每一个动作、每一个表情都是原创，都是孤本，别人没法模仿。你的盛装舞步，你的前滚翻，涂维 C 粉之后的'春蚕吐丝'……只要是你的，我就喜欢，从头到脚地喜欢。睡在你身边，听你均匀的呼吸声，那才是真正的《灵魂深处的呼唤》。我从没想到一个人的呼吸声会有如此的魅力，透着灵气，透着才气。趁你睡着的时候，我悄悄地录了一段。我在火车上一路听着，觉得特别特别可爱。"

黄龙不忍心打断凤子的独白。他没有想到凤子会说出这么犯傻的话——让全世界肉麻，让黄龙醉倒。

"小宝贝，没有想到你的感情会这么细腻。我过去觉得你平静如水，没想到泅过你的小河之后，彼岸却是火焰！"

"哦，亲爱的，你是喜欢水，还是喜欢火？"

"只要是你的，我就会喜欢。对冒险家而言，水与火具有同样的魅力。"

"那就让咱们一辈子相爱吧！"

"一辈子真的不够。我的小情人，我需要永恒，永远……"

石头疯狂

一夜的嘀嗒声，一夜的脚步声，一夜没合眼。早上起床，凤子一脸的倦怠，困得连喝鸡蛋汤的力气都没有了。尽管爷爷一个劲地挽留，凤子还是执意要回京。

凤子本想在火车上好好睡觉，以更好的状态见黄龙，但她激动得没法入睡，火车的"咔嚓"变成了另一种"嘀嗒"，另一种脚步声。黄龙的神态如影相随，在不经意之间，又仿佛在刻意之中，无声无息地出没在她的心底。

她从包里拿出两部心爱的名著，但文字实在没法进入她的视线，装入她的脑海。因为名著中的主人公与她毫无关系，她的内心除了黄龙之外，什么都没有。她在心灵深处装上了帘子，不允许任何东西进入她的内心，和心爱的黄龙争抢地盘。

黄龙早早地来到了火车站出口。虽然他知道凤子所乘的火车还没有进站，但他还是忍不住盯着出口的每一个行人。他似乎担心凤子像小泥鳅一样从眼皮下溜走。他给凤子打电话，凤子说临时停车了。黄龙恨不得扔出一根长长的绳索，套住火车头，把火车瞬间拖到面前。

出站口终于现出了凤子的身影，黄龙不顾一切地往前挤。他撞倒了一个莽汉，撞飞了一名警察，总算够着了凤子的指尖，高压电般的全身颤抖。他解开外套，把凤子揽入怀中，包得严严实实。还是那迷人的身段，还是那熟悉的味道。

"没有你的日子，这个世界与我无关……"凤子喃喃地讲着胡话。又是一个难眠的夜晚，花一个世纪也讲不完一个月的离愁别恨。

自从凤子回京之后，石敦厚几乎每天都给她打电话。他好像什么事都没有发生似的，只是谈谈村里的逸闻趣事。黄龙让凤子耐心接听他的电话，大家住在一个村里，没必要触怒他。凤子感谢黄龙的理解与大度。黄龙在心里想，在爱情的问题上，没有"大度"这一说法。他知道凤子对石敦厚毫无感觉，所以才表现出了"廉价的大度"。

电话打了半个月，石敦厚开始言归正传了。他不停地说："我好想你，你不嫁给我，我就自杀！"凤子还是耐心地开导他。

凤子的开导并没让石敦厚死心，反而助长了他心中的野火，他厚颜无耻地对凤子说："老婆，你要给我生三个儿子。计生委主任是我哥儿们，他说保证给咱们的孩子上户口。"

凤子把石敦厚的手机号放入黑名单，他又开始发短信骚扰："胡小凤，你要敢和别人好，当心我杀了你！"凤子依然不理不睬。石敦厚居然发过来淫秽图片，这是凤子万万没有想到的。她不敢相信，中学时老实巴交的石敦厚突然变得歇斯底里。凤子没有把这些告诉黄龙，只是换了手机号。

凤子把石敦厚的行为告诉了胡爱莲，希望家人对他敬而远之。胡爱莲听别人说，石敦厚常常在镇上喝酒闹事，仗着他哥哥的权势胡作非为。她倒吸一口凉气，心想幸亏没有撮合成这桩婚事。否则，吃不完，兜着走。

胡爱莲看清了石敦厚的本质，但她还是反对凤子和黄龙谈朋友。胡爱莲一声叹息："这世上的男人，没一个靠得住的！"

第四章

幽灵隧道

自从韩立回老家之后，白龙和黄龙之间的联系就少了。一个是文学幻想，一个是发财幻想，两个幻想之间相距一条银河。这天，白龙突然给黄龙发来一个 QQ 表情，外加一个抖动的窗口。QQ 小企鹅突然搭起了银河上的鹊桥。

"白，销声匿迹了几个月，怎么突然现身了。发财了吧？"

"我做了一件震惊世界的大事。马上就要发财了！"

"别一惊一乍的。我看世界风平浪静的。"

"某日深夜，我躺在沙发上听音乐、浏览网页，冥冥之中感觉自己成了唐明皇，感觉爱妃杨玉环在面前翩翩起舞。唐朝的很多事情一一闪现在我的面前。持续半个小时之后，我又缓缓地回到了现实。"黄龙赶紧让凤子过来看白龙的留言，凤子捂住嘴笑个不停。

"唐明皇先生，你是科幻电影看多了吧？这不是三岁小孩都知道的穿越吗？"

"完全不是。科幻片中的穿越是不可能的，因为时间不可能倒流。

但我觉得每个人的思想中都有一个不被觉察的幽灵。当人非常安静并借助音乐和画面的提醒，我们的幽灵就能通过一条神秘的隧道回到自己的上辈子。我是偶然发现的，正如牛顿被树上的苹果砸出了万有引力定律一样。我的这个成果远远超过万有引力的价值。我花了一个月，想找出这个偶然事件背后的必然规律。我不断地回忆当时那段不知名的音乐和网页图片，根据想象重新设计，不断调整，终于成功了。以后，只要我听到这段音乐和看到这些图片，就能感觉自己又变成了唐明皇，怀中搂着个白白胖胖的杨贵妃。"

"怎么会呢？这可能吗？"听了白龙的叙述之后，黄龙觉得白龙可能生病了。由嘻嘻哈哈的空想变成了神经兮兮的幻想。

"我问你，你有没有出现过这样的情况。初次到某个地方，你感觉那儿特别眼熟，似乎曾经去过。"

"确实有过。"

"那就对了。这个地方可能是你上辈子去过的地方。我开发了一套幽灵隧道软件，让一个人静静地冥想，灵魂就能进入上辈子。"

"幽灵隧道？真是玄而又玄的东西。你用幽灵隧道软件帮我测试一下。如果能让我穿越，我就信你了。"

"但不是每个人都能见到自己的灵魂，也不是每个灵魂都能成功穿越隧道。正如宗教，只有虔诚的教徒才会顿悟，这是凡人无法理解的。在音乐、图片和冥想高度统一的前提下，让思想排除地球磁场的干扰，感觉身体完全摆脱地球的引力，幽灵才可能在任何时间和空间中自由穿梭。"

"白，我觉得你有点唯心主义，甚至有些神经兮兮。"

"我向你发誓，生在新社会、长在红旗下的我，绝对是唯物主义者。承认灵魂的存在就是唯物主义的表现。我准备把我的后半生献给灵魂软件的研究，为人类留下最宝贵的精神财富。现在的软件只是初级版，只能冥想到上辈子。我准备筹集资金做深度开发，到那时，我们可以让幽灵穿越到上十辈子。"

"算了，我听不懂。祝你成功！"

黄龙赶紧选择隐身，冥想他的小说。他总感觉有东西憋在心里写不出来，十多个夜晚辗转反侧。他怔怔地盯着窗外，月光静静地洒向大地。黄龙想起了李白的《把酒问月》中的两句诗："今人不见古时月，今月曾经照古人。古人今人若流水，共看明月皆如此。"黄龙真想把这轮明月当成幽灵隧道，回到盛唐，和李白一起邀月对饮，讨论文学。

凤子靠在黄龙的身上睡着了。她习惯性地做着鬼脸，露出浅浅的笑。黄龙本想上卫生间，但他怕惊醒凤子，弄碎她梦中的那轮明月。

当东方吐白的时候，凤子才从梦中甜甜地醒来。

"小凤子，睡得这么香，一定做了个美梦吧？"

"那当然。"

"说给我听听。"

"不行，好梦只能放在心里。"

营销突破

黄龙和凤子在西餐厅见到了白龙，他的后面还跟着几个人。白龙长发飘飘，瘦削的脸蛋闪着灵光，上身穿着一件文化衫，上面几个狂草字，下身穿着破了洞的牛仔裤，脚上趿着一双沙滩鞋。

"黄龙，这两位是我生意场上的朋友。这位叫杜康，凤凰酒的代理商；这位叫鲁虫草，冬虫夏草的代理商。"

黄龙和他们简单寒暄了几句，大家迫不及待地转入正题。

杜康激动地说："白酒市场太大了，中国几千年的酒文化，谁也改变不了。我刚刚拿到了凤凰酒的全国总代理。如果你们感兴趣的话，可以做我的分销商。我公司开业前指导，开业后持续服务，还特邀著名专家集中培训。我公司提供产品宣传资料、小样酒、酒柜等物品，还投放央视、地方卫视、高铁、地铁等媒体广告。首次进货量达到十万元，我公司送四十人的港澳游；年度销售一千万，送七系宝马轿车一部。我公司承诺百分之百退货，市场零风险。"

还没等杜康说完，鲁虫草赶紧抢过了话茬："我刚拿到虫草口服液的代理权，现在的人有钱了，谁都想长命百岁。古代皇帝研究长生不老的仙丹，现代科技的确做到了。据国家统计局预测，未来五年，中国保健品增长最快的将是滋补品，而滋补品中最耀眼的明星是冬虫夏草。我公司对代理商承诺零风险。总之，赚了算你的，亏了算我的。"

当杜康和鲁虫草还在絮絮叨叨的时候，白龙提高嗓门说："你们说的都是物质上的东西，人活着的最高境界是精神。我的幽灵隧道软件让你活一辈子，却拥有了几辈子的人生经历。表面上你的寿命没有延长，事实上你活了几辈子。我觉得这才是生命的意义。"

黄龙接着白龙的话说："是啊，人活着的最高境界是思想的永垂不朽。你看苏东坡一辈子从黄州贬到惠州，又从惠州贬到不毛之地儋州，颠沛流离，但他的作品却留下来了。财富地位都是过眼烟云，思想才能真正地永恒。正如苏东坡在《自题金山画像》中对自己一生的总结，'心似已灰之木，身如不系之舟。问汝平生功业，黄州惠州儋州'，生活磨难成就了伟大的苏东坡，文学是生命的最好境界。"

凤子笑着说："衡量一个人是否专注的标准是三句话不离本行。你们四人同时做演讲，像在不同轨道上飞速行驶的四部列车。连国家元首见面都要交流一下共同关心的话题，但你们缺少共同的话题。"

四个男人突然感觉凤子一语中的，这才如梦方醒。白龙告诉大家，他在这家西餐厅兼职为客人弹奏吉他，顺便宣传一下幽灵隧道软件。西餐厅的袁老板实在找不到什么营销概念，听白龙游说之后，不仅成了他的第一个客户，还聘请他兼职演奏。

环顾四周，西餐厅里除了这四个狂人在宣传他们伟大的事业之外，另外还有三对情侣躲在角落里窃窃私语。白龙走上西餐厅舞台，表演吉他。情侣们只顾卿卿我我，没有人注意这音乐声。弹唱结束后，袁老板以顾客身份上台宣传幽灵隧道软件。袁老板信誓旦旦地说："我用幽灵隧道软件冥想之后，发现自己的前辈子是袁世凯。我并不知道袁世凯有六个老婆，更不知道这些老婆的名字，冥想中我写出了这六个老婆的名字。冥想醒来之后，我再翻历史书一一核对，发现六个老婆的名字准确无误。这个软件太神奇了！"

袁老板讲完之后，情侣们露出了怪异的笑容，他们还以为白龙和袁老板在表演小品。于是，西餐厅里有了一个奇特的场景。白龙抱着吉他坐在舞台上，袁老板坐在"幽灵隧道"销售处，服务员坐在吧台里。白龙在冥想，袁老板在冥想，服务员也在冥想，整个西餐厅都在冥想。大家一起坚守冥想，没有人说破这个冥想，没有人愿意从冥想中醒来。他们很认真地等待，等待着那个意料之外的奇迹出现。没有人知道奇迹何时出现，但他们朝朝暮暮，一如既往，毫不气馁地守着冥想。

"我的唐明皇，你别再冥想了。我觉得灵魂软件只是个传说，不可能成功。"

"黄，你不能对你不了解的东西妄加评论。幽灵隧道软件是不容置疑的，关键是我要改变顾客的思维方式。"

"文老师不是说你很有文学天赋吗？你可以通过自己的作品来改变世界啊。"

"文学只是你的冥想，文学之路比经商之路更难走。"

"幽灵隧道软件是一场闹剧。一个这么有文学才华的人不去做文学，非要做企业，既是糟蹋文学，也是糟蹋企业。"

凤子看到黄龙和白龙这样争下去不会有结果，她赶紧插话缓和一下气氛："人有时就是很奇怪，越是自己不具备的东西就越想去尝试、越想在这方面证明自己。咱们家的黄龙五音不全，每次去 K 歌比谁都疯狂。"

"凤子，别拿我开涮行不行啊？你现在才知道我追你的原因了吧？因为五音不全，所以才迷恋百灵鸟。"

离别之前，黄龙把白龙拉到一边，小声问："你和汪冰冰之间有结果吗？"

"什么结果啊？没有开始就结束了。她又回到了徐幼情的身边，她说，'找一个我爱的，还不如找个爱我的。'"

"那也是，你每天神经兮兮地搞发明创造，肯定冷落了她。你想想，像冰冰那样的尤物，会有多少男人盯着啊！"

一个月之后，白龙那边出人意料地传来捷报。他卖出了第二套幽灵隧道软件，并把卖软件的过程告诉了黄龙。一个老婆婆来到了西餐厅，她是当天最早的客人。她头发花白，穿着考究，熟练地舞动手中的刀叉，好像这些刀叉是侠客手中的武器。她切割着八分熟的牛排，独自一人啜饮红酒。她用餐的时间很长，一看就知道她是个孤独的、善于冥想的老人。

老婆婆疑惑地问："小伙子，幽灵隧道是怎么回事？"

白龙摘下墨镜，微笑着把宣传材料递给老婆婆，并绘声绘色地描述幽灵的模样。

老婆婆看完资料之后问："真是这样吗？"

白龙真诚地回答："真的。"

老婆婆爽快地说："好的，我买一套试试。"

老婆婆成了第二个尝试者。白龙还登记了老婆婆的个人资料，说是便于为客户提供售后服务。老婆婆姓邹，无子女，老伴于前年去世，留下一大笔养老金。

第二天，邹婆婆激动地走进西餐厅，颤颤巍巍地握着白龙的手说："小伙子，太神奇了！我终于知道自己前辈子是谁了！"

白龙惊奇地问："谁呀？"

"我前辈子是张爱玲。难怪我改变不了自己的傲气，前辈子的习惯这辈子改不了；难怪我改变不了孤独，这辈子延续着前辈子的孤独。"

如果说袁老板的现身说法是半人半仙，老妇人的说法则是发自肺腑。袁老板欢天喜地，幽灵隧道软件不仅给西餐厅带来了回头客，更重要的是带来了名人效应。袁老板在门前拉出宣传横幅："著名作家张爱玲曾经光顾过的西餐厅。"餐厅里改用了新菜谱：张爱玲牛排，张爱玲沙拉，张爱玲火鸡……不明真相的顾客还以为这是一家老字号的西餐厅，并不知道是"张爱玲转世"来过的。这则广告收到了立竿见影的效果。西餐厅里陡然人头攒动，门前排起了等候进餐的长龙。袁老板只好提高用餐价格，阻止一部分低端客户在这儿浑水摸鱼。

邹婆婆每天以义工的身份协助软件销售，后来她干脆拿出养老金参股。第二个、第三个、第四个客户接踵而来，都是那些孤独的善于冥想的老人。生意就这样渐渐发展起来了。白龙忙活起来，钱也越赚越多。

挣钱伊始，白龙很夸张地给黄龙寄来一份圣诞礼物。凤子一边拆礼品盒，一边喃喃自语："你说这白龙，咋这么客气呢？还寄什么圣诞礼物！"凤子拆开包装一看，里面装着一套升级版的幽灵隧道软件。

黄龙试用了这套升级版软件。他在冥想中感觉自己的幽灵在原地打转，他用意念把幽灵踢了一脚，眼前升起了一团黑烟，呈现在脑海里的是一个长相怪异、倒背着步枪的海盗。难道这就是前世的黄龙？他坚信自己的前辈子不会这么糟糕，只能说明自己没有穿越成功。海盗是穿越途中的拦路虎，他阻挡了黄龙看到前辈子的辉煌。

白龙的浪漫主义宣告成功，黄龙再也不敢叫他"空想企业家"，而是改称"浪漫企业家"。空想就是一种浪漫。失败了，叫空想；成功了，叫浪漫。

黄龙在网上看到客户对幽灵隧道软件好评如潮。很多人都知道了自己的前辈子——不是皇帝，就是宰相；不是英豪，就是文豪。

黄龙热切期盼软件开发出现新进展。他相信自己的前三辈子是雨果转世，这样也避免了上辈子做海盗的不良记录。

丁丁诗人

白龙准备把幽灵隧道公司搬到中关村，并策划三年之后在美国纳斯达克上市。白龙还邀请黄龙给他做战略策划顾问。

黄龙想到杂志社的工作很清闲，也想拿到这份外快缓解日趋紧张的经济危机。他来到了白龙的办公室，一眼看到他身后跟着一位性感漂亮的女诗人丁丁。听白龙介绍，丁丁是近日入职的董事长秘书。

黄龙私下问："你招聘丁丁有企图吧？什么董事长秘书啊！"

白龙义正词严地说："咱们要做大事业，怎能为女色所动？再说，要找也到外面找。动了下属，你说这工作还好开展吗？"

黄龙竖起大拇指啧啧称赞："佩服！佩服！你不动，我可不客气了。"

"我支持你！你们都爱好文学，志趣相投。"

中午，白龙请员工吃饭。大伙走进包厢之后，丁丁拉腔拉调地说："白董事长，我有个习惯，饭前必须朗诵一首诗作为开胃菜。"

"那很好啊！这样咱们还省了点开胃凉菜。"

丁丁声情并茂地朗诵道：

> 当我紧紧拥抱着
>
> 你的苗条的身躯，
>
> 兴奋地向你倾诉，
>
> 温柔的爱的话语。
>
> 你却默然，
>
> 从我的怀里，
>
> 挣脱出柔软的身躯……

随后，丁丁开始点菜："西红柿炒鸡蛋、鱼香肉丝、小鸡炖蘑菇……"丁丁似乎没有从爱情诗中醒悟过来，点菜和朗诵诗一样，同样拖着长长的尾音，双手在空中挥舞。吃完饭，丁丁还要再朗诵一首《唐璜》作为餐后点心。黄龙连连摇头："使不得，使不得！这道点心太大了，咱们实在享受不起。一本厚厚的《唐璜》，恐怕念到明天早晨也念不完啊！"丁丁沮丧地把高高举起的双手缓缓地放了下去。

丁丁从外地到北京，暂时还没租到房子，白龙只好安排她住进套间。套间里面是白龙的卧室，外面是临时办公室。第一个晚上，白龙睡在外面的沙发上，丁丁睡在卧室的床上；第二个晚上，白龙说沙发没法翻身，改睡在卧室的地毯上；第三个晚上，丁丁在睡觉之前朗诵泰戈尔的《世界上最远的距离》：

世界上最远的距离，不是生与死的距离，

而是我站在你面前，你不知道我爱你。

世界上最远的距离，

不是我站在你面前，你不知道我爱你，

而是爱到痴迷，却不能说我爱你。

世界上最远的距离，不是我不能说我爱你，

而是想你痛彻心脾，却只能深埋心底。

世界上最远的距离，不是我不能说我想你，

而是彼此相爱，却不能够在一起……

白龙随口附和："世界上最远的距离，不是生与死的距离，而是你睡床上，我睡地板，彼此不能在一起……"

丁丁对答如流："世界上最远的距离，不是床上与地板的距离，而是男人缺乏足够的勇气……"

听到这里，蠢蠢欲动的白龙一个鲤鱼打挺跳到了床上。丁丁很做作地推开白龙，娇滴滴地说："白董事长，您误会啦！我现在是泰戈尔，不是您的丁丁。"

白龙学着她的腔调说："泰戈尔先生，您误会啦！我不是白董事长，我是泰戈尔的情妇。"

丁丁嗲声嗲气地说："您真坏，讨厌！"

白龙感慨："你说这些诗人，要多坏就有多坏！"

第四天早上，黄龙来见白龙，看到白龙脸色发青、眼眶发黑，好像打了一个晚上的敌人刚下火线。

黄龙关切地问："怎么了？身体不舒服？"

"舒服，舒服，舒服死了！那个丁丁啊，真的让我有些吃不消。呻吟声都是一首美妙的诗！"

"只要呻吟的时候不是朗诵《唐璜》就行了，哪个男人也打不起那个持久战啊！"

后来听说，丁丁在北京还有一个当画家的干哥哥，在上海有一个会写诗的干爹。白龙和丁丁性情相投，白龙也不在意干哥哥、干爹之类的玩意，反正他的干妹妹也不少。

诗人如天边的云，随情随性。

坝上草原

幽魂隧道软件的销售业绩节节攀升。白龙兴高采烈地带领员工去旅游，黄龙和凤子一同参加。

大家坐在草地上打闹聊天。丁丁说："我给你们朗诵《唐璜》吧？很美很美的……"

黄龙笑着说："那个太长了，咱们男人扛不住啊！还是来一首短一点的，速战速决。"听到这句话，白龙狠狠地瞪了黄龙一眼。

"那就朗诵我自创的一首原生态的诗吧！"

凤子笑着说："我就是喜欢原生态！"

黄龙无意间从丁丁的衣领口看到了一对微微翘起的乳峰，像两张赌气噘起的稚嫩小嘴。天啊！丁丁诗人没有戴胸罩。黄龙没想到自己和丁丁居然还是同道，一个裸睡，一个裸乳。

朗诵结束之后，大家报以热烈的掌声。黄龙感慨："丁丁诗人的诗写得太好了！这首诗让我明白了一个道理：真正的艺术品是不需要包装的。"说完这句话，黄龙大笑不止。大家觉得黄龙笑得太突然了，有点莫名其妙。

"黄龙，什么事让你觉得这么好笑啊？"

"我看到了两个原生态的山包子！"

"山包子值得你大呼小叫吗？"

丁丁也大笑起来："哎，你们不懂文学，只是看到了山包子的表面，没有看到山包子的内涵，自然不觉得好笑喽！"

黄龙指着远处的山丘说："看来只有丁丁理解我，因为那两个山包子特别性感！"

"搞文学的都有点神经质！"大家一起哈哈大笑……

黄龙也朗诵了李白的一首诗，凤子弹吉他给他伴奏。

> 大鹏一日同风起，扶摇直上九万里。
>
> 假令风歇时下来，犹能簸却沧溟水。
>
> 世人见我恒殊调，闻余大言皆冷笑。
>
> 宣父犹能畏后生，丈夫未可轻年少。

白龙翘起兰花指，不男不女地唱了一曲《贵妃醉酒》。随后连打几个哈欠，他的婴儿病又发作了。

凤子："白董事长，你的睡眠这么好，有什么秘籍吗?"

白龙："我上床之后就想到自己死了。人死了什么感觉都没有了，自然就睡着了。这是我自创的死亡睡眠功。"

凤子："真的这么有效吗? 我妈妈睡眠不太好，你有没有什么口诀，我让她试试。"

丁丁连连摇头："纯属忽悠! 头一个晚上还灵验，一想到自己死了，没有了知觉，很快就睡着了。但第二个晚上就不灵了，欲死不能，还越死越兴奋。"

凤子笑着说："一个人活着不容易，死也不容易。"

黄龙拍着白龙的肩膀说："我封你为'中国睡神'，失眠病人把你供在家里，给你烧香叩头，估计就治好了。"

凤子感慨："文艺青年都是怪物。黄龙的灵感是靠前滚翻折腾出来的，丁丁的灵感是靠火烧出来的，白龙的灵感是休眠出来的。"

晚上，黄龙斜躺在床上看电视。凤子从浴室里走了出来，紧紧地依偎在黄龙的怀里，黄龙想听听她对小说中某个情节的意见。

"幼稚老公，这么浪漫的环境，你还有心思谈小说?"

"你想做什么呢? 那你就给我唱一首歌?"

"得了吧! 难道你想开一场裸体演唱会?"

"小凤子，你就是会撒娇，不过你只是在我面前撒娇，丁丁却在所有男人面前撒娇。"

"你喜欢丁丁这样的女孩吗?"

"我喜欢丁丁的豪爽与放荡，但不能容忍你这样。如果你像她那样，我早就和你分手了。"

"你真坏! 喜欢别人的女朋友开放，不喜欢自己的女朋友开放。或许每个男人都是这么想的，只是别人不说，只有我的幼稚老公才这么真实！"

"宝贝凤子，我觉得不仅仅我们的思想相容，身体的每个部位都是上帝专门为对方设计的。双方的呼吸节奏都那么合拍，一切都这么天衣无缝……"

暮色之青慢慢嵌入草原之绿，草原之绿渐渐融化于暮色之青，最后天地浑然一体。面对微皱的眉头、迷糊的双眼、小巧的鼻子、颤抖的嘴唇、缠绵的身姿，黄龙不能自持。从排山倒海到峰回路转，从跌宕起伏到余音绕梁，四个成语，四处风景，黄龙醉死在多情的草原上……

这次旅游大家玩很开心。凤子弹琴言情，黄龙借诗言志，丁丁诵诗言景，白龙春睡言梦，大家各得其所。在返回北京的途中，白龙着手制定更宏大的旅游计划，承诺大家有福同享。当黄龙提议到北戴河旅游时，丁丁笑话他太缺乏想象力了。丁丁的旅游计划美妙得不着边际——到珠穆朗玛峰之巅朗诵《唐璜》，到南极之角朗诵《世界上最远的距离》。

风险投资

中关村的办公室正在紧锣密鼓地装修。白龙的办公室里既不摆老板桌，也不放茶几，而是在办公室中央摆上一张大床。白龙解释："床是生命之源，床是灵感之源。"

丁丁想在珠穆朗玛峰之巅朗诵《唐璜》，首要条件是幽灵隧道公司必须上市。白龙每天在网上游说风险投资基金，希望得到他们的青睐，辅导上市。经过一段时间的努力，白龙总算勾起了美国香蕉公司总裁乔布斯的兴趣。在远程视频之后，乔布斯决定亲自飞到中国，和白龙探讨合作。

白龙带着黄龙和丁丁一起到机场接机。接机牌上并没有写乔布斯的名字，而是画了一幅乔布斯肖像的漫画。这是黄龙第一次看到画肖像的接站牌，这或许是全球第一块带肖像的接机牌。进进出出的旅客盯着接机牌会心一笑，甚至有人用苹果手机把它拍了下来。

黄龙笑着说："如果像你这样的天才都不能成功，只能说明老天没长眼！"

一个大胡子老外看见接机牌，握着拳头连叫三遍"哇噻"。他像老鹰抓小鸡似的一把抱住白龙。

"白，你不仅画出了我的肖像，而且画出了我的表情、神态，甚至画出了我的思想。我曾经教导员工：Your time is limited，so don't waste it living someone else's life. Don't let the noise of others' opinions drown out your own inner voice. （你的时间有限，不要浪费于重复别人的生活。不要让别人的观点淹没了你内心的声音。）白，你做到了。我会珍藏这块接机牌，把它当成世界名画挂在会议室，激励我的员工。"

接到乔布斯之后，大家随即转机到西安。

"白，又要坐飞机到哪儿，不到办公室讨论软件吗？"

"乔布斯先生，中国有句俗话叫'客随主便'。在中国所有的行程由我们安排，你安心享受就够了。我们先去看看历史名城，再回北京谈合作。"

白龙、黄龙和丁丁花了两天时间陪乔布斯游览了兵马俑和华清池，晚上一起观看《长恨歌》大型表演。乔布斯似乎对真山、真水、真景物的宏大场面不感兴趣，而是沉溺于唐明皇和杨贵妃缠绵悱恻的爱情故事之中。

回到北京，乔布斯要亲自测试一下幽灵隧道软件。白龙清楚，测试结果关系到幽灵隧道软件公司的命运。白龙让乔布斯坐在柔软的沙发上，严严实实地关上窗帘，为幽灵穿越隧道提供一切便利的条件。公司全体高管坐在隔壁会议室里忐忑不安地等待穿越的结果。

黄龙忧心忡忡地说："白董事长，你的软件对付老太婆倒是可以。作为商界巨头和电脑软件的权威，乔布斯什么没见过啊？我看今天凶多吉少。"

白龙反驳："咱们不是忽悠，是靠实力说话的。别以为你自己没有成功穿越，就怀疑软件的质量。你没有爬到那个高度，自然没有看到那处风景；不要因为你没有看到风景，就否认风景的存在。"

黄龙无奈地摇摇头："好吧，马上就会见分晓了。乔布斯是个有高度的人，我今天倒要看看他能不能看到那处风景。"

白龙不再说话，所有的人都屏气凝神。半小时之后，测试室的门突然打开，走廊上响起了急促的脚步声。白龙来不及开门，乔布斯就像醉酒一样撞了进来。那神态，好像刚刚撞上鬼似的。

"白，太可怕了！太恐怖了！"

"乔，怎么了？"

"我的心脏受不了！你说一个白种人的前世可能是黄种人吗？"

"一切皆有可能，地球人本来是一家。就拿黄龙来说吧，他的前辈子是法国大文豪雨果。"

乔布斯望着黄龙问："真的吗？"

乔布斯似乎想从黄龙那儿求证答案，黄龙使劲地点头。

"白，我上辈子是个黄种人，还是中国的皇帝。"

"哪个皇帝？"

"就是那个嘛，那个，那个……前天晚上看节目中的那个，就是杨贵妃老公的那个。"

"明白了。就是那个唐明皇吧？"

"是的，是的。我真真切切地感觉到自己是杨贵妃的老公，怀里抱着一个白白胖胖的女人！"

黄龙忍俊不禁。白龙曾通过幽灵隧道发现自己前辈子是唐明皇，结果今天又出了个老外版的唐明皇。两个情敌紧紧地抱在一起。

白龙兴奋地叫道："祝贺你！吾皇万岁、万岁、万万岁！"

黄龙笑着说："白龙，看过《长恨歌》的所有男人都认为自己的前辈子是唐明皇。"

白龙愤怒地瞪了黄龙一眼，大伙才止住笑。

乔布斯问："白，黄在说什么？"

白龙赶忙敷衍："他说他一眼就看出你有唐明皇的气质。"

乔布斯对黄龙竖了竖大拇指，扭头对白龙说："白，我用过幽灵隧道软件之后，完全改变了我的人生观。我曾经教导员工：Life is brief, and then you die, you know？（人生短暂，一眨眼就没了，明白么？）我这次回去后要在员工面前更正错误：Now with the ghost tunnel, life is no longer ephemeral.（只要拥有了幽灵隧道，生命从此不再短暂。）白，你的软件还有个明显的缺陷，不能音乐一停就回到了现实。如果一个人通过幽灵隧道回到了前辈子，只要他愿意，他完全可以不回来了。那该是多么美妙的事情啊！"

"乔，这就是我们想上市融资的原因。我们想对软件做深度开发，让一个人永远待在他最愿意待的那段时光里。正如电脑的重复播放功能一样，让你和杨贵妃永远处在花前月下的那段最美好的时光。"

"白，如果你真能让我回到上辈子当唐明皇，我愿意把我的全部财产捐赠给幽灵隧道软件公司。"

正当白龙和乔布斯在机场挥手道别的时候，邹婆婆突然打来电话："白董事长，出大事了！这几天一套软件也没卖出去，各地代理商纷纷要求退货。我查明了原因，网上到处都是幽灵隧道的盗版软件。很多老年用品公司直接把软件挂到网上，装上自己公司的广告插件，肆无忌惮地供别人下载。"

白龙万万没有想到幽灵也有死亡的时候，乔布斯还没有当上唐明皇，幽灵隧道软件公司就破产了。邹婆婆要找白龙搏命，白龙躲进了黄龙的出租屋。

第五章

投稿受挫

"我一定要写出一本像样的小说。"黄龙攥着小说手稿对凤子说。

"大作家,小说已经很棒了,只是我对结尾有点小建议。主人公阿利不算太坏,为什么非得让他自杀呢?"

"情节到了这一步,他必须自杀。这种自杀不是死亡,而是一种再生,是行尸走肉的灵魂的再生。"

"别给我讲这么高深的道理了,我就是喜欢喜剧性结尾,就是接受不了这个悲惨的事实。"

黄龙只能苦笑着摇头。当作家太难了!既要符合情节的需求,又要讨心上人欢喜。凤子原以为作家对小说中的人物有生杀大权,没想到作家也有身不由己的时候。为了激发一点灵感,黄龙打开音响,播放幽灵隧道软件中的背景音乐。

黄龙最终决定在结尾加上几个章节,在悲剧的基石上涂上一层淡淡的暖色,犹如在伤口上涂抹一点麻醉药,为的是抚平凤子的心灵。黄龙原本担心有画蛇添足之嫌,但完成之后黄龙却非常满意——原来每个伤口都需要麻药。黄龙突然鼓掌，把埋头看稿的凤子吓了一跳。黄龙说要给完美的结局一点掌声。爱情可以制造故事，爱情可以改变故事。

凤子见证了黄龙创作小说的痛苦历程。一次次经历"迷茫——痛苦——创造——兴奋"的折磨，一次次的前滚翻，一次次的尖叫。每经历一个循环，《药》就登上了前所未有的新高度。凤子知道在不同阶段应该如何配合：在迷茫的时候，她帮他厘清思路；在痛苦的时候，她给他鼓励；在创作的时候，她给他宁静；在兴奋的时候，她为他喝彩。

写小说不是简单地讲故事。黄龙对每一字都用心雕琢，像酿酒师一样咂吧其中细微的味道。雕塑大师只需挥动几下大铲就能切出雕像的轮廓，但要变成旷世之作，需要花上几年甚至毕生精力去琢磨，琢磨出神态、琢磨出思想、琢磨出感情……

黄龙这段时候总是挂在QQ上找人搭讪。只要有人"叮咚"上线，他就赶紧凑上去问朋友忙不忙。如果朋友回应"不忙"或"还行"，黄龙就会赶紧请朋友帮忙看小说，提提修改意见。

看到朋友再次上线，黄龙赶紧追问："小说看了吗？有修改意见吗？"

"很好！"

"好在哪里？"

"我也说不上来。等我看第二遍再说吧。"

黄龙发现朋友只是信口一说，他只好给朋友下硬指标："你要帮我找出五处修改建议。"

一位很实在的朋友告诉黄龙："大作家，我哪能修改啊？如果有这个能力，我早就改行写书了。还犯得着摆地摊吗？"

朋友被逼急了，只好隐身。黄龙感慨，全人类都患上了自闭症，他只能选择孤独、选择自说自话、选择梦中独白。当黔驴技穷的时候，黄龙决定投稿。黄龙举着手稿尖叫，一口气做了六十个前滚翻。这个超常举动让凤子瞠目结舌，因为黄龙平时只做一两个前滚翻。

"疯了，疯了，这次彻底疯了！"

"太棒了！即使算不上'雨果'，也算得上'干果'！"

"幼稚老公，干果比雨果还要值钱啊，因为挤掉了水分。"

定稿之后，黄龙长长地吁了一口气。不能自拔——精神上的极乐世界，肉体上的一片苦海。他下意识地摸了摸自己的胸部，感觉胸口有些隐隐作痛。他担心自己是不是负荷太重，心脏出了毛病。黄龙听说有位作家在完成一部长篇小说之后，因心脏病撒手人寰。凤子赶紧带他到医院做检查，检查结果很正常，正常得像标准答案。医生找不出原因，只好用"观察观察"来搪塞。

在回出租房的路上，凤子推断："瘦人一般不会犯心脏病，更何况你还这么年轻。我觉得可能因为你打电脑总保持一个姿势，把胸部的肌肉挤压了。"

黄龙笑着说："小凤子，你什么时候变成了心脏病专家？"

黄龙听从凤子的建议，两天没碰电脑，胸部疼痛的毛病完全消失了。

心脏病专家没有找到的病因被凤子找到了，爱情让人无所不能。黄龙和凤子信心百倍地投稿，他们认为出版应该是水到渠成的事情。他们联系了几家出版社，但万万没想到被拒稿了。拒稿的理由更是"英雄所见略同"——没有反映时代精神。黄龙实在不明白，他从现实中获取的活生生的素材，为什么没有反映"时代精神"？

黄龙听说广州有一家出版社，以批判文学闻名全国。他满怀信心地寄过去，对方同意用稿，但要做大量修改，要求删除一些尖锐的文字，把"批判文学"降格为"批评文学"。

责任编辑说："正义一定要战胜邪恶。在你的小说中，正义没有战胜邪恶，而是夹着尾巴躲进了世外桃源。小说中说真话说得太多了，别以为就你一个人知道这些内幕，全国人民谁不知道呢？只不过别人犯不着去说。说了也得不到好处，还要得罪领导，谁愿意干啊？"

"难道你们出版文学作品就是为了得到好处吗？"

"小黄啊，你还年轻，我佩服你的勇气。常言道，枪打出头鸟。你不怕死，我还怕呢！"

"我写的都是实话，替老百姓讲的大实话。"

"老百姓爱不爱看并不重要，领导爱看才是关键。"

黄龙据理力争，电话那端传来一个悠闲的饱嗝。黄龙似乎闻到了韭菜味，他很不高兴地挂断了电话。

凤子抱怨道："幼稚老公，你得有点耐心啊！编辑没说完，你就把电话挂断了。"

黄龙叹了口气："不是一个道上的人，再谈下去，无非是一个饱嗝与两个饱嗝的区别。"

这些天，黄龙再也不敢在凤子面前吹嘘自己是"雨果转世，干果再生"了，更不敢提"旷世之作"了。当自负的人受到挫折之后，很容易从一个极端走向另一个极端——自卑。黄龙不讲文学就找不到其他的话题，他不得不选择沉默。凤子有些着急，担心他消沉下去，患上抑郁症。

周五晚上，又到了约会表演的时间。黄龙买了一支玫瑰花走向湖边，他不清楚这次应该向"久别的情人"说点什么。

凤子依偎在黄龙的怀里问："幼稚老公，你知道《海底两万里》的作者儒勒·凡尔纳的故事吗？"

"什么故事？"

"他的处女作《气球上的五星期》连投十五家出版社都被拒稿，投到第十六家出版社才被接受。"

"凤子，谁告诉你的？真没想到你懂得这么多。"

"我家有很多名著，从小读得很多。"

"亲爱的凤子，我还知道凡尔纳有一位贤妻叫奥诺丽娜。当凡尔纳一气之下将手稿扔进火里，她赶紧从火堆里抢出来，帮他再次投稿获得成功。你就是我的奥诺丽娜！"

"你又疯疯癫癫说胡话了。我不是奥诺丽娜，我没奥诺丽娜那么伟大，我只是一个小女人。"

"你的确不是奥诺丽娜，你是我心中的白蛇娘娘。我是穷书生许仙。"

老地方，新主题。湖边有永远讲不完的浪漫故事。

梦幻文豪

黄龙投稿的都是一些没有名气的小出版社，他没有勇气给中国文豪出版社投稿，正如寒门子弟没有勇气追求天生丽质的富家小姐一样。但《药》应该是个意外，《药》是即将通过比武招亲，被招为乘龙快婿的寒门子弟！想到这里，黄龙冰冷的血液又开始沸腾了。

黄龙给中国文豪出版社投稿。邮箱自动回复显示："您的稿件已收到。一个月没有收到用稿通知，表明我社已经拒稿。"黄龙掰着手指掰了一个月，最后得出了可怕的结论：比武招亲失败。

黄龙仍然不死心，他给中国文豪出版社打电话。对方说："既然你知道被拒稿了，何必还打电话呢？"还没轮到黄龙解释，对方就挂断了电话。

凤子安慰道："不行的话，我再打个电话试试？"

黄龙颓废地躺在床上："别浪费口舌了。"

"我相信你！你迟早会得到承认的。"

"唉，假如中国闹饥荒，第一批饿死的肯定是作家。"

"第二批饿死的应该是谁？是导演还是编剧？"

"作家夫人。"

傍晚，他们没有开灯。黄龙默默地躺在床上，凤子默默地坐在床沿。辛辛苦苦创作五年，经历了多少个不眠之夜，经历了多少个前滚翻，最后却是这样尴尬的局面。

连中国文豪出版社都拒稿了，你黄龙还能说什么呢？不服气也得服气。《药》像一个瘸子老头，连瞎子婆婆都瞧不起你，居然还妄想当驸马爷。得了吧，连报名资格都没有！

黄龙轻轻地说："凤子，我想听你弹吉他。"

凤子这才记起，为了协助黄龙改小说，她已经几个月没有碰吉他了。凤子弹奏了那首《灵魂深处的呼唤》，希望曲子给黄龙带来一点亮光。一曲之后，又是长时间的沉默。

凤子安慰道："可能是中国文豪出版社的稿件太多，人家没工夫细看。咱们自己的作品，心中是有数的。"

第二天上午，凤子偷偷地给中国文豪出版社打电话："老师您好，我手头有一本非常不错的小说，想投稿。"

"那你就到网上找投稿邮箱吧！"

"作者说他的小说很特别，只有看纸质版才能看清楚。"

"如果你不嫌麻烦，就把纸质版送过来吧。"

第二天，凤子把打印稿送了过去。一位姓王的编辑让她留下电话，说两天之后回复她。两天的等待，比一个月还难熬。正如一个死囚对审判结果不服，提出上诉，但又担心终审结果一出来，马上就执行枪决。两天过去了，还是没有音讯，难道法院漏掉了这个死刑犯？黄龙让凤子打电话问问，早死早转世。凤子说不用着急，时间越长，越有希望。你的小说就是怕别人不细看，其实越看越耐看。一个星期过去了，仍然没有回音。凤子表面上很淡定，心里同样按捺不住，她担心对方压根儿就没有看。

她给王编辑打电话："王老师您好，我是胡小凤。您觉得《药》怎么样？"

王编辑说："你不用再给我打电话了，我想一字一句读完之后再回复你。我觉得这部小说写得很好玩。"

黄龙在出租房里走来走去，嘴里不停地重复"好玩"，他不明白"好玩"代表什么含义。一个月之后，凤子接到王编辑的电话："你把作者约到出版社来，我想找他面谈。"王编辑根本不知道黄龙这个月是怎么熬过来的，就像一条龙被拖到了岸上，曝晒了一个月。如果王编辑知道黄龙这么焦虑，他一定不会有口无心地说"好玩"。

黄龙的心里有了底，他默默地压抑着自己的感情，他知道现在庆祝还为时尚早。一个月的曝晒都过去了，还在乎这几个小时？

凤子兴奋地说："这次肯定有戏！"

黄龙故作深沉地说："别高兴得太早了，女孩子就是没城府。"

"女孩子又不想当政治家，要那么深的城府干什么？"

十三号线转二号线，再转十号线，终于到了团结湖站。从 B 出口出来，迎接他们的是一位六十多岁的老乞丐。他伸着一个瓷碗，挡住了凤子的去路。乞丐身上穿着的不能叫衣服，只是一缕缕的布条。凤子的眼睛有些模糊，她突然想起了自己的爸爸。凤子每次说恨爸爸时，妈妈总是站出来替爸爸开脱："爸爸不是不爱你，每个人都有无奈的时候。"妈妈没有说爸爸有什么无奈。或许他是乞丐？是囚犯？是流氓？想到这里，凤子狠狠地瞪了乞丐一眼，仿佛乞丐就是那个忘恩负义的爸爸。

乞丐露出一副可怜相，乞求道："好姑娘，给点钱吧！"

凤子的眼睛更模糊了，她忍不住塞给他十块钱。

黄龙笑着说："咱们的小凤子变成了慈善家！"

凤子笑了笑，没有把心中的小秘密告诉黄龙。他们来到办公室，王编辑笑脸相迎。

"小黄，你的小说写得非常好，人物刻画得活灵活现。你推销过药品吗？"

"没有。"

"你对药品这个行业很熟悉吗？"

"是的。主人公的原型是我们村的。"

"你的结尾设计得很好，原想到一个个好人从作品中消失了，正担心你没法收场。结果你给他们建了一个蓝天净土园，把他们全部装了进去。看来你是个很浪漫的人。"

"嗯。"

趁王编辑不注意时，凤子冲着黄龙做了个鬼脸，露出几分得意。

"小说的语言了不起，一口俏皮话。很好玩！"

黄龙又很享受地笑了笑，他终于明白什么叫"好玩"了。

王编辑盯着黄龙，突然冒出一句："这部小说是你写的吗？"

这句话把黄龙吓了一跳，他赶紧声明："是我写的啊！"

"小黄，恕我直言，你看上去是个很木讷的人，不大可能写出这种俏皮话。"

凤子赶紧解释："王老师，的确是他写的，您还没看清他俏皮的一面。"凤子用两只手做了一个爬行的动作，学着黄龙表演盛装舞步的样子。王编辑看了看凤子，又看了看黄龙，显然对凤子突然举起双手不太理解。黄龙趁王编辑转身的时候，轻轻地踢了凤子一脚。

王编辑感慨："一辈子见过无数的作家，不管肚子里有货没货，还是半吊子货，个个口若悬河，像你这么木讷而又这么有才华的作者实属罕见。"

黄龙笑了笑："既然您完全读懂了，就不需要我再说了。"

王编辑邀请黄龙和凤子一起吃午餐。酒过三巡之后，黄龙抓着王编辑的手不停地说话，和在办公室时判若两人。

回到出租屋，黄龙又是习惯性的酒后口腔溃疡，凤子赶紧帮他磨维 C 粉。当凤子磨好药粉之后，黄龙简直惊呆了。他十多年来一直患口腔溃疡，一直磨维 C 粉。有时是自己磨，有时别人帮他磨。但他从来没有见过这么精细而均匀的药粉，几乎是一颗颗分子的结构。

黄龙好奇地问："凤子，你怎么磨得这么细啊？你不仅是医学专家，原来还是药学专家。你告诉我磨药的秘诀吧！"

凤子轻描淡写地说："没什么，多磨一会儿就行了。"

"只要工夫深，铁杵磨成针；只要爱得深，维C变细粉。"

"幼稚老公，别抒情了，我帮你涂药吧。"

小说连载

《药》终于出版了。黄龙双手捧起书，亲了又亲，摸了又摸。黄龙恨不得把喜讯告诉全世界，但他突然觉得朋友太少，实在找不出几个愿意听他倾诉的人。黄龙给白龙打电话，他不在服务区；给钱百毅打电话，对方并不接听；给韩立打电话，传过来的是一阵嘈杂的猪叫声，根本听不清韩立在说什么。大家都在忙生活，哪有闲心讨论文学啊！

黄龙找到出版社营销部，想让他们为《药》做点报刊连载之类的宣传。营销部经理懒洋洋地说："竞争太强，基本没戏！"小说要做出影响力，出版社实在指望不上。凤子没有和黄龙商量就辞去了面包店的工作，承担起了《药》的营销任务。她从网上找到各家报纸的电子版，确认是否有小说连载栏目，然后再打114查询报纸的新闻热线，再顺藤摸瓜找连载版的分机号。凤子打一百个电话，难得有一个接听的人；一百个接听的，难得有一个愿意听她介绍的人；一百个愿意听介绍的，难得有一个愿意连载的人。一圈打下来，凤子感到头晕目眩，好像在幽灵隧道里爬了一圈。

电话终于打通了，编辑劈头便问："作者是谁？如果没名气，我们就懒得连载了。"

凤子生怕对方挂断电话，赶忙解释："作者叫黄龙，在文坛上有些影响力。"凤子说这句话时显然底气不足，对方"啪"地挂断了电话。凤子脸上火辣辣的，好像这"啪"的一声抽在自己的脸上。

凤子又花了一周的时间，好不容易又打通了一个电话。编辑很暖昧地说："连载没问题，只是需要一点编辑费。"

"多少钱？"

"也不多，三千块钱吧！"

三千块钱不是小数目，相当于黄龙二十五天的工资，相当于他们两个月的粮草费。更何况凤子现在又做了全职太太，仅仅靠革命乐观主义是很难在北京混下去的。

凤子试探性地问："如果我们按要求编辑好，是不是可以省去编辑费呢？"

编辑怒火万丈："你这女孩咋这么不懂事啊！"

凤子足足打了一个月的电话，总算找到了一家地区小报愿意连载，而且不需要编辑费。两人兴奋得一夜没合眼，这简直是一个突破性的胜利。他们躺在被子里盘算，这份报纸声称发行量十五万份，除去水分至少也有十万份。如果连载三十期，就会有三百万人次能够看到；如果三百万中有十分之一的人购买，就会销售三十万册。在三十万购买者中，如果每个读者又推荐三个朋友购买，小说差不多就能销售一百万册。按照和出版社的合同约定，销售一百万册，稿费就是三百万元。

凤子兴奋地说："太好了！那我们就可以买房了，把我妈和爷爷接过来！"

黄龙同样兴奋地说："那我也可以把我妈接过来。"

凤子犹豫了一会，问道："幼稚老公，你觉得你妈和我妈能玩到一起去吗？如果她们整天吵架，可要把我们烦死了。"

黄龙爽快地说："没问题的，反正你每天欺负我，你妈欺负我妈吧！"

说到这里，黄龙下意识地在枕头下摸了摸，好像那里藏着三百万元现金似的。

凤子好奇地问："幼稚老公，你在摸什么？"

黄龙含含糊糊地回答："我觉得枕头太高了，有些顶脖子。"

凤子关切地问："你平时一直用这个枕头，从来没听说顶脖子啊？"

"是的，今天有点意外。"

"我帮你！"说话间，凤子在枕头上狠狠地拍了几下，枕头顿时扁了下去。

当天晚上，黄龙做了一个梦，梦见一群粉丝一窝蜂地围上来找他签名。人太多，实在签不过来。他发现越签涌过来的人越多，实在没法脱身。整个西环广场人山人海，有人举着《药》，有人举着他的头像，有人举着"中国的雨果"的牌子。他特别着急，担心上班迟到，韩梅梅会骂他。这时突然冒出一群警察，总算给他解了围。他急匆匆地跑进办公室，看到《京城早报》的头版有一幅整版的照片：凤子骑在他的身上，用腰带当缰绳套在他的脖子上，那是他昨晚表演盛装舞步的搞怪动作……韩梅梅跑了进来，兴奋地在他脸上亲了一口。黄龙被弄醒了。他睁眼一看，不是韩梅梅，是凤子。

第二天早上，黄龙戴着帽子和墨镜，学着名人的模样"破帽遮颜过闹市"。凤子感到很奇怪，问他为什么这番打扮。

黄龙回答："听说这两天北京有风沙，防范一点好。"

凤子嘀咕："莫名其妙，大男人突然变成了娇小姐。"

黄龙平时坐城铁都在冥想小说，很少关注周围的人。今天不一样，他关注一张张在面前流动的脸，看有没有谁认出他。那些脸，有的像说明文，有的像议论文，有的像抒情散文，有的像战斗檄文。不同的文体书写着同样的梦想。

黄龙突然看到一张脸，一张酷似丘月的脸。两缕弯弯的头发挂在脸庞，像花圈两侧悬挂的挽联。黄龙禁不住打了个寒战，定眼一看，不是丘月，而是一张和丘月大同小异的脸。酷似丘月的女孩突然打了个大哈欠，这个哈欠让黄龙再度心惊肉跳。他赶紧逃向车厢的另一端，他担心哈欠让这个女孩突然变成了丘月。

黄龙走出城铁，一切风平浪静。马路边烙饼的大妈死死地盯着那张大饼，仿佛那是一部震惊世界的旷世之作。大妈根本没注意到从面前走过的黄龙。

一张心网

黄龙密切关注当当网上的小说销售排行榜，他反复研究排在前面的那些书。它们凭什么畅销？黄龙从当当网上买回排名前三位的小说，像军事专家研究化学武器一样，小心翼翼研究书上的每个字。

排名第一的是打铁图书公司炒作的小说，排名第二的是获得和谐文学奖的小说，排名第三的是国外翻译过来的小说。黄龙原以为这些畅销书是什么神秘的化学武器，研究一番之后，他失望地发现那只是一堆没用的粉末。前两本书写得不堪入眼，看多了会患白内障。国外译本他不敢做太多评价，他担心那是译者一知半解之后的胡说八道。

黄龙扔下书骂道："这些破书凭什么畅销？我不服气！我——不——服——气！"

凤子站在黄龙后面轻轻地给他捏肩，她安慰道："幼稚老公，你也不用这么不服气，这些昙花一现的东西是经不起历史考验的。时间将是最好的裁判。"

黄龙每晚研究销售排行榜，从第一页一直看到最后一页。销量前500名的榜单上他一直没有看到《药》的踪影。他暗暗骂读者都是一群瞎子，一群被垃圾图书伤害了眼睛的白内障患者。后来，黄龙改从后面往前翻，一直追溯到第一页。黄龙知道只要后面几页没有，上榜的几率就不会太大。但他还是忍不住往前翻，总是希望看到奇迹。如果某本书的封面和《药》有些接近，总能给他带来百分之一秒的心跳加速，以及随即掉进万丈深渊的沮丧。黄龙的目光随着滚动条上下移动，时间久了，他的目光只会上下移动，失去了左右摇摆的功能。

黄龙喋喋不休地骂道："读者都是一群傻子，这么明显的垃圾书，只要一炒作，他们居然就信了。这些书有什么价值啊？你看看在火车上，有些旅客书还没看完，下车时就把书扔掉了。难道不知道下次长点记性吗？"

凤子感叹："哎，男人的心里装着一个世界，女人的心里只装着一个男人。"

"我的心里只装了一个凤子，凤子的手上捧着一本《药》。"

"那当然，凤子无限小，《药》无限大。"

"行了吧，凤子，你别和一本书争风吃醋了。"

"幼稚老公，不是我和《药》争风吃醋，而是《药》和我争风吃醋。本来你的全部都是我的！"

黄龙想，《药》不仅是他的世界，更要是全人类的世界。因为它是精神上的一剂良药，是一本有灵魂的书。亲爱的读者，究竟是哪个恶魔蒙住了你智慧的双眼？

报纸连载半个月之后，《药》终于上了排行榜，排在最后一页，第492位。黄龙兴奋地学鬼叫，在床上疯狂地前滚翻。凤子比他平静得多，只是淡淡地说："这就是实力。"黄龙捧着凤子的脸亲了又亲，好像那张脸就是当当网。"亲爱的凤子，咱们真是天造地设的一对。我挑水来你织布，我写小说你营销。"但好景不长，《药》在当当网排行榜上停留了两天之后就消失了，并没有像黄龙想象的持续攀升。

一天，黄龙无意间看到壁柜里突然多了一个大纸箱，打开一看，里面装着满满当当的一箱《药》。原来昙花一现的上榜只是凤子为爱情导演的一出"苦肉剧"。这件事黄龙一直没有揭穿，心酸的黄龙用心地呵护着凤子的心酸。他再也不在凤子面前查看当当网的排名了，他知道这样会给凤子压力。

黄龙恨不得抓住鬼一般的行人叫喊："一本有震撼力的小说上市了，赶紧到当当网上去买吧！"

黄龙恨不得抓着地铁里玩游戏的女孩叫喊："你这个狐狸精，为什么不知道看看《药》呢？"

黄龙甚至在当当网留言栏上写下咒语："要想身体好，每天都看《药》。"

地铁上，一个小伙子拿着 ipad，低头玩切水果的游戏，西瓜、苹果跳上来，他就着急地飞快地在显示屏上划动。黄龙真替他惋惜，宝贵的时间不去看《药》，居然在这儿无聊地乱划。既然你这么喜欢切水果，还不如直接去应聘当厨师！

出租房的厕所里放了一本《药》。黄龙原来蹲厕所只需五分钟，现在一蹲就是半小时。他正用心品《药》的时候，一只蟑螂突然从面前快速爬过，特别让他扫兴。他脱下一只拖鞋去追打蟑螂。凤子听到拍打声，赶紧推门进来。只见黄龙一手拿着拖鞋，一手拎着裤子；一只脚光着，一只脚穿着拖鞋。

凤子忍俊不禁地说："幼稚老公，如果把你打蟑螂的场景拍成视频挂到网上，保证你的小说一炮走红。"在追打蟑螂的时候，黄龙也没有觉得自己的举止有什么异样。经凤子一提醒，黄龙也觉得自己滑稽。

文人都有一颗童心。当当网，一张心网。

西单书城

西单书城，图书销售的风向标；西单书城，黄龙眼中的梦幻城。

黄龙每个周末都要去逛西单书城。与其说逛书城，还不如说逛《药》。《药》摆在书架的最低一层，读者必须蹲下去，狠命地侧着头，才可能看到它。五本《药》静静地躺在那里，只有杂技演员才能弯腰看见。黄龙有些生气，心里默默地骂着西单书城的经理："你让我的书在这里养老啊？"黄龙擅自把自己的书调整到第二层——眼睛平视的高度。这个周末，黄龙感觉自己打了个大胜仗，凯旋般地回到出租房。这件事，他没好意思告诉凤子，担心凤子笑话他"小气"。

又是一个周末，黄龙踏着阳光、驾着春风来到西单书城。四本《药》安详地躺在书架上，用亲切的目光注视着主人。黄龙的心里一阵温暖，毕竟自己的作品很懂感情，有血有肉，不是"木头书"。黄龙逐一抚摸这四本书，像母亲抚摸着自己的孩子。黄龙推断西单书城至少卖出了一本书，或者是六本，或者是十一本……他可以确定书城《药》的销量：5N+1——这是他小学三年级学过的奥数入门题。因为可能卖完之后，书城做过 N 次补货。黄龙赶紧在书城电脑上查《药》的销量，电脑显示 N 等于零。黄龙的内心也归到了零点，他原来幻想《药》一经出版，必然导致洛阳纸贵。眼下洛阳纸确实贵了，不是因《药》而贵，而是跟着房价一起贵起来的，跟着大白菜一起贵起来的。

两千万人口的北京城，原来还有一个黄龙的粉丝。他在心里呐喊："我黄龙也有粉丝了！"黄龙特别想知道这本书被谁买走了，是男的还是女的？是老人还是小孩？是长相漂亮的还是长相丑陋的？为什么他（她）会买这本书？他（她）是看到了网上的宣传还是随手翻阅被内容吸引？他（她）读完《药》之后是庆幸还是后悔？黄龙觉得自己快变成福尔摩斯了。他实在没法获得这些信息，他在心里暗暗地骂书城的经理："为什么不知道登记读者的信息呢？"黄龙漫不经心地在狭窄的走廊上徘徊，一本本图书从身边慢慢后退。他偶尔也动手翻一翻摆在展示台上的畅销书，但他实在没有阅读的欲望，实在瞧不起这些破书。

黄龙突然看到五十米远的前方有人晃动着一本书，直觉告诉他那是一本《药》。原来买《药》的读者还没离开书城！从背影看，女孩身材苗条，穿着紫色的连衣裙，透亮的袜子。可爱的福尔摩斯赶紧往前追了几步，想看看女孩的正面。黄龙向来不喜欢观察别人的背影，那是朱自清先生的专利。女孩走进了直梯间，黄龙没有赶上同一趟电梯，飘浮在眼前的是一缕秀发。黄龙关注电梯停靠的楼层，电梯在三楼、二楼、一楼都停过了，他不知道这个女孩会在哪一层出去。他在三楼找了一圈，没有找到那缕秀发；在二楼找了一圈，没有看到紫色连衣裙；他赶紧跑到一楼，仍然不见女孩的踪迹。

黄龙冲出书店，选择人流量大的方向猛追。福尔摩斯的直觉告诉他，女孩应该是朝这个方向走了。他终于追上了女孩，深鞠一躬，说了声："对不起，打搅你一下。"

"咦，你不是黄龙吧？"

黄龙抬眼一看，原来是孟春雨。

木头发芽

黄龙和孟春雨来到一家咖啡厅。毕业两年多，黄龙第一次碰到孟春雨。大家都忙于生计，没有见面的时间和心境。

黄龙关切地问："过得怎么样？你和钱百毅结婚了吧？"

孟春雨一脸苦笑："毕业三个月就吹了。"

"那也是你甩了别人，钱百毅在大学追你追得多苦啊。"

"钱百毅是个花痴。不管多么丑的女孩，只要他怔怔地盯上两分钟，马上就会来电，着迷、冲动、发情……不管多么漂亮的女孩，只要过上三天，他就会厌倦，就会移情别恋。"孟春雨很轻松地叨唠，好像在讲述别人的故事，看来她已经走出了这段感情阴影。

黄龙和她开玩笑："不用担心，中国六万万女性同胞，剩下谁也不会剩下你。"

"那也是，我也有了新的感情寄托。实话告诉你吧，我的男朋友是日本富豪山本五十八，有私人豪华游艇。"

"山本五十八？这个名字咋这么耳熟啊？"

"那当然，他的确是将门之后。"

"哎，女人一辈子都在做选择题，男人一辈子都在做证明题。"

"黄龙，这是什么意思啊？"

"没啥意思，想想你，看看我，什么都明白了。你做了一道非常漂亮的选择题，我却苦苦做不出这道证明题。"

"这几年被男朋友一包装，我也成了世界名模。"孟春雨表面上是告知近况，事实上在自我炫耀。

"你的气质本来就好。如果有人包装，大学时就火了！"

孟春雨听了很受用，赶紧从包里拿出一本时尚画报。孟春雨让黄龙辨认哪个是她，黄龙看得眼花缭乱，感觉美女都是一个模样，实在没法辨认。

　　"别考我了，你就直接告诉我吧！"

　　"那不行，你连老同学都认不出来，还算朋友吗？"

　　黄龙连续猜了几个美女，结果都猜错了，原来封面上的那张就是孟春雨。她穿着泳装，半卧半躺地趴在沙滩上。乍一看，还以为是个假人。

　　孟春雨慷慨地说："这本杂志送给你吧！"

　　黄龙赶紧收起杂志，连声说："太荣幸了，这是我第一次看到你的泳装照。"

　　"黄龙，我再讲讲你关心的人吧！"

　　"我关心谁啊？"

　　"别装蒜了。丘月嘛，你的老情人。"

　　"在我的记忆里已经没有这个人了。"黄龙冷冷地说。

　　"我把丘月的近况告诉你，真会把你吓一跳。钱百毅和丘月好上了，两个田径高手跑到了一起。"

　　听到这个消息，黄龙的手微微颤抖。孟春雨看见了这个细微的抖动，挥挥手说："淡定，淡定，让我听听你的心跳？大作家，你是全班最后一个知道这条消息的人。"

　　"我没想到丘月会在同学圈里找朋友，更没想到室友钱百毅会挖墙脚。我终于相信，只要是女人，就会有男人喜欢。"

　　"你不是常常抱怨丘月是不懂感情的木头人吗？木头也有发芽的时候，关键是你能不能给她一个春天。"

"哎，春雨，你也别笑话我了。你知道钱百毅是怎么说你的吗？'谁拥有了孟春雨，谁就拥有了整个北京城的春天！'"

"是啊，那个狗东西赏完春天的花，又去摘秋天的果。"

"同是天涯沦落人，咱们别相互戳伤疤了。春雨，我突然有个奇想，要早知道是这样的结局，当初还不如我直接追你，大家何必兜这么大的圈子？"

"那你为什么不追啊？"

"追也是白追！根本没有可能性。"

"不追，你怎么知道呢？"

"如果是这样，你就早给一句话啊！春雨小姐，现在还可以追么？"

"只要我们活着，什么都有可能。"

"我知道现在更难了。别人开着游艇追你，我骑着自行车追你，你说咋个追法？让我拿菜刀拼日本鬼子的冲锋枪？"

"你别开口闭口'日本鬼子'，应该叫'山本先生'。王昭君远嫁西域不就是为了民族和解吗？"

孟春雨说得一本正经。黄龙想笑但不敢笑，他没有想到孟春雨的姻缘与中华民族的前途息息相关。孟春雨换了个话题，避免黄龙再提日本鬼子之类有伤和气的话。她说："我看到你在博客上声嘶力竭地宣传《药》，出于同情心，买了一本。"

"春雨，我的小说一个月在西单书城就卖了这一本，我特别希望是个陌生人出于崇拜买走的，是和你一样漂亮的陌生女孩。"

"没想到作家对粉丝还有要求啊？看来不是每个读者都有资格做你的粉丝。"

"找粉丝又不是找对象，哪有什么要求啊？只是粉丝太少了，自然有些期待。"

"你不用灰心。金子终究会发光的。"

"我恨读者，怎么这么缺乏鉴赏力呢？我同情读者，在书的海洋里很难看到好书。买书被骗了，还没处投诉，消费者协会从来不管伪劣作品。我觉得读者很可爱，对于胡说八道的《挖墓日记》居然信了，居然有人拿着铁锹刨别人家的祖坟。"

"不管你是恨读者、爱读者，还是同情读者，你都改变不了读者。哎，黄龙，只怪你没有一个好爸爸，赵大业分配到电力公司之后，三年就当上了处级干部。他找了个高干的女儿结婚了，算得上政治联姻。"

黄龙笑着说："老爸是天生的，我没有选择的权利，但我可以像你一样，后天来改造自己。你帮我介绍一个有游艇的富婆吧！"

孟春雨笑着说："那还不简单？我未来的婆婆是个寡妇，你去找她吧！到那时呀，我每天拉着你的手叫你'爹'。"

偶遇丘月

公交车三步一摇晃，五步一咔嚓，让人晕晕乎乎的，黄龙似乎有了一点晕游艇的感觉。

黄龙刚下车就接到凤子的电话，让他顺便捎带酱油和醋回去。黄龙来到超市，径直走向调味品货架。黄龙闭着眼也能找到日用品货架，对其他货架却熟视无睹，因为那些和他毫无关系。

黄龙左手拿酱油，右手持醋，走向收银台。排队的顾客很多，站在黄龙前面的一对男女买了满满当当的一推车食品。因上面两箱饮料堆得太高，男人小心翼翼地扶着，生怕饮料掉下来。推车缓缓地向收银台移动，像一艘即将靠岸的航母。女人挽着男人的手臂，半个身子靠在男人身上。男人全身都在用力，既要操纵手中的航母，又要当好女人的靠山。

男人对女人说："尽管买吧！拣着贵的买，怎么花也花不穷的！"男人的声音瓮声瓮气，像是从猪头里发出来的。对黄龙来说，这个声音太熟悉了，在宿舍卧谈会时听了四年。

"钱百毅！"

钱百毅回过头来，惊奇地问："咦，黄龙，你怎么在这里啊？"靠在钱百毅身上的女人也扭过头，是丘月。她冷冷地扫了黄龙一眼，并不说话。仿佛黄龙不是她昔日的情人，不是她大学的同学，甚至连陌生人都算不上，只是一团看不见的空气。如果没有孟春雨的预告，黄龙一定会当场晕倒。

"我住在附近。你呢？你怎么跑到咱们穷人区来购物？"

"出去旅游，顺便往车里补充一点食物。"

"怎么，度蜜月啊？"

"哪里，哪里，随便转转。"

黄龙盯着钱百毅丰腴的双唇——一张被绿肥红瘦的爱情滋润过的肥嘴。他不由自主地摸了摸自己的嘴唇——曾经被钉子头戳过的嘴唇。木头人也会柔情似水，也会热情似火，也会小鸟依人，也会百般缠绵，关键看你值不值得她这么做。黄龙眼前似乎晃动着丘月的短裤——四年的时间都没能拿下的碎花短裤。女人的短裤如军旗，军旗倒了，城池就失守了。他敢断言钱百毅并没经过攻坚战就轻松拿下了城池。"不战而屈人之兵，善之善者也。"对钱百毅而言，把碎花短裤比喻为城池，真是太见外了，太小家子气了，太一家人说两家子话了！短裤后面不是城池，而是新城开发区；碎花短裤不叫军旗，而叫招商引资说明书。

钱百毅对黄龙说："你的东西少，先结账吧！"黄龙不依，钱百毅不从。黄龙只好走到前面，他像拎着两枚手榴弹去炸碉堡的敢死队员，一步一步地挪向收银台。黄龙感觉丘月的目光中长出了锋利的牙齿，狠狠地撕咬着他的脊梁。黄龙结完账，逃出超市。在小巷子里拐了八个弯之后，他才感觉自己从丘月的牙齿中挣脱出来，但背部仍然有灼痛感。

黄龙迎面看到出租房里射出来的淡红色的灯光。每次下班回家的时候，他都会远远地搜寻那束柔和的灯光。那束灯光仿佛就是风子期盼的目光。他知道风子做好了饭，正坐在餐桌边等着他。三十平方米的小套间，不仅是生活的港湾，而且是心灵的港湾。

黄龙推门进去，整个出租房里香气四溢。风子很夸张地叫唤："幼稚老公，神仙汤炖好了，等着放佐料呢！"

当风子往汤里放醋时，黄龙在一旁鼓劲："尽管放吧，吃不穷的！"

"幼稚老公，没有像你这么炫富的！不是我心疼醋钱，是再搁就变成醋坛子了。"

黄龙一个劲地给风子夹菜，嘴里还说："小凤子不挑食，好养！"

黄龙饭后抢着洗碗，风子陪在一旁聊天。黄龙感觉自己用一文不值的顽石，换来了价值连城的宝贝。他要倍加珍惜，生怕得而复失。黄龙把见到孟春雨的事告诉了风子，但没有提起在超市见到钱百毅和那块顽石。

"难怪你今天表现这么好，看来孟春雨给了你力量。"

"傻瓜凤子，你是我生命中的无价之宝，没有谁能比得上你。"

黄龙躺在床上盯着天花板发呆，凤子轻声问："怎么发呆了？想孟春雨了？"

　　"西单书城仅仅卖出了一本《药》。我像大海里的一只小虾，任凭我拳打脚踢，也翻不出一点波浪。龙王爷只需轻捻胡须，就能掀起狂风巨浪。"

　　"《药》只是你的处女作，公众接受有个过程。你要静下心来一步一个脚印地创作。"

　　"一步一个脚印就会被社会淹没。我要和生命赛跑，和时间赛跑，和同行赛跑，和自己赛跑。"

　　"你有文学天赋，应该享受写作的过程，不能太看重结果。功利心太强，你会活得很累的。"

　　"人活着，不就是追求别人的承认吗？活着，就要有一席之地。国家追求领土、领海和领空，这叫生存空间；一个人追求最安全、最宽阔、最舒适的生活，这叫一席之地。有人追求物质上的一席之地，有人追求思想上的一席之地；有人追求眼前的一席之地，有人追求未来的一席之地……"

　　"难道你现在没有一席之地吗？我们躺在出租房里，这里就是我们的一席之地。我听过一个故事：一个乞丐在面前放了一个瓷碗，在不远处又放了一个碗，行人感到好奇。乞丐解释，'那是我的分公司'。"

　　"是啊，连乞丐都开分公司了，咱们咋混得这么苦呢？"

　　"我讲这个故事是想告诉你，贪婪是没有止境的，连乞丐都想开分公司，你说活得累不累？住别墅有住别墅的感觉，住出租房有出租房的味道。我感觉只要和你在一起，过怎样的生活都是一种享受。"

　　"小凤子，我承认自己有野心。写作不仅是爱好，我还想让自己的小说变成经典。几十年的人生像天边的流星一样，稍纵即逝，我们能留下什么呢？我的人生目标就是要让自己的作品留下来，这样才觉得人生不虚此行。"

"留下来又能怎么样？关键是今天活得有意义。作品能不能留下来，那是后人的事。你不仅在乎当下成名，还在乎后人的评价。我觉得你的脑袋里除了《药》，什么都没有了。"

"还有亲爱的小凤子！男人一辈子都是在做证明题，女人一辈子都在做选择题。"

"你说得不对。我没有用一辈子来做选择题，而是一辈子只做了一道选择题，就是选择了你。价值是客观的，不管别人承认也好，不承认也罢。幼稚老公，难道我承认你还不够吗？"

"够了，够了，一个凤子抵得上一个世界。"黄龙嘴巴这样说，但内心并没有放弃自己的观点，在这个问题上女人永远没法理解男人。

凤子很幸福地亲吻黄龙。自从她和他同居之后，她就认为他是她的天、她的世界。常常有很多社会学家呼吁："女性要独立，不要成为男人的附属品。"但她就是喜欢黏着黄龙，心甘情愿地做他的附属品。她甚至异想天开，希望黄龙变成澳洲的袋鼠，她一辈子都躲在他的袋子里。她很认同这段话："结婚，不止和一个人结婚，也是和他的家人结婚，和他的朋友结婚，和他的思想结婚，和他的缺点结婚，和他的事业结婚，和他的社会结婚……"

凤子，开放时代的传统女孩，传统时代的现代女孩。

第六章

龙虎奔丧

晚上，黄老幺给黄龙、黄虎打电话，说奶奶去世了。按当地的风俗，家里老人去世，男丁是必须到场的。黄虎带着一群马仔，披星戴月地赶回洪湖。

黄老幺问："黄虎，你开车怎么不带你哥哥一起回来啊？"

黄虎当着众亲戚骂道："您还不清楚吗？他那个又穷又硬的东西怎么肯坐我的车呢？"

黄龙给黄老幺打电话："丧事办得尽量低调一些，九十多岁的老人走了，咱们只用平静地道别，不用在葬礼上搭很高的台。"

"没钱就直说，别拿'低调'做遮羞布！让他放心回来吧，带上一张嘴和一张脸就够了，奶奶的丧葬费我一人承担。"黄龙在电话中听到了黄虎的声音。

黄老幺挂断电话之后耐心劝黄虎："你们兄弟俩不管平时多大的意见，这次在亲友面前也得表现得亲热一些，让我们做父母的有个面子。"

黄虎气愤地说："我就是见不得他那副穷酸相，平时表现得那么清高，一到要花钱的时候就谈低调。金钱真是一面照妖镜！"

父母摇摇头，很无奈地走了出去。为人低调的确是黄龙的性格，但他却忽视了另一个严峻的事实：他根本没有高调的本钱和人气。

黄龙赶紧到出租房旁边的售票点买票，结果没有买到当天的火车票。听说售票点只售少数火车票，更多的票在火车站售票窗口销售。黄龙赶忙拦下一辆出租车，赶往北京西站。排队买票的人很多，站了半个小时，队伍往前挪了一米多。黄龙又排了两个多小时，大屏幕纷纷由红变绿，宣告当天的车票售罄。黄龙只好购买了第二天首班和谐号。北京西站离回龙观很远，公交车早已收班，他花了八十块钱在火车站旁边最简陋的旅馆里躺了一晚。

火车上，黄龙不停地接到家里打来的电话，因家里找道士算卦了，奶奶必须在下午三点之前火化。等黄龙到达汉口火车站时已是中午十二点，出站之后，他拦了一辆出租车直奔洪湖殡仪馆。黄龙紧紧地盯着前方的路，指挥司机选择更合理的路线。他只差伸过去一条腿，帮司机猛踩油门了。

黄虎已经成立了治丧委员会，他亲自挂帅担任治丧委员会主任，乡镇书记、村长、乡亲代表、马仔代表等人担任副主任，按照一正八副的标准配置。主任和副主任在豪华酒店设有独立办公室，全面协调吊唁活动。全体乡亲以及黄虎的一帮狐朋狗友列席参加，充分显示他在家乡的号召力。

黄虎向亲友表态："奶奶的追悼会在下午两点准时开始，绝不因个别人缺席影响仪式进程。"

黄老幺苦苦哀求："你哥哥正火急火燎地往这里赶，还是让他见上奶奶一面吧！"

"如果黄龙真有孝心，早该乘飞机回来了！"

"你哥哥刚毕业，赚不了几个钱，你要理解啊。"

"读了那么多书，花了家里那么多钱，在北京混得像一堆狗屎。亏他还有脸回来！"

"哥哥是做学问的，肯定不会像你这么有钱。人各有志，行行出状元。"

"连一张机票都买不起，还有什么资格谈成功？"

听到黄虎满口火药味，亲友们赶紧找借口跑出了主任办公室。酒店里挤满了黄虎的马仔和酒肉朋友。黄虎想，如果家里没有他这根擎天柱，奶奶的丧事怎么会办得如此风光？现场参加奔丧的人则怀着两种心态：一种希望黄龙两点之前赶到，见上奶奶最后一面；另一种希望黄龙错过时间，这样就能看黄虎如何奚落黄龙。但局面往往向善良的人所期望的方向发展，黄龙还是在下午两点之前赶到了现场，准时参加了追悼会。

主持人蒋镇长一脸凝重，他哽咽着说："请汪福珍老人的孙子黄龙致悼词。"

黄龙脸上并没有蒋镇长的那种悲伤，只是很真诚地说："祖母汪福珍生于×年×月×日，卒于×年×月×日，享年 94 岁。寿终正寝，乘鹤西去，功德圆满，问心无愧。祖母一生经历了贫穷、疾病和动荡，但始终善良、豁达与坚强。94 年的风风雨雨，94 载的日月同辉。岁月无情，人间有爱。逝去的是祖母瘦弱的身躯，升华的是祖母高尚的灵魂。祖母的一生，没有丰功伟绩，没有警世名言。但在子孙后代的心目中，祖母是一部永远也读不完的教科书。"

黄龙自然而真挚的语言似乎让蒋镇长走出了悲伤。他健步上台，隆重而高亢地说："下面请省政协委员、虎哥建筑公司董事长、洪湖文化协会名誉主席、黄台村福布斯排行榜首富黄虎先生致答谢词。黄委员，这边请……"

蒋镇长念到这一大堆头衔时语气明显提高，感情明显升温，或许因升温过猛，蒋镇长居然漏掉了一个最关键的头衔——汪福珍老人的孙子。黄虎端着政协委员的架子，踱着黄台村首富的步子，上台讲话："感谢北京市委、湖北省委、洪湖市委等各级政府机关的党政要员；感谢中建公司、城建公司、中石油、中石化等'中字头'的企业领导……感谢虎哥投资公司、虎哥贸易公司、虎哥建筑公司等'虎字头'的兄弟们。大家能参加奶奶的追悼会给足了我黄委员的面子。"字正腔圆，一口京腔。黄虎在北京总是讲一口洪湖话，回洪湖后却活生生地憋出了一口京腔。他憋得满脸通红，青筋暴露，满头大汗，肾上腺素全身奔腾！与低等动物相比，伟大的人类，少了一点真实，多了一份怪异。

黄龙站在一旁不停地摇头。他思忖，平时连县城都没去过的奶奶，招谁惹谁了，咋就惊动了北京市委的党政要员？灵堂里摆满了花圈，挽联上的名头吓死阎王老爷。黄虎安排马仔购买了一批花圈，分别写上各大单位的名头。一个马仔兼任三家中央企业的治丧代表，另一位马仔同时冒充北京市政府、湖北省政府和洪湖市政府的党政要员。

黄虎走到哪里，人潮就涌向哪里。乡亲们早已奔走相告：黄虎可是通天的人物，既有孙悟空的七十二变，又有如来佛的一手遮天。大家希望趁黄虎这次回老家，把自己家里的事帮忙办一下：有人找黄虎给市领导打招呼，有人儿子明年要考大学找黄虎帮忙，有人被邻居打了请黄虎出气，有人办企业还有资金缺口找黄虎借钱……

出殡之前，腰鼓队的表演进入高潮。一边击鼓，一边跳舞；一边高唱《最炫民族风》。一群专业哭丧婆替子孙哭泣，哭丧婆先帮儿子哭泣，依次是儿媳、女儿、女婿、孙子、孙媳妇……哭丧婆的哭腔悠扬，哭词感人。一群道士口中念念有词，说能够把奶奶超度到天国。按照本地风俗，丧事帮忙的必须是外姓人。外姓人不停地找亲友要钱，谁给的钱多，他们会高声宣叫，让大家以他为榜样。黄虎给了三千块钱，中了头榜。外姓人对黄龙说："你弟弟给了三千，做哥哥至少要给六千！"黄龙艰难地掏出了三百块钱。外姓人继续起哄："都在北京混，兄弟俩差距咋这么大呢？"黄龙对于这种近乎敲诈的行为很不满意，正要发作，黄老幺轻轻地拉了拉他的衣服。黄龙的心情乱如麻团，他不知道自己应该表达出怎样的感情。因为现场的氛围，喜怒忧思悲恐惊，一应俱全。

黄龙护送灵车回到村里，故乡的记忆荡然无存。黄龙不清楚是自己失忆，还是故乡失忆。他没有找到见证他生命的大槐树，没有找到儿时抓鱼的沟渠。眼前只见一排光秃秃的房子和一条代表新农村丰功伟绩的狭窄水泥路。

政府要求新农村透亮，透出政绩的亮点。官员要求把所有的树都砍掉，他们不知道砍掉的是一条条鲜活的生命。他们承诺随后帮农民栽上果树，但却一直没有兑现。农民每天傻呆呆地盯着巨幅规划图，对着图上的一个个苹果、一串串葡萄咽口水。?

记忆被现实绊了个大跟斗。黄龙觉得自己就是那光秃秃的房子，感觉在大庭广众之下被扒光了衣服。黄龙自欺欺人地安慰自己：故乡还是儿时的故乡。只是离家的时间久了，一时感觉不到故乡之美。

奶奶的骨灰入土之后，黄台村随即举行了另一场更盛大的仪式。黄虎为黄台村小学捐助了一批书籍和课桌，村委会为此举行捐赠接收仪式。村长代表全体村民致答谢辞："为了感谢黄委员造福家乡的义举，经村委会研究决定，将村头的鱼塘命名为'黄虎鱼塘'。鱼塘旁边将立一块大石碑，描述黄委员波澜壮阔的人生路线图。起点是黄委员贩卖的第一篮鸡蛋，终点是虎哥广场……"

细雨，淅淅沥沥地斜织着。黄龙的头发一缕一缕地贴在脸上，他终于赶上了最后一趟离开洪湖的大巴车，像流寇一样逃离家乡。村民的眼珠子随黄虎的身影来回转动，没有谁留意离去的黄龙。

黄虎在，焦点在。

虎哥广场

西环广场旁边，一幢写字楼日夜加班加点赶工程。因举办奥运会要求工地停工半年，公司老板黄虎几乎濒临破产。奥运会期间，黄虎日夜守在电视机前，他并不是在期待五星红旗升起的激动时刻，而是在关注奥运会何时能结束，国际友人何时飞离北京——这样虎哥广场才能全面复工。

激动人心的时刻终于到了，在雄壮的国歌声中，建筑工人列队进入虎哥广场。黄虎对工人们说："为了把奥运会期间的损失夺回来，我们必须大量招聘工人。谁能引荐一个工人，谁就能得到一百块钱的奖励。"

马仔引着一个不算壮实的男人过来，远远地喊道："虎哥，我带人来了！"

黄虎瞥了一眼，觉得来人的身板不够硬朗，有点像出工不出力混工资的家伙。

黄虎问："你叫什么名字？"

来人答道："白龙。"

黄虎皱了皱眉头，对来人说："你看我身上文了十一生肖，就是没有龙。这辈子我就是讨厌一个'龙'字。"

来人有些不高兴，瞪大眼睛问："我说兄弟，我也不能为了一份工作改名吧？"

马仔看到来人不太会讲话，顿时有些紧张，担心两人谈崩了，自己的一百块钱打了水漂。他赶紧凑到黄虎的耳边小声说："虎哥，现在找工人可是大海捞针啊，北京所有的工地都复工了，大家都在抢人……"

黄虎犹豫了一下说："好吧，那就让他好好干吧。"

白龙一辈子没有干过这么重的体力活，但他不惜力气地劳动。他知道越苦越累，灵感就会越多。白龙发现，一线工人都憋着一肚子的怨气，但大家却是敢怒不敢言。一打听，原来工人十个月没有领工资了。虎哥给大家解释："这段时间受奥运会影响，公司损失太大了，等到国家的奥运补偿金下来之后再补发给大家。为虎哥出力，为奥运争光！"

奥运会结束之后，拖欠的工资仍然不见下文，工人们都鼓着眼睛盼着"奥运补偿金"。白龙赶紧帮工人上网查了查国家政策，压根儿就没有"奥运补偿金"这个说法。原来"奥运补偿金"是黄虎自导自演的戏码。

白龙带着几个工人代表一起去找黄虎讨要工资。黄虎皮笑肉不笑地说："大楼摆在眼前，你们还怕什么啊？我能跑，大楼能跑吗？干活去吧，少不了你们那几个钱！"

白龙质问："那你不能欺骗工人啊！"

黄虎失望地摇摇头："你这个人缺乏幽默感。"

白龙指着黄虎的鼻子说："是的，我没有幽默感。但你拖欠工人的血汗钱就有幽默感吗？"

黄虎这下火了，骂道："老子活了一辈子，从来没人敢在老子面前甩手指。小心老子砍断你的爪子！"

站在旁边的马仔一巴掌打过去，白龙一个趔趄，后退了几步。黄虎骂道："我早就说过，名字里有'龙'字的都不是好东西！你不是讨薪，是想讨死！"

黄虎又指着几个工人代表说："你们都是我从老家带出来的老乡，想跟着造反吗？小心老子收拾你们全家。"原本义愤填膺的工人一下子软了，扶着白龙退了出去。

这件事情过去了，工地上又恢复了平静。黄虎洋洋得意地对马仔说："对付这些贱民就得来硬的，稍稍给他一点好脸色，他们就会爬到你头上搭鸟窝！"

三天之后，黄虎和往常一样开着悍马车很霸气地来到工地。刚下车，一群拉着横幅的小孩冲过来围住他，埋伏在旁边的记者也冲了上来，长枪短炮地拍照。白龙站在记者后面，对着黄虎伸出两个手指，打出了胜利的手势。横幅上写着："娃娃讨薪团——要面包、要玩具、要读书。"

黄虎冲过去，抓住白龙吼道："原来是你在这儿捣鬼！"

黄龙正经过虎哥广场，准备去吃午餐。他听到黄虎的声音，挤过去看见黄虎和白龙扭打在一起。黄龙把白龙从黄虎的手中解救出来。

黄龙对黄虎说："你放过他吧，他是我的兄弟。"

黄虎身上的十一生肖似乎对黄龙齐声怒吼："是的，他是你兄弟，我不是你的兄弟!"

黄龙也对黄虎瞪了一眼,似乎在说:"兄弟与血缘无关,与志同道合有关。"

第二天,全国报纸相继报道了虎哥广场的娃娃讨薪事件,免费下载的幽灵隧道软件中都附带了这则新闻小插件。一夜之间,黄虎成了名人。

黄龙通过窗户眺望虎哥广场,娃娃讨薪团仍然没有撤离,他熟悉的那部悍马车的车顶上坐着几个小孩,警察在现场维护秩序。黄龙没想到近在咫尺的虎哥广场是黄虎开发的,原本每天上班都从虎哥广场门前走过。从今往后,黄龙再也不想从这儿走过了,而是绕到马路对面走。

黄龙不想见黄虎,但报纸上关于虎哥广场的新闻他还是忍不住看了。《京城早报》报道,马区长已经进驻虎哥广场现场办公。马区长承诺,一天不解决农民工工资,一天就不离开虎哥广场。

一周之后,《京城早报》头版报道:虎哥建筑公司已于昨天中午十二点前将三千万元资金划入法院指定的账户。为了筹集资金,法院强制拍卖了黄虎的两处房产和一部悍马车。

黄龙抬眼望去,耀武扬威的悍马车不见了。当工人们想感谢白龙的时候,却找不到他的踪影。大伙感慨:白龙见首不见尾!

黄虎把这几天的霉运归结为败火败得太狠了。黄虎贴身马仔的媳妇长着一张俊俏的脸。这婆娘在虎哥建筑公司做行政文员,整天在眼前晃来晃去,黄虎早已垂涎三尺,只是碍于马仔,没机会下手。黄虎终于动了心思,安排马仔到远方出差,来回半个月。马仔刚上飞机,黄虎就把婆娘约到酒店,说有机密的人事安排要商量。进了门,入了座，黄虎的两只虎掌直奔婆娘的胸部。

婆娘赶紧抓紧衣领，紧张地说："这样不好吧？你和他都是兄弟啊！"

黄虎一脸淫邪地笑："他是我的，你也是我的了。这有什么关系呢？"

婆娘事先没有心理准备，黄虎也没有给她一点过渡的时间，她似乎有些不愿意。婆娘说："夜总会里多的是女人，你要怎样的就有怎样的，何必呢？"

黄虎心想这婆娘还有些正派，用文人的话说叫纯洁。黄虎一辈子对纯洁倒是情有独钟，胃口一下子被吊到天上去了。

黄虎因势利导地解释："妻不如妾，妾不如妓，妓不如偷。偷才是人生的最高境界啊！你这么一张俏脸，我不下手，别人迟早会下手。肥水不流外人田嘛！难道你还想替那个无知的家伙守什么贞洁？"婆娘似乎还在犹豫，黄虎顺势塞给她一个珠宝盒。婆娘紧抓衣领的手缓缓松开，一切就这么顺水推舟。小小的珠宝盒，像一叶扁舟，在欲望的海洋里冲浪颠簸……

次日，黄虎本想高挂免战牌，养精蓄锐之后为珠宝盒再战。但某领导给黄虎打电话，说想出去"潇洒"一下。黄虎开着悍马车，带着领导和夜总会的两个女孩到酒店开房去了。黄虎原以为打一炮走人，没想到领导说要"包夜"，黄虎只好很无奈地陪着。黄虎一直认为自己活得很风光，突然感觉自己被领导包了。

第三天凌晨，黄虎先送领导，再送小姐，然后匆匆赶往虎哥广场。黄虎牢牢地抓住方向盘，他担心一松手，自己会轻飘飘地飞到天上去。黄虎拖着疲惫的空壳回到办公室，像一堆稀泥瘫在沙发上。婆娘敲门进来，说有重要的人事机密要汇报，在办公室不太方便说，要到酒店密谈。一进房间，婆娘的两只小手直捣黄虎的下身，前日的纯情荡然无存。黄虎暗暗叫苦："男人就是这么自作自受！"他强打精神，准备冲刺，"啪"，婆娘突然拍了一巴掌。黄虎吓了一跳，立即溃败下来。

黄虎没好气地问："拍啥？"

婆娘委屈地回答："一只蚊子嘛！"

黄虎心想，这婆娘太粗俗了，根本不懂啥情调，空长了一张俊俏的脸。从此，黄虎再也不找婆娘密谈了。一只蚊子，毁了一段姻缘。

第四天，虎哥广场就出事了，你说霉气不霉气？

酒吧卖书

摆平娃娃讨薪事件之后，黄虎带着几个贴身马仔到歌厅潇洒。一位白净清瘦的女孩背着吉他边弹边唱，一曲之后赢得满堂喝彩。

主持人大张旗鼓地叫喊："凤子小姐多才多艺，刚才弹唱的是她的自创曲目——《灵魂深处的呼唤》。这里有她的专辑，于今晚全球同步发行。"

主持人退到后台。凤子嘟哝道："求求你了，以后别再说'全球同步发行'了。"

"营销就是吹牛，别人都在吹，你不吹就吃亏了。"

专辑现场销售很好，一箱 VCD 旋即销售一空。一个胳膊上文着虎兔羊鸡的壮汉挤过来说："给我两盒吧，不是冲着她的声音，而是冲着她的脸蛋！"

事实上，再度出山的凤子不是想卖唱赚钱，而是想宣传一下黄龙的小说。一曲之后，凤子很动情地对观众说："我的朋友写了一部小说，我认为这是中国当代最好的小说，比我的光盘有价值得多，希望大家捧个场，买一本书吧。"

台下没有动静，凤子鼓起勇气接着说："这部书的名字叫《药》，真实再现了医药行业的内幕，一部《药》透视了整个社会、整个人性……"

凤子隐约听到台下有人叫骂："这个傻妞，吃错药没有？谁会在酒吧买书啊？有病啊？"

听到骂声，凤子的眼圈红了，赶紧退到舞台旁边。

黄虎对马仔说："你上台给那个小妞说一声，如果她过来陪我喝一杯酒，我就把这箱书全部买走。"

马仔捧着一簇花上台送给凤子，还在她的耳边嘀咕了几声。凤子犹豫了一下，点了点头。凤子径直向黄虎走过去，马仔拎着书跟在后面。凤子端起酒杯说："这位好心大哥，感谢你帮忙!"

凤子平时不喝酒，一杯酒下肚，顿时头昏脑涨。黄虎看到凤子歪歪斜斜的样子哈哈大笑，上前搂着凤子说："小妞，你要陪我再喝一杯酒，我再买你一箱书。你要陪我一个晚上，我就买你十箱书。"

凤子用力推开黄虎说："别这样，我的男朋友在门外等我!"

黄虎喝醉了，抱住凤子不肯松手，结结巴巴地说："你……你……你让他进来吧，我……我倒要看看他的模……模样呢!"酒吧保安出面才把凤子从黄虎手中解救出来。

黄虎对手下的兄弟一挥手："走吧，大家放……放心，小妞明天会主动找我的。她……她……她明天不……不跪在老子面前叩三个响头，老子不会让她上我……我的床……"

"哈哈哈!"马仔们听得哄堂大笑。

在一群马仔的拥簇下，黄虎歪歪斜斜地走出了酒吧。

"虎哥，我把书放到后备箱吧?"

"扔……扔到垃圾箱去吧！擦……擦屁股还嫌纸太粗呢！"

"哐当"，黑暗里传来了沉闷的响声。

凤子头晕得站立不住。她怀疑有人在酒里下了蒙汗药，赶紧强打精神给黄龙打电话。凤子顺手把黄虎送的花转送给保安。保安抱着鲜花回到宿舍，通宵难眠。这簇鲜花是什么意思呢？他在纸片上做了一个晚上的逻辑推理题：凤子曾经对他点过头，凤子曾经经过他身边时低头脸红，凤子曾送给他一袋五香瓜子……从点点滴滴的琐事之中，保安得出了一个惊人的结论：凤子一直暗恋他！可怜的保安怦然心动，不停地在镜子前转来转去，欣赏自己的那张充满魅力的脸。

黄龙火急火燎地冲进来，扶着凤子走出酒吧。脚下有东西把黄龙绊了一下，他借手机的亮光看了一眼，原来是一箱《药》。黄龙一手扶着凤子，一手拎着书。

凤子躺在床上说酒话："我……我……我以后再也不和粗俗的人讨论文学了，简……简直对牛弹琴！"

黄龙拍拍凤子红彤彤的脸蛋说："是的，是的，宝贝，不仅你累，牛比你更累。"

第二天晚上，凤子并没有出现在酒吧的舞台上。黄虎带着一群马仔又来了，他到处打听昨晚唱歌的女孩。他叫嚷道："我昨天和小妞约好了，我想从她那儿买十箱书呢！"

酒吧服务员菲菲是凤子要好的朋友，她赶紧拨通凤子的电话："凤姐，有人找你，你等等。"

菲菲把电话交给黄虎，黄虎拖着长长的尾音说："小妞——，我是你大哥啊！昨天约定买十箱书，我今晚要提货啦……"凤子一声不吭，随即挂断电话。

黄龙关切地问："谁啊？"

凤子淡淡地说："拉保险的。"

黄虎破产

黄龙的手机响了，是北京市公安局打过来的。对方说要向黄龙了解黄虎的情况，要求在西环广场二层的情缘咖啡厅见面。黄龙有些诧异，他这辈子从来没有和警察打过交道。

警察告诉黄龙，虎哥广场表面上风光无限，事实上却漏洞百出。黄虎自行设计的升降梯突然坠落，导致十多名工人死亡；黄虎招标时巨额行贿，空手套白狼；工程开始后又拖欠工程款……黄龙像做梦一样，断断续续地听着这些信息。警察仍然滔滔不绝，似乎想把弟弟犯下的罪行全部套在哥哥的头上。

看到黄龙有些心不在焉，警察加重了语气："黄虎逃跑了，你们家属有责任提供线索，协助抓捕归案。"

黄龙打断了警察的话："他的罪恶由他自己承担吧。虽然我们是兄弟，但从来不交往，你们不用找我了。"

警察打起了心理战，冷冷地说："黄龙先生，你敢保证你不知道他的下落吗？你在西环广场上班，虎哥广场就在旁边，你能保证你和案情没有关联吗？"

黄龙仰天大笑："警察同志，我和他就像陌生人一样，我们在马路上擦肩而过，或许相互不认识呢！我唯一能给你们提供的线索就是他身上文了除龙之外的十一生肖。"

当警察还满腹狐疑时，黄龙说了声"失陪"，起身离开。两名警察继续在咖啡厅窃窃私语，好像在相互审讯似的。

黄龙没走出几步，黄老幺打来电话："北京的警察已经找到家里来了，说黄虎畏罪潜逃。村子里的人都知道了，弄得我这张老脸实在没处搁啊！"

黄龙冷冷地回答："现在不是讲脸的时候，他对社会造成的损失、给别人造成的伤害应该让我们感到内疚！"

"黄龙，你还不清楚吗？不是我们不管他，我们哪里管得住他啊？"

"爸爸，我不是抱怨您。每个人的罪孽都应该由他自己去偿还，跟您无关。您不用讲什么面子不面子，把自己累死了。"

坐在十三号城铁上，夕阳透过玻璃照着黄龙的脸。面对即将落山的太阳，黄龙扪心自问：自己是不是太绝情，对弟弟的处境无动于衷。（黄龙知道自己遗传了父亲的耿直——和魔鬼打交道时比魔鬼还要魔鬼，和菩萨打交道时比菩萨还要菩萨。）在他的道德坐标上，好与坏如硬币的两面。文八斗是好人，朱秀德就是坏人。朱秀德坏在哪里，黄龙也说不清楚，但只要是和好人作对的，都是坏人。有毒草就有香草；有害虫就有益虫。宇宙间的好与坏，无处不在。

第七章

虚惊一场

下午，黄龙坐在办公室里看稿子，汪冰冰突然递过来一封信。信封皱巴巴的，上面沾满污渍，寄信地址是湖北神农架林区。黄龙心头发紧，他断定这封信是胡爱莲寄来的。

胡爱莲对他和凤子谈朋友一直持反对意见。理由有两点：第一，凤子没上过大学，两人的悬殊太大，婚姻不会太稳定；第二，黄龙是学中文的，搞文学的都是靠不住的。黄龙猜测胡爱莲把信直接寄到他的单位，表明她坚决反对他们的婚事。胡爱莲可能担心把信寄给凤子，凤子不会把实情告诉黄龙。

黄龙担心自己承受不了胡爱莲的责备，他直接把信放进了电脑包。整个下午，黄龙魂不守舍，平时心爱的电脑包转眼变成了一枚定时炸弹。黄龙远远地看着它，没有勇气去碰它。

晚上，黄龙回到出租房。凤子迎上来深情一吻，黄龙仅仅给了她一点点舌尖。那僵硬的舌尖像是从桌面上冒出的钉子头，刺伤了凤子的心。

"别人早把饭做好了，等着你呢！"

"对不起，今天心情不好。"

凤子噘着小嘴盛饭端菜。黄龙只是象征性地吃了两口就说饱了，凤子也跟着放下了筷子。

"凤子，你妈妈给我写信了。"

"真的吗？今天上午我和妈妈通电话了，她没有提给你写过信啊！"

凤子等不及黄龙把信拿出来，自己疯狂地翻看他的电脑包。凤子知道妈妈反对她和黄龙的婚事，但万万没有想到妈妈的态度会这么坚决，居然直接给黄龙写信了。凤子知道妈妈一辈子吃了很多苦，受了很多委屈，所以她并不愿意违背妈妈的意愿。

凤子拿出信，连信封都来不及看一眼，赶紧撕开信封，掏出一张信纸。内容如下：

尊敬的大作家：

您好！

我们是神农架原始森林保护区的护林人，我的名字叫绿森，我的旁边还坐着我的兄弟护林。我们很冒犯地给您写信，就是想和您交个朋友。我们每天的工作就是检查有毛有森林火灾的猫头，有毛有偷树的强盗。我和护林要管几十里地，这么大的地方就我们两个人，我们肯定估独啊！我的儿子从北京带回您的小说，我们看了觉得特别好啊，好多的句子我们都会背了啊！

您小说中说，女人是苹果，还分为甜苹果和脆苹果。不满您说，我们在这儿想女人想疯了。我们都是男人，您也是男人，这个我不想骗您。我们每天都吃苹果，但我们从来没有想到苹果就是女人，以后再想女人的时候就疯狂地吃苹果解餐吧！哈哈！

北京太远，我们去不了，因为我们走了，就没人看林了。我们想让您过来玩，您当面讲您的小说，会让我们更敢兴趣啊！我们这儿风景满好，您来了之后，我们接您。您不用到风景区去了，那里就个屁看头，真正的风景是我们这儿。收钱的风景区是骗外地人的，神龙的故事都是他们瞎编的，那个写"神龙顶"三个字的石头算什么"神石"啊？不就是从我们这儿拖过去的吗？

我的手机号是：18611126＊＊＊，您可以随时给我电话啊，确定您过来的时间！

您的朋友：绿森、护林

黄龙和凤子看完信之后啼笑皆非，真是一个黑色的幽默。

黄龙说："太可爱了，特别是那几个可爱的错别字！"

黄龙兴奋地在凤子脸上亲了一口，凤子侧过脸，黄龙在另一侧又亲了一口。凤子摆正头，示意还有中间。黄龙赶紧又补上一口，他嘀咕："被你训练得像啄木鸟似的！"这是纯情凤子对亲吻的要求，每次都是左一下，右一下，中间还得补一下。黄龙被训练得相当娴熟，和着"嘣、嘣、嘣"的节拍，简直可以跳快三。

凤子笑着说："大作家，这下可满足了吧？你不仅在北京城有个孟春雨粉丝，在大森林里还有两个粉丝，很可能神农架的野人也是你的粉丝了！"

黄龙望着凤子说："野人是粉丝有什么了不起啊？我还要外星人做我的粉丝！"

"这个很简单嘛，听我们那里的老人讲，野人和外星人是好朋友，他们甚至在一起结婚生子，他们的孩子懂两个星球的语言。看来咱们得想办法让宇宙混血儿把《药》翻译成外星球文字。"

"真有这个传说吗？你别蒙我啊！"

"真是这样的。你不是说和谐文学奖的评比不公平吗？听说外星球上有个矛盾文学奖。矛盾文学奖的评选不需要找关系拉选票，而是把小说放进机器里，一经测试就知道哪本小说写得好。评选结果出来后，从来没有谁不服气。他们曾经拿《红楼梦》的翻译版去测试，结果中了头名。一部《红楼梦》激起了外星球上的冒险家到地球来探险的热潮。"凤子讲这些的时候，清澈的眼睛一闪一闪，给人的感觉是那么真实。

黄龙在凤子的脸上轻轻地拍了一下："傻瓜女孩，你适合到电视台做儿童节目的主持人，你太会讲童话故事了。"

凤子收起笑脸，严肃地说："哎，幼稚老公，我想和你谈点正经事。你打算什么时候去拜见你的岳母大人啊？过不了这一关，结婚证就难办了。"

黄龙敲了敲桌子说："你说得对！虽然今天是虚惊一场，但我们应该主动出击。不要等到家人坚决反对时再临时抱佛脚，把你夹在中间左右为难。"

"听你这么一说，我好想爷爷和妈妈了。恨不得明天就去！"

"我恨不得现在就去！明天我就找韩梅梅请假。"

初见岳母

神农架位于湖北西北部，是一个拥有许多美丽传说的山区。在茹毛饮血的远古时代，瘟疫流行，饥饿折磨，普天之下哀声不断。为了

164

摆脱灾难，神农氏来到高山密林之中，遍尝百草，采药治病。他还搭建了三十六架天梯，登上悬崖峭壁。从此，这个地方就叫神农架。

在黄龙的心目中，神农架是个美丽的传说，胡爱莲更是一个美丽的传说。几天之后，黄龙和凤子终于启程前往神农架。他们乘火车、转汽车，来到青松镇，再搭乘黑狗子的三轮车前往金猴村。一路上，或两三户依山而建，星星点点；或十多户结伴而居，自成一族。

黄龙感觉这儿的一山一水都让人倍感亲切，每一处风景都似曾相识。尽管他是第一次来神农架，但这儿似乎有他儿时的影子，凤子仿佛就是邻居家的姗姗。难道自己通过幽灵隧道软件回到了前世？

金猴村后面是"八"字形的两列山脉，分别叫飞龙山和凤凰山。两列山脉的前面是蜿蜒流淌的山泉和石子公路，在这块相对平坦的山谷里住了十多户人家，听风水先生说，这儿是一块风水宝地。飞龙山上以结实挺拔的铁杉为主，凤凰山以婀娜多姿的竹林为主。村里三岁的小孩都能讲述飞龙与凤凰的爱情故事。

爷爷和妈妈早早地候在家里，因为凤子回家是全家人最隆重的节日。三轮车还没停稳，爷爷和妈妈就冲了过来。黑狗子不知道在爷爷的耳边嘀咕了什么，爷爷用拐杖在他的背上敲打了两下。黑狗子缩着脖子、开着三轮车逃跑了。黄龙嘴上叫着"爷爷、阿姨"，迎上去握手。但山村的人不习惯握手，被黄龙一抓手，好像被短嘴猴子抓了一把似的，实在有些不自在。

凤子走在中间，一手搀扶爷爷，一手牵着妈妈。凤子是家里的月亮，家里的天。黄龙拎着行李跟在后面，他在心里想，只要他们同意这门婚事，他一定会善待凤子，一定会好好伺候爷爷和妈妈。一碗茶的功夫，消息在小山村里炸开了花："凤子回来了，带回个男娃。"全村人像头上长满了虱子似的，痒得实在没法忍受。有人借口还东西，有人借口送鸡蛋，三三两两地跑到凤子家看热闹。大伙假装和胡爱莲闲扯，目光一刻也不离开黄龙。虽然胡爱莲说"只是普通朋友"，但这句话连三岁小孩都骗不了。凤子准备了糖果，给孩子们一一发放。

一个讨糖果的孩子说："凤子姐，我妈妈说你这儿有喜糖！"

凤子送上一把糖说："告诉妈妈，不是喜糖，就是一般的糖果。"

孩子一脸诧异地问："这么红的糖纸还不是喜糖？"

听到这天真无邪的话语，黄龙倒是很享受。他小声对凤子说："凤子，全村人都知道你有男朋友了。如果我不娶你，你就嫁不出去了。"除了屋后的小山，远处有更高的山脉。黄龙站在门前环顾四周，除了几栋破旧的石头房子，满眼都是一个字——绿。

胡爱莲显然很喜欢黄龙温文尔雅的文人气质，但她不能喜形于色，让这小子得意忘形。胡爱莲表现出不同寻常的平静，似乎想摆一摆岳母大人的架子。吃过晚饭之后，村民的好奇心如潮水慢慢消退，他们纷纷从凤子家离去。四个人坐在一起，每个人都感到拘谨，每个人都小心翼翼。正如高手过招之前，双方先做几个简单的推挡动作，试探一下对方的武功。

经过一番客气之后，黄龙主动转入正题："阿姨，我和凤子认识两年了。我很喜欢她，我会对她好的。"

胡爱莲顾虑重重地说："凤子每次给我打电话都说你的好话，但我只是觉得你们之间的差距大，婚姻不会稳定。我这辈子吃了亏，不希望凤子走我的老路。希望你能理解。"

"阿姨，凤子都给我讲过了。您这辈子过得很不容易，我一定会珍惜和凤子的感情，一定会对您和爷爷好……"

"你们俩要慎重考虑，结婚是很严肃的事情。"

黄龙觉得胡爱莲并不是一个无知的村姑，说话慢条斯理，缓急得当，把握有度。听凤子说过，胡爱莲平时不打牌，不搓麻将，有时间就喜欢读书。

黄龙沉吟片刻说："阿姨，我很冒昧地说一句。我觉得您特别有文化、有思想，和那些看热闹的阿姨完全不同。"

爷爷插话了，黄龙听不懂。从神色看，爷爷似乎在炫耀自己的女儿与众不同。黄龙不停地点头，尽管听不懂，但点头永远不会有错。

听到黄龙的这句话，胡爱莲很陶醉。黄龙的真心话歪打正着地拍了一个很高明的马屁。谈话随即转入更加高雅的话题，胡爱莲的语气缓和了许多："小黄，我们把《药》看了很多遍。为了看你的书，爷爷还专门换了一副老花眼镜呢！"

凤子笑着说："大作家，你的粉丝够多了吧？"

停顿了一会，黄龙突然说："我明天想到镇上去见见石敦厚。"

凤子惊讶地问："为什么？"

"我想当面给他解释一下，希望他走出这段感情的阴影。"

胡爱莲捂住胸口吸了一口凉气："他坐牢了。他醉酒之后，开车撞死了一对情侣，车内还搜出了枪支。"

凤子万万没有想到会是这样的结果。她有些惋惜，甚至有些自责。

黄龙安慰道："凤子，从你的角度讲，你已经尽力了。"

胡爱莲气愤地说："没有什么惋惜的。出事的前一天，他带着几个人到我们家来威胁我，'如果你不把凤子嫁给我，我会杀了你们全家。'我说，'我们孤儿寡母，你杀我们还用带这么多帮手吗？'世界上哪有这样求婚的啊！"

谈到这个话题，大家都有些压抑。默默地坐了一会之后，各自睡觉去了。

绿森来访

第二天上午，村民们聚集在凤子家门前聊天，一个粗壮的汉子开着一部破旧的吉普车冲了过来。

来人说他叫绿森，是专程来拜访他的偶像的。得知眼前的清瘦男孩就是黄龙时，绿森冲上来紧紧地抱住了黄龙。这个拥抱应该是绿森蓄谋已久的，或许绿森和护林演练过很多遍了，因为神农架从来没有人用拥抱来欢迎客人。绿森和护林确实反复商议过，第一眼见到黄龙，应该怎样表示欢迎呢？是作揖还是鞠躬？他们从电视中找到了答案——大人物见面都是通过拥抱表示欢迎的。

这个拥抱让金猴村的人大开眼界，大家像看野人一样盯着绿森。一群孩子随即在门前练起了拥抱。胡爱莲给绿森端上茶之后，就到厨房做饭去了，其他人在门前聊天。他们谈得很热烈，黄龙听得不太明白，凤子坐在一旁小声翻译。他们首先谈论绿森在大山深处的生活，随后谈到《药》。

绿森激动地说："黄龙，你是我们心中的大英雄，了不起的大人物啊！"绿森随口背出了《药》中的段落："他知道这五十万块钱的启动资金来之不易，承载了全家人的希望。他像一个小妇人一样拨打着生活的小算盘。菜市场上什么便宜他们就吃什么，疯牛病期间吃牛肉、禽流感期间吃鸡蛋、瘦肉精期间吃猪肉……中国层出不穷的食品安全问题给他的事业帮了大忙。"绿森背诵小说时同样带着浓浓的乡音，但黄龙却听得字字真切。

有村民跟着附和："写得好啊！官老爷应该好好地管一下食品安全了。还是咱们神农架好，我们的食品才是安全的。"

绿森得到了响应，赶紧又背了一段："两个女人无非是一个脆苹果与一个甜苹果的区别。脆苹果是青的、涩的、酸的，甚至还有些令人回味；甜苹果是软的、香的、甜的，甚至还有些耐人寻味。奉劝天下女人，在你决定和某个男人结婚之前，记得买这样两个苹果给他尝尝，看这个男人爱吃哪类苹果，你再评价自己是不是那类苹果。但这个试验也不是完全灵验，因为有些男人既爱吃脆苹果，也爱吃甜苹果；有些男人吃了一个脆苹果，却还想吃其他的脆苹果，吃了一箩筐脆苹果也不解馋，女人就拿他没辙了。甚至还有一些品位粗俗的男人，吃了脆苹果和甜苹果之后，居然还想去尝尝烂苹果……"

在场的男人都望着黄龙坏笑，他感觉浑身不自在，仿佛自己是世界上最大的色狼——一箩筐甜苹果、一箩筐脆苹果、一箩筐烂苹果也没法解馋的色狼。爷爷指出了绿森背诵中的错误，说最后一句应该是"甚至有一些前辈子馋苹果给馋死了的男人，吃完脆苹果和甜苹果之后，居然还想去啃几口烂苹果……"

绿森说自己是对的，千真万确，站起身来到车上取书，爷爷也回屋里取书。等他们找回证据时，凤子赶紧解释："你们两个都是对的。绿森的书是第一版，爷爷的书是第二版。"村民们纷纷表示第二版比第一版写得好。有人说黑狗子就是前辈子馋苹果给馋死了的男人。一些不感兴趣的村民找借口离开了，感兴趣的村民留下来继续聊天。胡爱莲常常跑出来听他们聊天，享受绿森对未来女婿的赞美之词。每次都是在凤子的催促之下，胡爱莲才恋恋不舍地回到厨房。

经过上午的聊天，胡爱莲完全接纳了黄龙。她没有想到黄龙的名气这么大，连护林人都这么崇拜他。这是在金猴村从来没有过的事。金猴村没有出过名人，更没有出过这么有名的作家。

黄龙刚来的时候，胡爱莲琢磨怎样不让宝贝女儿被"黄鼠狼"给叼走了；这时胡爱莲正琢磨怎样留住黄大作家，让凤子过上幸福的生活。

大师禅语

吃过午饭，绿森载着黄龙和凤子向大山深处飞驰而去。凤子从来没去过大山深处，爷爷倒是去过几次，说里面的野兽很凶狠。临行之前，胡爱莲絮絮叨叨，千嘱万托。

绿森拍着胸脯保证："放心吧！我们会保护好您的女儿和女婿的。"

越野车顺坡而上，山口矗立着一块"神农架国家森林保护区"的褐色大石头。驶过山口，风景陡然变美。古树老藤，奇花异草，抬眼望去，随处可见。短嘴猴子从这个树枝跳到那个树枝，叽叽对话，喳喳尖叫，好像在笑话长嘴的黄龙。

绿森手握方向盘，嘴里却念叨《药》中的情节，还说："我觉得有个地方要修改一下，也不知道想的对不对。"

"怎么改？"

"大作家，我说出来你可不要见笑啊！"

"每个人都可以改，文学本来就没有标准。"

"你现在的结尾是：'我告诉你们六个字：干干净净做人。干干净净做人，作为高等动物的人类，原本只是举手之劳，但又有几人能真正做到呢？'我建议改为：'我告诉你们八个字：活得真实，活得干净'。这样给别人留一点思考的余地，写得模糊一些，效果会更好。正

170

如，山里有一层薄雾时风景会更美。"黄龙万万没有料到，绿森能想到这么有意境的结尾。一提笔就写错别字的绿森居然还懂得留白，或许大山给了他灵感。

黄龙激动地说："太好了，太感激你了！小说再版时一定采纳你的建议！"

车拐过弯，黄龙听到宏大的响声。抬眼一看，对面山崖上挂着一条十多米宽的瀑布，飞泻而下，汇聚成潭。在人迹罕至的原始森林里，这青松、这花草、这瀑布，在明与暗之间，在红与绿之间，黄龙的目光穿梭不停。不知是梦境，还是现实；不知在天国，还是在人间。如果真是梦，希望这个梦永远不要醒来。

石子路上颠簸起伏，笑声也荡出浪花。夕阳染红松林的时候，他们到了住宿地。护林早已煮好了饭，恭候远方的客人。他们一下车，护林冲上来和黄龙热情拥抱，拥抱动作和绿森如出一辙，好像一个师傅带出来的两个徒弟。护林似乎也想和凤子拥抱一下，但最终只是搓了搓手，羞涩地点了点头。

住宿地是在山边一个相对平坦的地方垒起的四间小屋。他们各住一间，还有一间厨房、一间公用间。因这儿很少来客人，他们习惯把这一间叫公用间，不叫客厅。

绿森安顿黄龙和凤子住一间。他说："我们几天前就把被子和床单洗得干干净净的，这个房是专门为你们收拾出来的。我们每天还要过来检查两次，总担心有不完美的地方。"

凤子说："收拾得这么整洁，我简直不相信是两个大男人做出来的。黄龙要跟你们好好学学，他不太修边幅。"

绿森羞愧地说："我们这儿平时像狗窝似的。只是为了迎接你们，我们特意做了卫生。"

晚上，黄龙和凤子躺在大石头上仰望着那轮明月。当小鸟安息的时候，蛐蛐开始演奏小夜曲，伴着远方泉水的叮咚声，伴着微风滑过树叶的沙沙声……这是七个音符永远不可能达到的高度。黄龙说："真想做个护林人，躲在大山里过着与世无争的生活。"

黄龙不想回房间睡觉。他想以天为帐、以石为炕、与蛐蛐为伴。绿森坚决反对："外面有虫蛇野兽，不安全的。"

第三天，绿森带黄龙和凤子去了神农架风景区。绿森说："虽然导游都是瞎蒙人，但听起来还是很好玩！"

他们一边爬，一边聊天。在半山之上，有个寺庙傍山而建。

"小凤子，我曾想到庙里做和尚。"

"现有正是机会啊！"

"现在已经没有做和尚的资格了。"

"为什么？"

"因为有了你。"

凤子抿着小嘴笑，随后一本正经地说："如果你做和尚，我就在旁边建个尼姑庵。咱们做邻居。"

俩人走进寺庙，看到一个老和尚坐在蒲团上静静地打坐。

趁凤子去买矿泉水的间隙，黄龙和大师攀谈起来。黄龙把内心最纠结的事情告诉了大师：《药》写得这么好，为什么得不到社会的承认呢？大师笑而不答。他们从山顶返回的时候，黄龙折回来问大师："您刚才为什么发笑？"

大师没有正面回答，只是给黄龙讲了一个故事："从前山里有座庙，庙里有两个和尚，一个老和尚和一个小和尚。小和尚写了一首诗，让老和尚看。老和尚看过之后笑而不语，小和尚一个晚上辗转反侧。次日清晨，小和尚红肿着眼睛问师傅，'为什么您看了我的诗只是笑，没有评价，是不是写得特别糟糕啊？'老和尚说，'我只是笑笑，就弄得你一个晚上没睡好？你看寺庙前耍把戏的小丑，他们穿着古怪，动作滑稽，无非就想博得别人一笑啊！'"黄龙顿时醒悟。

一周之后，黄龙和凤子要启程回京。爷爷和胡爱莲一起送行，在公路边等候黑狗子的三轮车。胡爱莲一个劲地流泪，凤子搂着胡爱莲安慰："妈妈，您别难过。"

"孩子，妈妈没有难过，只是高兴，高兴……"胡爱莲边说边笑，失控的眼泪夺眶而出。

黄龙在路上踱来踱去，脚下发出"哐当、哐当"的响声，似乎想在用脚丈量这片神秘的土地。

"黄龙，你今天的脚步声有些特别。"

"真的吗？"黄龙似乎也意识到了异样，低头一看，原来脚上穿着爷爷的鞋子！

大家哈哈大笑。凤子更是无地自容："哎，他就是这么幼稚！"

总结黄龙到神农架的三点收获：护林人的一片心；大师的一席话；来时叫"姨"，走时叫"妈"。

第八章

韩立结婚

黄龙从神农架回到北京，随即得知韩立结婚的消息。504室早有约定，有室友结婚，其他人必须去捧场。哪怕天高路远，哪怕刀山火海。

钱百毅说他遇上了比刀山火海还要严峻的现实，不能如约参加韩立的婚礼。白龙买单，请丁丁、黄龙和凤子一起乘飞机回洪湖。登机坐定之后，后面突然响起了一个清脆的女声："亲爱的——"白龙赶紧回头，原来是空姐给同伴打招呼。由"同志"变成"亲爱的"，空姐的素质实现了质的飞跃。

白龙有些失望地转过头。丁丁挖苦道："白哥哥，有点失望吧？如果你想听别人叫你亲爱的，我一天叫你一万遍。"白龙只是假笑。丁丁并不在意白龙和其他女孩眉来眼去，她认为那是男人的本事，也是男人的本性。白龙很欣赏丁丁豁达的性格，欣赏她比宰相还要大度的胸怀。

飞机迟迟不见起飞，机舱内又闷又热。广播说出了机械故障，飞机要带着大家去修理厂。在修理厂待了一个小时，广播再次响起："飞机暂时修不好，需要调换飞机。请旅客携带好自己的随身物品，乘摆渡车到候机室休息，并等候通知。再次感谢大家的理解！"

又过了一个小时，乘客乘坐摆渡车又回到了停机坪。大家被折腾得精疲力尽，已经没有"不理解"的力气了。然而飞机仍然没有起飞的迹象，"亲爱的"说空中交通管制，起飞要等机场通知。估计领导的专机来了，老百姓的飞机统统让道。

乘客不停地抱怨，"亲爱的"却面无表情，丝毫没有表现出"亲爱的"应该表现出的亲爱，好像面部肌肉出现了"机械故障"。黄龙平时看宣传画上的空姐貌若天仙，这次总算有机会一睹尊容。一位"亲爱的"粘着长长的假睫毛，因粘得过于潦草，假睫毛三五成群地聚在一起，像两把横卧的鸡毛掸子。几根头发挂在假睫毛上，随着眼睛的开合翩翩起舞。"亲爱的"鼻梁很高，鼻翼紧贴鼻梁——显然做过了隆鼻手术。鼻梁升高了，鼻翼的弧线拉成了直线，形成两个狭窄的倒立的"V"字。如果把整个鼻子看作一个完整的器官，那就是一个非常富有肉感的麦当劳标志。如果你知道肉感的背后是一块硅胶，那就连一点可怜的肉感都没有了。

黄龙再扭头看看身边的凤子，她正专心致志地欣赏航空杂志上的一幅风景油画。小凤子的鼻子没有"亲爱的"那么高，眼睛没有"亲爱的"那么大，睫毛没有"亲爱的"那么长，但鼻梁笔直，皮肤白皙，目光清澈，神态悠然，从内到外宛如神农架的一泓清泉，一尘不染。凤子的剪影印入黄龙的心房，深深地刻在心房的内壁，变成了不可或缺的生命元素。血液带着这幅图的影像流向全身，滋养每一寸肌肤，激活每一个细胞。

皓月当空的时候，大家终于来到了韩家村，韩立正站在马路边焦急地张望。他身穿一套洁白的阿迪达斯运动装，脚穿运动鞋，气宇轩昂，活力四射。他完全不是大学时期的那个小老头了，好似刚刚获得金牌的奥运健将。丁丁触景生情，高声朗诵："深蓝的天空中挂着一轮金黄的圆月，下面是海边的沙地，都种着一望无际的碧绿的西瓜。其间有一个十一二岁的少年，项带银圈，手捏一柄钢叉，向一匹猹尽力地刺去，那猹却将身一扭，反从他的胯下逃走了。这少年便是韩立。"

白龙感慨："这韩立似乎借助了幽灵隧道软件，由老年闰土变成了少年闰土！"

老同学见面热情拥抱。韩立一个劲儿地尖叫，一个劲儿地耸肩，一个劲儿地调侃。他家门前是鱼塘，旁边搭建了几排猪舍。几十头肥猪一起尖叫，一起耸肩，似乎想表达它们的欢迎之情。大家急于见新娘，恨不得现在就闹洞房。韩立说："后天才是新婚，新娘还在她自己家里。明天我带你们过去吧。"

第二天，他们开着越野车，朝着远离村庄的原野奔驰而去，车后面掀起了团团尘雾。一刻钟之后，呈现在眼前的是一排排低矮的猪舍，这便是韩立的女朋友夏妍的王国。大家知道夏妍是当地有名的养猪大王。

面对宏大的猪的海洋，丁丁诗意大发："真是人外有人、猪外有猪啊！"

韩立附和："那当然，咱们夏妍是全市第一养猪能手。"

白龙笑着说："没想到你在北京没傍到大款，回洪湖居然傍到了。"

猪栏里传出了比空姐更甜美的女声："亲爱的，你把饲料带过来了吗？"

韩立回了一句："夏妍，我的同学来了，你出来吧！"

一个女孩从猪栏里跳了出来，矮小、丰满、黝黑，实在不能根据声音来判断一个人的长相。韩立刚回村时养猪受挫，他原以为养猪就是随便喂点猪食，万万没有想到猪吃食同样讲口感，同样讲营养均衡，有些血统高贵的猪还讲色香味。夏妍热心地给他传授养猪知识，一来二往，两人产生了感情。

黄龙问："韩立，你们家有一老汉，那是谁啊？"

夏妍抢着说："那是韩立的后爹张大嘴。他的妈妈一辈子含辛茹苦带他，老了却交上了桃花运。你说那张大嘴啊，十年前就死了老伴，也不追求他妈。你看这两年的热乎劲儿，三天两头往他家跑，居然真打动了他妈妈的芳心。你们城里人不是说拼爹吗？在咱们农村时兴拼儿子。谁家儿子有出息，谁家父母就成了香饽饽。张大嘴只有一个女儿，嫁到了很远的地方。张大嘴找你妈，无非是看你这两年做得好，有个依靠。"

"你别开口闭口叫张大嘴，从今往后叫'爹'。"

"你杀了我吧！我从小就叫他张大嘴，改口实在困难。"

大家盯着旁边的一个巨大的广告牌——"豆腐渣工程示范基地"。韩立指着牌子给大家解释：夏妍在县城建了一个很大的豆腐厂，薄利多销，垄断了全县的豆腐生意。卖豆腐基本不赚钱，只是落下豆腐渣喂猪。县里的小豆腐作坊做的都是黑心豆腐，让老百姓很不放心。她创立了夏妍牌放心豆腐，这个创意得到县领导的大力支持。从此，黑心豆腐坊几乎销声匿迹了。"豆腐渣工程"是夏妍提出的养猪新概念。她把"猪多肥多，肥多粮多"扩展成了"猪多肥多，肥多黄豆多，黄豆多豆腐多，豆腐多豆渣多，豆渣多猪多"的新理念。

黄龙感慨："喂猪如写书，没有创造就没有成功。"

白龙附和："做企业更需要创造，我又研究了一项实用发明，也与穿越有关。你早晨上班塞车了，一小时往前挪动十多米，老板不停地给你电话，你心急火燎，恨不得马上飞到老板的面前。我的发明就是让你不受塞车的困扰……"

"打住，打住！咱们是来参加韩立和夏妍的婚礼的，别再谈你的发明创造了。"

"没问题！只要你不谈你的小说，我就不谈我的发明创造。"

钱家鸟巢

返回北京之后，白龙给钱百毅发了一篇慷慨陈词的檄文，讨伐他的不仁不义，数落他挖黄龙的墙脚，质问他缺席韩立的婚礼。钱百毅收到邮件之后备感压力，他费尽口舌向白龙解释："我与丘月之间的暧昧关系完全是她的一厢情愿，我钱百毅怎么可能做出这种下三滥的事情呢？至于没有参加韩立的婚礼，那是因为我近期也在紧锣密鼓地筹办自己的婚礼，正准备邀请你们喝喜酒呢！"

为了消除同学间的误解，钱百毅特意邀请白龙作为同学代表到他的寒舍做实地调研。正当白龙怀着震撼的心态欣赏钱百毅的豪华别墅时，钱百毅轻描淡写地说："在咱家寒舍群中，这套是最廉价的，只能算作经济适用房。但话又说回来，寒舍里的家当样样都是价值连城的。你看这套老酸枝家具，是清代乾隆皇帝用过的，你说它的价值如何评估呢？"

白龙拍着家具问："这么大的家具是怎么搬进来的啊？"面对寒门布衣提出的如此幼稚的问题，钱百毅还是耐心地给他做启蒙教育："房子和家具都是定制的，事先就有全套规划。房子的设计是以内部的家具为中心，房子框架结构完成之后，家具就搬进来了，然后再砌外墙。你再看看齐老的这幅山水画，可以说凝聚了齐老的毕生心血。公众一直认为这幅画毁于圆明园的那场大火，但谁能料到它落户于寒舍之中呢？"

白龙死死地盯着这幅画，他看不出它好在哪里。但他突然有一种冲动，想冲上去把这幅名画撕得粉碎。白龙的肮脏念头还没从心头抹去，钱百毅又指着桌上的一颗鹅卵石说："与这个比较，齐老的画只能算儿童玩具。这是一颗夜明珠，是从天上掉下来的陨石。号称全球第二大的陨石夜明珠。最大的那颗被美国国家博物馆收藏着，第二大的这颗不是收藏在中国国家博物馆，而是屈尊于寒舍之中。"钱百毅滔滔不绝地介绍寒舍里的一件件宝物。白龙备感压力，压得膀胱肿大。

钱百毅带白龙上洗手间，白龙指着抽水马桶问："这个抽水马桶不会是古董吧？因为古人根本没有发明这种东西。"

"你真的说对啦！寒舍里唯一的现代品就是抽水马桶。这个马桶是著名雕塑大师吴老的作品，寒舍里的八个马桶分别由中国八大雕塑大师完成。为了保证马桶的价值，每个模具只制作一个马桶之后就销毁了。从这个角度上讲，每个马桶同样是独一无二的艺术珍品。它的艺术价值远远超过了齐老的那幅山水画。"齐老的山水画成了"寒舍"里的坐标零点，仿佛它是一块一文不值的破抹布。

马桶盖上和侧面都是雕龙画凤。不管算不算珍品，至少可以肯定，大师们确实在马桶的设计上呕心沥血，并收取了不菲的设计费。马桶的形状有点像鸟巢，国家体育中心的那个鸟巢。白龙坐在宏伟壮观的鸟巢之上，顿时觉得下面正在举行一场国际足球邀请赛。他突然感觉整个下半身都在痉挛，冲到节骨眼上的小便又憋了回去。

白龙告别价值连城的马桶回到客厅。钱百毅正焦急地等着他，因为还有很多价值连城的家伙还没来得及介绍。如果一口气不介绍完，钱百毅会憋出心肌梗。白龙给黄龙打电话，让钱百毅给黄龙解释两句。钱百毅貌似真诚地说："黄龙兄弟，我根本不喜欢丘月，只是丘月迷恋我而已。我怕伤了她的自尊心，就和她走得近了一点。下个月我要结婚，请你赏个脸过来做伴郎。你放心过来吧，我不会邀请丘月的……"

钱百毅絮絮叨叨了老半天，就是听不见黄龙的回音。他低头一看，电话早被挂断了。

钱百毅的爸爸钱大头走了进来。白龙赶紧起身打招呼。寒暄几句之后，钱大头问起了白龙的创业情况。白龙赶紧打开电脑，手舞足蹈地讲述飞行轿车的创意。等到白龙把目光从电脑上移开，他发现钱大头早已睡着了。

感谢折磨

钱百毅的婚礼如期举行。车队像一条河，在长安街上缓缓地流过。京都大学的老师同学悉数登场，黄龙拒绝了钱百毅三番五次的邀请。他自己也说不清拒绝的理由，总之，心里酸酸的、怪怪的、苦苦的、涩涩的。黄龙并不恨钱百毅，甚至对他心存感激。他清楚，没有丘月的离去，就不会有凤子的出现。用丘月换来了凤子，这笔交易太合算了。正如球队用伤病缠身的球员换来了潜力无限的新星。

白龙打电话劝黄龙："给他捧个场不行吗？钱百毅说他今天特别在意你。如果你不参加，同学们反而笑话你心胸狭窄。你带着凤子大大方方地参加，貌若天仙的凤子自然会给你长脸。"

黄龙并没有给白龙解释什么，直接挂断了电话。手机再度响起，黄龙本想对着电话乱骂一通，结果发现是丘月的爸爸打来的。"小黄，丘月生了一场病，我准备带她回老家去，我们正在车站候车室。如果方便，你过来见她一面？这可能是她离开北京之前的最大心愿了。"

　　黄龙对丘月的感情，连倒竖汗毛的感觉都没有了。但他还是说服自己去见见丘月，满足丘大叔的心愿。其实黄龙对丘月的近况特别好奇，他特别想知道为什么她和钱百毅之间无果而终，特别想知道身体和内心都无比强大的丘月为什么会生一场大病，特别想知道在钱百毅新婚的这一天，丘月会对他说什么。

　　在赶往车站的途中，黄龙的内心非常复杂，看到狠心抛弃自己的情人又被别人抛弃了，完全没有幸灾乐祸的感觉不正常，完全没有同情的感觉也不正常。

　　黄龙想起了他和白龙之间的一段对白：

　　"道德家痛恨把爱情当成交易，但事实上爱情或多或少就是交易，有来有往的东西就是交易。你看那些征婚启事上明码标价：身高、长相、学历、收入……"

　　"白龙，我不赞同你的观点，至少我和凤子之间不是交易。"

　　"得了吧！别以为你们就不食人间烟火了，柏拉图式爱情只是哲学家的一种心理变态。你说你们在面包店里一见钟情，没有任何交易的成分。你再想想为什么你会对凤子一见钟情？"

　　"我觉得她是个小女生，清纯可爱。"

　　"为什么凤子不和石敦厚谈朋友，舍近求远找你？"

　　"因为他喜欢看我的小说，爱我的才华。"

　　"这不是交易还是什么呢？她的清纯交易了你的文采，这是赤裸裸的郎才女貌的交易啊！别以为'财'是交易，少了一个'贝'的偏旁就不是交易了。"

"像你这样分析人性，再美好的东西也会变得丑陋不堪。"

"算了吧！世界上有纯洁的爱情吗？罗密欧与朱丽叶？黄龙与凤子？"

正当黄龙满脑子思考爱情时，眼前出现了丘月。丘月坐在候车室的绿色塑料椅上，她用手指轻轻地敲打着扶手，嘴里不停地嘟囔。丘大叔坐在一个行李包上。

见到黄龙，丘月赶紧站起身来，拉着黄龙的手说："你的《药》我看过了，真的不错，你帮我签个名吧！"

说完，丘月到行李包里翻找着什么。那个行李包是黄龙非常熟悉的行李包，可以算他曾经的亲密战友。每次接送丘月时，黄龙或拎在手上，或扛在肩上，或抱在怀中，或背在背上，总之，行李包让黄龙有了丝丝的怀旧。

丘大叔把黄龙拉到一边，小声告诉他："钱百毅和丘月吹了，对她的打击非常大。她变得有些神志恍惚，住了一个月的医院，病情总算稳定下来。我知道丘月伤了你的心，但只伤了几年，她妈妈伤了我一辈子。丘月生病之后，我对她妈妈的恨也没有了，希望你也能原谅丘月。"

"大叔，您放心，我已经走出了那段感情阴影。"

"小黄，麻烦你专程跑一趟，满足她的心愿。她生病之后总是不由自主地提到你，每天花十多个小时翻看你的小说。"

"爸爸，黄龙的小说呢？我不是包在衣服里的吗？"丘月的叫嚷声打断了他们的谈话，丘大叔赶紧过去帮忙找书。

丘月拿着《药》说："黄龙，这本书写得太好了，简直就是一部旷世之作！"

黄龙很尴尬地笑："你过奖了，算不上什么旷世之作。只是写得比较用心而已。"

"你别谦虚了，连文老师都说是旷世之作，还有谁能否定呢？原谅我当时看走了眼，居然没看中一条卧龙，而选择了一个猪八戒。钱百毅搬了新别墅，我兴冲冲地跑过去，但他就是不给我开门。不管我怎么踢门，他都不肯打开。这个不学无术的家伙天生就是一个不懂感情的木头男人！我真的好后悔！我曾想借助幽灵隧道软件穿越到五年前，和你重新开始，但穿越没有成功，头上还撞了个大血包。白龙说软件只能穿越到上辈子，不可能在这辈子之内来回溜达。因为时间跨度不够，没法在隧道内转身。"

"别这么说，钱百毅也有他的优点，否则不会有那么多女孩喜欢他。我的缺点是明摆着的，我是一个不适合过日子的男人，当初你的放弃是一种明智的选择。"黄龙嘴上敷衍着，心里吓出了一身冷汗。他担心白龙突然攻克了隧道内转身的难题，他有可能被丘月拖回到五年前。

"钱百毅的优势就是有钱，会玩女人。你看他那张猪八戒的嘴，见到女人就想上去拱几口。一个漂亮女孩出现在他的面前，他就幻想女孩裸体时的情形。他是情场上的楚霸王，买别墅时把售楼小姐买回来了，看车展时把车模带回来了。他说，'生命不在长短，在于曾经拥有过多少精彩的瞬间'。他每天都在寻找精彩的瞬间，他心中有一把无名的野火，似乎想烧毁地球上的所有雌性动物。我后悔当初的选择，真的好后悔……"说到这儿，丘月哇哇直哭，豆大的泪珠从眼角翻滚而出。黄龙第一次看到她的眼泪，竟然感到异常兴奋。尽管眼泪不是为他而流，但至少证明，她体内这套闲置多年的泪腺仍然具备造泪的功能。曾几何时，她爸爸掩面抽泣；曾几何时，黄龙以泪洗面，丘月不用说泪珠和泪花，连眼圈的湿润都不曾有过。丘月患了一场病，感情变得如此细腻、如此真实。看来，偶尔患病也不算坏事。"难得糊涂"——精神病就是最高境界的糊涂。

黄龙安慰丘大叔："大叔放心。很多女孩在感情问题上都会出现类似的情况，只要静心调养，几个月之内就恢复了。"

"我也希望是这样的。北京是她的伤心地，即使她的病好了，我也不会让她到北京找工作了。"

回到出租房，黄龙看到了白龙送给他的那本书——《感谢折磨你的人》。他死死地盯着封面发呆，随后把书扔进了垃圾桶。他从来没有翻开过这本书，现在也不想翻开，看看书名就够了。有些书，就是一张封面值钱。

飞行轿车

在西直门的情缘咖啡厅，白龙滔滔不绝地讲述着自己的新发明。

"中国大城市塞车太可怕了，有人一天耗费四个小时堵在上下班的路上，相当于一辈子中的十五年耗在马路上。还什么按尾号出行，还什么立体停车场，还什么闯黄灯扣六分，交管部门都是头痛医头、脚痛医脚地胡闹。他们为什么不静下心来搞点创意，从根本上解决开车难、停车难的问题呢？"

"你别在我面前做政府工作报告了，直接讲你的创意吧！"

"简而言之，在汽车上安装一个直升机的螺旋桨，塞车时直接从空中超越过去。"

"那还是汽车吗？直接生产直升机不就得了。"

"直升机的造价太高，而且还要买航线，还受航空管制，成本太大了。我想直接在汽车上加个螺旋桨，以地面行驶为主，空中超越为辅，我给这个玩意儿取了个名字叫飞车。"白龙边说边张开双臂，做了个公鸡飞行的姿势。

"那北京的天空到处都是飞车，不是像蝗虫一样？"

"黄龙，你别抬杠了，先看看我的模型吧！"

黄龙这才注意到白龙拎来了一个大包。白龙从包中取出飞车模型——一个玩具飞机下面挂着一个玩具小汽车。白龙操纵飞机遥控器，玩具飞机带着玩具汽车飞了起来。

"白龙，这个还算创意么？我穿开裆裤时就玩过了。"

"梦想惊人相似，行动却天壤之别。你玩过了，但你没有把梦想变成生产力啊！我准备找汽车狂人李树福合作，开发研制这款飞车。"

"别讲笑话了，你去找李树福，他一定把你当疯子。"

几天后，黄龙接到了白龙的电话。

"黄龙，你等着，有人想和你说话。"

"喂？哪位？"

"喂，你是黄龙吗？我是汽车狂人李树福，你的同学白龙太有才了！他的身上汇聚了科学家的献身精神、文学家的浪漫主义和哲学家的想象力。我准备和他合作，研制一款带翅膀的轿车。只要研究成功，民族轿车就能真正实现腾飞！"

"真的可行吗？"

"飞行轿车不仅解决了塞车问题，而且还解决了停车问题。房子大的，从窗户飞进去，直接停在卫生间，停车洗车一条龙；房子小的，像挂玉米棒子一样挂在墙头。既不要停机坪，也不要停车位。"

黄龙挂断电话，嘴里嘀咕："两个疯子！"

李树福和白龙联手成立了一家汽车设计公司，在北京郊外开始飞行轿车的研究试验。黄龙每天都接到白龙的电话：图纸已经确定了，材料已经运来了，螺旋桨生产出来了，国家专利拿到了，明天就要试飞了……

一个风和日丽的早晨，李树福、白龙、丁丁、黄龙、凤子，还有总设计师和试车员，还有一群爱凑热闹的记者，大家站在试验场上，准备见证中国汽车产业的一次重要里程碑。试验开始之前有个简短的启动仪式，除了李树福和白龙的讲话之外，丁丁诗人即兴赋诗一首："九点整的北京，阳光像黄龙一样穿梭，小河像白龙一样流淌。随着树福的一声怒吼，脚下的土地缓缓移动，轿车在蓝天上展翅翱翔……"

装有螺旋桨的轿车即将飞越小河，在对岸着陆。试车员很镇定地钻进驾驶室，有点杨利伟进太空舱的豪迈气概。启动、加速、螺旋桨旋转，只差最后一个腾空了。丁丁高高地举起双手，准备等到飞机腾空之后，朗诵第二首诗。但试车员突然踩了刹车，车停了下来，丁丁提到嗓子眼上的诗又憋了回去。

李树福对着试车员吼道："小张，怎么了？"

试车员从驾驶室里走了出来，怯懦地说："我怕……"

李树福跺着脚骂道："你怕？怕什么？你还是不是男人啊？你不是说身经百战吗？"

"李总，过去试车都是在地上跑，这个是空中飞……我今天状态不好，能不能换小李试试？"

"养着你们这帮饭桶有个鸟用！我自己来！"

说完，李树福雄狮般钻进驾驶室。汽车退回到起点，加油、提速、螺旋桨旋转，李树福猛拉操纵杆，腾空！轿车飞起了一尺多高、一米多高，但在接近河岸时突然重重地摔了下来。丁丁诗人再次放下高高举起的双手，李树福沮丧地走了出来。

白龙："树福，你不舒服啦？"

李树福："昨晚失眠了，有些头晕。今天算了吧，明天找个飞行员来试试！"

白龙斩钉截铁地说："绝对不行！咱们的车要走进千家万户的，有汽车驾照的人就可以驾驶。如果还要飞行员试车，我们就失去了研究的意义。实在不行，我试试看？"

李树福连连摆手："别说笑话了。你一介书生，在马路上开车就那点水平，更不用说飞车了。"

白龙执意钻进轿车。记者们一窝蜂地冲上来，争先恐后地拍照。轿车再次回到了起点，加油、提速、旋转、腾空……轿车飞到了一尺多高，一米多高，一丈多高，飞到了小河边。所有的人都屏气凝神。白龙没有像李树福那样踩刹车，而是猛踩油门，轿车飞向小河，飞过了河心，飞向对岸……

丁丁诗人举臂欢呼："成功啦，成功啦！咱们家的白龙才是真正的英雄！成功与失败就是油门与刹车的区别！"听到这句话，汽车狂人李树福羞愧得满面通红。他万万没有想到世界上还有比他更疯狂的人。

轿车飞到了对岸，但在着陆时重重地摔在地上，连翻两个跟斗后才停下来。守候在小河对岸的医务人员忙开了，他们把白龙从车里解救出来，抬上救护车，直奔医院。等到大家赶到医院时，白龙手臂上缠着绷带，脸上血迹斑斑。白龙用血的代价换来了成功，但到国家有关部门去申请生产许可证时却被拒绝了，理由是"不符合中国国情"。

第九章

探视师母

文八斗这段时间特别不顺心。中文系的"三德三炮"对他实施了第五次围剿，围剿的力度远远超过前四次。黄厚德亲自挂帅担任总司令，朱秀德担任前敌总指挥，小钢炮、小铜炮、小洋炮充当急先锋。在大兵压境的节骨眼上，武师母又患了乳腺癌，给文八斗的反围剿带来极大的难度。

黄龙约好到医院看望武师母，正好赶上胡爱莲到北京看完凤子，准备返回神农架。大家商议先一起去看望武师母，再送胡爱莲上火车。

在十三号城铁上，胡爱莲自言自语地说："文八斗……"

"小黄，你觉得中国姓文的人多吗？"

"应该不多吧？但也说不定，我们班上有个姓文的同学，他说他们全村都姓文。"

"才高八斗，这个名字不错。"

"文老师的文章确实写得很好，很多文章都是回忆他在巴东做知青时的情景。"

"小黄，文八斗在巴东当过知青？他长得怎么样？"

"妈妈，您问这么详细干什么？咱们马上就会见到文老师了。"

"哦……"胡爱莲仰头靠到椅子背上，不再说话。

正当三人走到住院部楼下的时候，文八斗打来电话："系里突然通知开会，我先回学校一趟。你们等我一起吃晚饭。"

三个多月不见，武师母像换了一个人似的。原本体型丰满的师母变得形容枯槁。肿瘤细胞像一群食肉蚁，把一个人慢慢地吞噬。武师母见到黄龙一行，除了简单说了声"谢谢"之外，只是默默地流泪。或许病魔把她折磨得精疲力竭了，或许她觉得说什么都是多余的。儿子文飞翔在武师母的腿上按摩，说要促进下肢血液循环。

黄龙："飞翔，你休息一下吧，我来给师母按摩。"

武师母："文老师和朱秀德斗了一辈子，他们都该罢手了。生死只是一瞬间，没有这个必要。小黄，你要多劝劝文老师，毕竟人家是领导，人家怎么说，咱们就怎么做吧。"

"师母，这件事情怪不得文老师，只怪系里的领导专横霸道。京都大学不是崇尚'兼容并包，思想自由'吗？但朱秀德的心里只能容下她自己，狠命打压不同思想的人。"

"理想归理想，现实是现实。文老师太较真，自然会吃亏。难道文老师和朱秀德是学术争鸣吗？那只是个幌子。无非是文老师在杂志社拿了一份兼职报酬，朱秀德眼红而已。这个潜台词，大家没好意思说破。"

"师母说到点上了。有些老师没能力，闷在那儿一声不吭，反倒相安无事。"

"朱秀德说不能兼职，咱们就不兼职得了。五十多岁了，还犯得着和她争什么呢？"

正当武师母在病房大谈妥协的时候，文八斗却在会议室里孤军奋战。

朱秀德："文老师，上次开会你怎么缺席了？"

文八斗："家里有点事情，所以……"

黄厚德哆嗦着那张中风嘴："家……家里有事也要请……请假啊！这点组织纪律都不懂，老……老师还拿什么教育学生啊？"

如果是平时，文八斗忍气吞声就过去了，但这段时间心情糟透了，他突然拍着桌子对黄厚德叫道："国家领导人都换了几茬了，您老怎么还待在这里指手画脚啊？"

文八斗的这句话说出了所有老师的心声，特别是朱秀德觉得这句话说得畅快淋漓。其实中文系的每位老师心里都憋着这句话，只是大家谁也说不出口，只好让老顽童文八斗出这个风头了。

黄厚德差点被一口气噎死，他用颤抖的手指着文八斗说："后……后悔当初看走了眼，把……把……把你留校。"

文八斗反驳："京都大学又不是您家的自留地，我凭什么不能留下来呢？"

大家都看着朱秀德，系主任这时应该有个态度了。朱秀德不能喜形于色，但也不能过分虚伪地表现出大怒。

朱秀德面带愠色，只是含糊地说了一声："文老师，你这是什么意思啊？"

三炮看了看朱秀德的眼色，又看了看正在抽搐的黄厚德，马上明白了整个战局，找准了炮火的方向。

小钢炮指着文八斗的头说："黄老是中文系的开山鼻祖，他当然有权力决定谁应该留下！"

"狗屁开山鼻祖！京都大学一百年前建校时就有了中文系！"

小铜炮指着文八斗的眼睛骂道："叛逆！这是对权威的挑战，是对京都大学的挑战！"

"狗屁权威，写的几篇文章都是狗屁不通！"

小洋炮指着文八斗的鼻子骂道："无耻！别以为自己写过几篇散文，就有什么了不起。你到外面走走，你算啥啊？"

文八斗觉得身上的每个器官都是红红的靶心，一览无遗地暴露在弓箭手面前，一个个完美的十环扎得他鲜血直流。朱秀德给小钢炮使了个眼神，小钢炮突然站起来发飙："文八斗，你在系里拿着一份工资，又在外面赚外快，你对得起自己的良心吗？"

文八斗从椅子上跳起来绝地反击："各位大小领导，我没有影响学校的工作，在杂志社做主编也是我们专业内的事情，还可以扩大学校的影响力。为什么不能做呢？别以为别人都在做无用功，只有自己在做解放全人类的事业！正因为在杂志社兼职，我才能把一篇小说的修改过程拿出来和学生分享，让他们收获更大。如果我不当主编，哪有这样的素材啊？如果谈贡献，你们可以做学生调查，哪个老师的课讲得最好？哪个老师对学生的帮助最大？如果谈影响力，你们可以到马路上随机问问，谁的知名度更高？你们不要把中文系会议室当成了自己的夜郎国！"

当文八斗拖着疲惫的身子回到病房时，黄龙和凤子正在候车室里陪着胡爱莲。文八斗给黄龙打电话说对不起，说下次一定请凤子和她妈吃饭，当面赔罪。

白云有庵

黄龙看到文八斗发来的讣告短信:"各位亲友,本人的妻子武大姑于昨晚九点十分去世,定于明天下午三点火化。"

"啊?"虽然师母的去世在意料之中,但黄龙看到这条短信之后,咽喉还是有些发紧发干。他拨通了文八斗的电话,但一时语塞,不知道该说些什么。他们之间没必要说"节哀顺变"这样的客套话。黄龙沉默片刻后说:"文老师,您也不要太难过,师母一辈子没做过亏心事,天国是她的极乐世界。我们一起为她祈祷。"

"是的,病魔把她折磨得太苦了,离去是一种解脱。"

黄龙想,京都大学听过文八斗写作课的学生上万人,接受他指导的研究生近百人。武师母的温柔厚道更是有口皆碑,追悼会一定会非常隆重。黄龙特别担心学生去得太多,让文老师应接不暇,累坏了身子。

黄龙赶到殡仪馆时,却发现灵堂里却出人意料地冷清,四五个学生陪文老师坐在师母的遗体旁。黄龙觉得奶奶的葬礼浮华得让人眩晕,而师母的葬礼冷清得让人窒息。

黄龙关切地问:"系里的老师来过了吗?"

文老师摇了摇头:"系领导说有会走不开,委托一个学生送来了花圈。"

黄龙心里酸酸的,他赶紧给班上的同学发短信,希望过来几个人撑场子。一些同学压根儿不回短信,一些同学说有十万火急的事情走不开。黄龙吆喝了半天,最后只来了白龙一人。

文八斗一直坐在遗体旁,紧紧握着武师母的手。

文八斗试探地问："小黄，你能再请两天假吗？按照师母的遗愿，我明天晚上赶到长白山，把她的骨灰撒到森林里。师母从小是孤儿，她说长白山是她的母亲。"

黄龙点点头："好的，我陪您一起去吧。"

文飞翔凄婉地说："妈妈一辈子就是付出，连死都怕给别人添麻烦，她让我们把骨灰撒在森林里，让她消失得无影无踪。只要在记忆里给她留有一席之地，她就心满意足了。"听到这句话，在场的学生都泪流满面。

第二天晚上，黄龙和飞翔陪文八斗上了火车。清晨，他们抵达白云市火车站，搭上了一辆出租车。

司机问："到哪里？"

文八斗随口回答："找个风景最美的地方。"

"那就去白云庵吧，那里的风景最好。"司机无比自豪地说，"那里有亚洲最大的观音铜像，花了很多钱才建起来的。"

这样的吹嘘文八斗听多了。老百姓总爱吹嘘当地的佛像是"世界上最大的坐佛"、"亚洲最大的站佛"、"中国最大的木佛"——这个星球上最爱出风头的要数观音菩萨！文八斗坐在副驾上，勉强"嗯"了一声。

"白云庵主持可厉害啦！她在国外化缘弄了很多钱，这个庵就是她投资建的。庵里有1999个小金佛，绝对纯金的，小金佛的身上还镶有很多钻石珠宝。谁要是弄到一个小金佛，这辈子肯定就衣食无忧了。"司机边说边吞着冷涎，好像他的后备箱里藏着小金佛似的。

出租车停在长白山脚下的水库旁。三人顺坡而上，文八斗捧着骨灰盒，黄龙和文飞翔在两旁搀扶着。白云庵的工程的确宏伟壮观，一座座庙宇从山脚一直延伸到山顶，山顶上供奉了一尊巨大的观音铜像。

大约花了半个小时，他们来到了山顶。文八斗从来没有耐心拜佛，每次他和武师母一起去寺庙，武师母很虔诚地拜佛，文老师只是远远地看风景。他只是把佛教当作文化欣赏，从来没有当成宗教信仰。这次文八斗站在观音像前，久久地凝望沉思。

"这个观音与其他庙里的观音有些不同。"文八斗突然感慨。

"为什么？"黄龙疑惑地问。

"我觉得这个观音有灵气，表情亲切，感觉她是活生生的人，不是塑像。"

"文老师，观音像都是一个模具做出来的，我看没什么区别。"

文飞翔怔怔地看着观音像，突然冒出一句："爸，这尊观音的神态有点像我妈。"

文八斗心里一惊，他仔细端详了一会说："飞翔说得太对了！难怪我总是感觉这尊观音有些与众不同，原来我与这尊观音之间有相通之处。在别人的眼中这是一尊观音像，在我心目中，这是你妈。"

他们进入观音像后面的一片树林，在青松翠柏之间刨出一个坑，把骨灰盒放进去，盖上软土、放上枝叶、撒下花瓣，默哀片刻之后缓缓离去。文八斗再次回到观音铜像前，深情地望着塑像。

文飞翔指着远方问："那是什么地方？"黄龙这才注意到水库对面的平地上还有一些庙宇，与尼姑庵遥相呼应。三个人下了山，顺着小道走向对面的庙宇。这座庙宇是一栋清代皇家祠堂，青色砖墙和蓝色琉璃瓦给人庄严肃穆的感觉，里面供奉着清朝历代皇帝的塑像。

文八斗看着塑像前的皇帝简介：寿命最长的康熙帝活了六十九年，寿命短的只有十几岁。这些打打杀杀、开疆拓土的昔日英雄，最后不过是在一米见方的地盘供奉一尊铜像。庙宇里没有游客，一名工作人员在那儿孤独地织毛衣。看到有人进来，她赶紧起身打招呼，过度的热情暴露了她内心的孤独。

出门后文八斗感慨："多好的风景！如果这里是一座庙，我就出家当和尚，天天陪着你师母。"

黄龙安慰道："您千万别这么想。师母走了，咱们的生活还得过下去啊！"

"我这么大的年纪了，不会意气用事地说话了。这段时间陪着你师母，我总在思考一个问题，一个人为什么要活着？朱秀德表现欲那么强，她又能怎样呢？她死了，京都大学最多也是用黄泥巴捏个拳头大的塑像，放在水泥柱子上。"

"文老师，您说得很对。健康时更需要感悟人生。"

"哦……"

虚无无庙

黄龙回到出租房，向凤子讲述了长白山之行。凤子建议黄龙这段时间多去陪陪文八斗。

一周之后，黄龙给文老师打电话："我想带凤子一起来看您。"

文八斗的声音似乎很遥远："我已经到了虚无山。"虚无山和白云山都属于长白山的余脉，两山相距不远。他们上次到白云庵时，黄龙曾看见过虚无庙。

"文老师，您到那儿干什么啊？"

"我准备出家，远离喧闹的尘世，待在庙里写写随笔。"

"您教授当得好好的，为什么想不开啊？"

"不是我想不开，而是我想开了。我问你一个问题，如果你知道自己明天死去，今天还会为无聊的应酬浪费时间吗?"

"不会。"

"如果你知道自己十天后死去，今天还会为无聊的应酬浪费时间吗?"

"不会。"

"如果你知道自己十年后死去，今天还会为无聊的应酬浪费时间吗?"

"那就因人而异了，有些人会，有些人不会。"

"说得太对了! 为什么我们不能放下呢? 因为每个人都假设死亡是遥遥无期的。我想用有限的生命做自己想做的事情。"

"文老师，既然您的去意已定，我就不多说了。等我放假之后就过去看您。"

批判现实主义的文八斗终于颓废成了悲观绝望主义的文八斗。十天后黄龙给文八斗打电话:"您安顿好了吗?"黄龙口中的"安顿"，并不是简单地放下行李，而是问是否削发出家。

文老师慢腾腾地回答:"我回北京了。"

"您回来收拾行李?"

"小黄，你过来吧。说来话长。"

黄龙和文老师仅仅十天没见面，怎么会"说来话长"呢? 难道寺庙里的一天等于尘世一百年不成? 黄龙赶紧放下手头的工作，直接从西直门赶往京都大学。他不敢相信文老师讲课时头头是道，突然会变成光头和尚。他脑海里不禁浮现出衣着袈裟，头上顶着戒疤，满口"阿弥陀佛"的文八斗。

为黄龙开门的还是长着稀稀疏疏头发的文八斗。虽然秃顶，但绝对不是光头。入座后，文八斗长叹一声："寺庙也不是一方净土啊！刚进寺庙时我恨不得当天就削发出家，但我根本没机会见到方丈。一个长相酷似小钢炮的小头目让我先以香客的身份在庙里体验生活，感受一下寺庙的清规戒律，让我想清楚之后再出家不迟。经过几天的体验之后，我顿时觉得出家的念头是多么幼稚。庙里并非一方乐土，同样是一片苦海。香客四人一间，一床薄被，一个枕头，一张硬板床。晚上七点多就得上床睡觉，我这辈子从来没有这么早睡过，实在睡不着。我想开灯看书，结果没电。东北的深秋寒气逼人，我穿上带过来的所有衣服，再盖上棉被，仍然冷得瑟瑟发抖。我想找光头小钢炮讨一床被子，他怒斥'心静自然暖'。我念叨了一个晚上的'心静自然暖'，念得整个身子像东北的老冰棒，唯独只剩下鼻子里冒出的两柱热气。凌晨四点，光头小钢炮叫我起床'做早课'，我在京都大学是八点才上早课啊！一个个做早课的和尚面如死灰，脸上没有一丝亮光。"

　　"那当然，出家是修行，是苦行僧。"

　　"我原来去的时候已经有了思想准备，但真正面对这种情况时，我实在接受不了。更让我无法忍受的是寺庙的行政管理。佛教的核心理念是众生平等，不分级别，但事实上寺庙里等级森严。除方丈之外，还有寺监、西堂、后堂和堂主等四大班首，协助方丈处理日常事务。寺庙里还有金衲、木衲、水衲、火衲、土衲等五个小组长，个个都是头头脑脑。和尚们每天要顶礼诸佛，顶礼恩师，顶礼班首，顶礼小组长。在京都大学，我多少还是个教授；在寺庙，我最多只算个助教。我向小钢炮表明身份、呈上礼金之后，总算越级见到了方丈。我说，'我看破了红尘，想在寺庙里寻得一方净土，静心写书。'方丈回答，

'阿弥陀佛，看来施主只是想寻个写书的地方？咱们这座破庙哪里养得起闲人啊？每个人都有工作，或挑水做饭，或看门卖票。如果施主想写书，还是待在京都大学图书馆吧！阿弥陀佛……'我惊奇地发现方丈的神态特别像黄厚德，再回想一张张和尚的脸，好像在京都大学的校园里都似曾相识。或许虚无庙是光头版的京都大学？或许京都大学是头发版的虚无庙？"

听到这里，黄龙大笑不止："文老师，您达到了庄周梦蝶的境界。事实上，我也曾有过出家的念头，只是没有像您这样付诸行动。看来十三亿人民有十亿想出家，真正付诸行动的只有百分之一，真正削发的只有百分之一之中的百分之一。"

"小黄，我在庙里细心观察这些和尚，要么内心非常强大，真有那份信念；要么内心非常脆弱，躲在那儿苟延残喘。善哉！善哉！本施主既没有那么强大，也没有那么脆弱，只好打道回府。这两天，我在马路上看到剃光头的人就胸口发紧，心怦怦直跳。但话又说回来，我还是崇尚佛教的教义。我真想承包一块山地，建个小房子，当个体户和尚。"

"既然您想做个体户和尚，那何苦剃光头来证明自己呢？不是常说'大隐隐于市'吗？"

"照你这么一说，出家纯属多余了。"

虚无无庙，佛祖在每个人的心中。

爸爸现身

凤子听到文八斗出家的事，咯咯咯地笑个不停："文老师太搞笑了，我真想见识一下。"

"好啊，文老师曾多次邀请你到他家做客呢。"

"既然文老师邀请我，为什么你不带我去呢？怕我拿不出手吗？"

"怎么会呢？每次和你走在一起，我都无比骄傲。小凤子，我突然有个大胆的设想，文老师和你妈妈在一起安度晚年，应该是个不错的选择。"

"你别乱点鸳鸯谱了，妈妈早已习惯了一个人生活。"

"她会更习惯两个人生活的，让她有个幸福的晚年吧！"

"幼稚老公，你再说我就不高兴了。"

"对不起，我说错了。你处罚我吧！你把我的屁股踢两脚！"

"我懒得踢，你自己踢自己吧！"

黄龙屈腿跳起来，用脚后跟拍打自己的屁股……

周末，黄龙和凤子来到文八斗的家里。文八斗用一种异样的目光看着凤子，失落的脸上加了一层复杂的表情，让黄龙有些读不懂。

文八斗和黄龙聊天，他装出漫不经心的样子和凤子攀谈："凤子，你是哪里人？"

"文老师，我的老家在湖北神农架。"

"哦，那真是个好地方，前几年还传说那儿有野人呢！"

凤子听了咯咯地笑："外面传得很厉害，我们那儿反而没人议论。"

文八斗沉默片刻，他看似随意地问凤子："你们家一直住在神农架？还是从其他地方搬过去的？"

"我的老家在巴东，我还没出生就搬到神农架了。虽然离得不远，但我从来没有回过巴东。"

文八斗微微一怔，停顿了一下又问："你的爸爸妈妈叫什么名字？"

听到这句话，凤子有些黯然神伤。她轻声回答："我妈妈叫胡爱莲，我不知道我爸爸的名字，因为我从来没有见过他，妈妈也从来没有提起过。"

听到这句话，文八斗端着茶杯的手微微抖动。他赶紧放下茶杯，用力搓动双手。

文八斗突然又问了一句："凤子，你的外公是不是叫你妈妈'莲儿'？"

凤子一脸的诧异："文老师，您是怎么知道的？"

文八斗露出一脸的窘态，他随口敷衍道："我到你们老家去过，你们那里的人习惯把孩子叫作'狗儿'、'牛儿'、'莲儿'、'秀儿'的，怪好玩的。"

黄龙赶紧向凤子解释："在那个特殊的年代，文老师曾经下放到巴东三里庙村，文老师的很多小说素材都是来自那段时间。文老师的一篇小说的女主人公也叫'莲儿'。"

凤子笑道说："真巧啊！我家过去就住在三里庙，我爷爷常常提起那儿的陈年旧事。我想陪爷爷回老家去看看，他痛苦地摇头，'怀旧不恋旧，过去的就让它永远过去吧！'"

文八斗闭着眼靠在沙发上，不再说话。黄龙和凤子也保持沉默，想到文老师可能还沉浸在武师母去世的悲痛之中。许久之后，文八斗又问了一句："你和你妈妈长得很像吧？"

"是的，别人都是这样说的，都说'看到你，就像看到了你妈年轻的时候。'"

"凤子，你能不能把你妈妈的照片给我看一看？"

凤子从手机中调出了妈妈的照片。文八斗接过手机，手颤抖得更厉害了。他不由自主地说："莲儿，我总算找到你了。"等到凤子诧异地抬眼时，文老师早已老泪纵横。

凤子有些慌乱，但她可以肯定的是，文老师肯定认识她妈，甚至两人之间可能发生过一段感情。

文八斗问："凤子，为什么你们家要从巴东搬到神农架？"

凤子哽咽着说："妈妈怀了一个没爸的孩子，她不敢面对村民，爷爷和妈妈就搬到了偏僻的神农架。"

文八斗说："你现在和你妈通个电话，随便聊聊，我坐在旁边听一听。"

凤子疑惑地问："文老师，您认识我妈？"

文八斗再也克制不住自己，感情的潮水奔腾而出。文八斗一把抱住凤子，哭道："凤子，我的孩子，你现在就给你妈打个电话吧。"

凤子突然间什么都明白了，她拨通了妈妈的电话，仅仅叫了一声："妈!"

"孩子，怎么了？不高兴了？有人欺负你了？你好像在哭？"

这就是妈妈的伟大之处，一个字、一个语调就能读懂女儿的全部。被胡爱莲这么一问，本来还能克制感情的凤子突然放声大哭："妈妈，您曾认识一个叫文红军的人吗？"

胡爱莲警觉地问："凤子，是谁告诉你的？别人对你说了什么？"

"妈，您直接回答我吧，您认不认识文红军？"

"他是你爸。是谁告诉你的？我从来没有和你提起过啊！"

"妈，他正坐在我身边。文八斗的原名叫文红军。"

"啊?"

"妈妈，您和文老师说吧。"

文八斗犹豫片刻之后接过电话："喂，莲儿？喂，莲儿! 我是红军。"

对方没有回音。凤子接过电话一看，胡爱莲已经挂断了电话。等到凤子再打过去的时候，胡爱莲的手机已经关机了。

那朵浪花

文八斗向凤子讲述了他和胡爱莲的那段感情。

在那个上山下乡的火红年代，文红军被下放到了巴东。在这里，他认识了清纯女孩胡爱莲。文红军爱看书，胡爱莲爱上了看书的人。一来二往地借书，一起讨论名著，他们用最平常的方式建立起了最纯朴的感情。文红军接到组织的安排，突然被调回北京，这时的文红军不知道胡爱莲已经怀上了自己的骨肉。等到文红军的第一封情书翻山越岭走进大山时，胡爱莲全家已经搬离了巴东。信息从此中断，若干年之后，文红军放弃了已经过时的名字，与时俱进地变成了"文八斗"。他曾经组织当年的"知识青年"故地重游，打听胡爱莲的下落，但当地人都不清楚他们家搬到哪里去了。

坐在长江岸边，文八斗感慨万千。一个人犹如长江中的一朵小浪花，相聚时一起唱着欢乐的歌，离散时融入茫茫的江水，谁也不知道谁的下落。文八斗随后投入到尔虞我诈的世俗生活之中，在他的记忆中渐渐没有了心上人的影子，生活中没有了莲儿的痕迹。爱情小说千篇一律地描写相恋情人几十年珍藏对方的一缕秀发，可惜文八斗连这个都没有做到——现实生活中没有几个人能真正做到，包括那些自作多情的作家。

文八斗曾经借着酒性在长江边题诗一首——《生活原本如此》：

生活原本如此。

202

感情是糖，生活是水。

年轻时，生活简单，糖水很甜。

随后不停掺水，甜味渐渐没有了。

年老时，生活之水慢慢耗尽，

有些杯子里又呈现甜味，

有些杯子里五味俱全，

有些杯子里什么味道都没有，

只是杯底一层厚厚的水垢……

文八斗一见到凤子就推断出她是胡爱莲的女儿，不是根据长相，而是根据神态。这种神态，只有恋人之间才能感受到，只有亲人之间才能感受到。

文八斗嗫嚅片刻之后问："孩子，你能原谅我吗？"

凤子流着泪使劲地点头。她太需要父爱了，没想到终于找到了爸爸，找到了失散多年的那朵浪花。凤子欣喜地接受了突然冒出来的爸爸，似乎早已做好了接受爸爸的心理准备。文八斗把凤子搂在怀里，轻轻抚摸着她的头发。凤子像一只受伤的小鹿，躺在爸爸怀里抽泣。文八斗试探性地问："孩子，你叫一声'爸爸'好吗？虽然我是个不称职的爸爸。"

凤子停顿一会，鼓起勇气叫了一声："爸爸！"

"宝贝女儿！"文八斗把凤子紧紧地抱在怀里……

文八斗说要出去买菜，他要给宝贝女儿做一顿可口的晚餐。黄龙一直惊讶地坐在旁边，等到文八斗出门之后，他才从这突如其来的事件中回过神来。

黄龙对凤子说："我刚开始时不相信眼前的事实，感觉你和文老师在演戏。随后我担心你接受不了这个事实，因为你总说恨你爸。"

"我也不清楚，在我内心深处，我已经想象了一万种见到爸爸时的情景，想到会骂他，不理他。但爸爸真的出现在面前时，我却是完全不同的表现，是一万种设计中没有想到的表现。一个人恨爸爸的原因是因为她没有爸爸。当爸爸出现了，她理所当然地不恨了。"

飞翔晚上回到家，看到家里从天而降的漂亮姐姐，他先是万分惊讶。当他了解原委之后，他欣然接受了这个事实。凤子陪黄龙去医院探视武师母时，他们就有过一面之缘，他对她留下了深刻的印象。他昨晚梦见一只漂亮的小鸟歇息在他的肩头，没想到这只小鸟就是他的凤子姐姐。

晚饭后，一家人兴奋地讨论文学，讨论音乐。文学和音乐似乎都是浮在窗棂上的那缕夕阳，深层次的是一家人骨子里的亲情。大家一个劲儿地感慨："没想到，真的没想到啊！"

黄龙不由自主地说："凤子的吉他弹得很好。"

凤子白了黄龙一眼，笑着说："别信他，他就是喜欢吹牛。"

文八斗自豪地说："飞翔也特别喜欢弹吉他，你给姐姐表演一曲吧。"

飞翔跑回房间，取出吉他。一曲之后，大家拍手叫好。凤子也弹了一曲，自然是《灵魂深处的呼唤》。飞翔惊愕地站起来："神仙姐姐，你弹的什么神曲啊？我怎么从来没听过呢？"

"这是你姐的自创曲目，你当然没听过。"

飞翔站起身来热烈地鼓掌。如果说飞翔当初是被动地接受了姐姐，现在则是心悦诚服地接受了姐姐，他激动地说："神仙姐姐，你弹得太好了。比吉他老师弹得还要好，以后我就拜你为师。"

文八斗激动地说："真没想到女儿这么有才华。我建议你们姐弟俩组成一个乐队，叫'凤子飞翔'!"

凤子的手机响了，她对着电话叫了声"妈!"，随即跑进房间去了。文八斗一直盯着房门，耐心地等着凤子出来。黄龙和飞翔在一旁聊天，文八斗没有心思参与，他竖着耳朵听凤子打电话，虽然什么也听不清。凤子从房间走出来，表情平和，想必胡爱莲的情绪也稳定了。

文八斗感慨，如果二十五年前有手机，那将成全多少姻缘；文八斗转念一想，如果二十五年前有手机，那将拆散多少姻缘。

忐忑重逢

黄龙和凤子领了结婚证，从出租屋里搬了过来。文八斗生活充实了，心情也好了。他热热闹闹地给女儿办了几桌酒席。胡爱莲知道后，心里很不服气："哼，我不信你文红军凭几桌酒就能把胡小凤变成文小凤?!"

胡爱莲也要为黄龙和凤子在神农架筹办酒席。文八斗陪他们一起到神农架，这时最紧张的不是新人，而是八斗。去之前，凤子带着文八斗和黄龙一起买衣服，她要让他们在乡亲面前有个好形象。两个男人一路聊得正欢，似乎对买新衣服并不在意。只是凤子让他们试衣服时，他们才勉强应付一下。

凤子让黄龙试一件格子花纹的衬衣。黄龙说："我只想穿素面的衬衣，不想穿格子的。"

"为什么?"

"我这个人就是喜欢自由，不想把自己框在格子里。"

"结婚证就是人生的格子框，你要怕框住了，就别要那个证了。"

"那你还是买吧，你想怎么框就怎么框吧！"

文八斗觉得自己穿什么无所谓，关键是要给胡爱莲买点礼物。

"你觉得我应该给你妈买点什么礼物呢?"

"我征求一下妈妈的意见吧!"凤子给胡爱莲打电话，"妈妈，爸爸想给您买礼物，您觉得买什么好啊?"

胡爱莲没好气地说："神农架气温太低，长不出苦瓜。你让他给我捎两条苦瓜来吧!"

凤子挂断了电话，文八斗赶紧凑过来问凤子："你妈说她喜欢什么?"

凤子犹豫了一下说："妈妈说……妈妈说，只要是您送的，什么礼物她都喜欢。"

文八斗知道凤子没说实话，也不便往下追问。凤子还在给黄龙试衣服的时候，文八斗悄悄溜走了。小两口知道文八斗单独行动，给胡爱莲准备礼物去了。文八斗返回时，凤子并不问他买了什么，她要给爸爸妈妈留点空间。

他们乘坐夕发朝至的火车前往神农架，文八斗特意买了软卧票。一上车，文八斗早早地睡觉，他要有个好形象去见二十多年未曾谋面的情人。可是文八斗越想睡觉，就越睡不着。他索性坐起来，端详女儿熟睡安详的脸。这张脸是文八斗这辈子最得意的作品。自从得到女儿之后，他百般宠她，外加女儿特别会撒娇，更让文八斗平添了几分怜爱。

飞翔有些吃醋，他对凤子说："爸爸对你一天的爱胜过对我二十多年的爱!"

凤子刮了刮飞翔的鼻子说："小醋坛子！"

文八斗发自内心地感谢胡爱莲，这个女人真的不容易。他也做好了心理准备，到神农架之后，不管胡爱莲怎样骂他，他都不会生气；不管凤子的爷爷如何用拐杖打他，他也会一声不吭地扛着。他觉得自己完全是"罪有应得"——自己犯了罪，结果得到个宝贝女儿！

但其实文八斗的心中并没有底，因为胡爱莲一直赌气不接听文八斗的电话。胡爱莲不给他解释的机会，"文高八斗"也是枉然。不过凤子却心中有数：妈妈在行为上没有接受爸爸，但内心还是原谅他了。毕竟他当时不知道胡爱莲怀孕了，要怪也只能怪罪中国移动公司起步太晚。

到了青松镇，黑狗子远远就和黄龙打招呼，仿佛他们是多年不见的铁杆哥们儿。黑狗子上下打量了一下文八斗，礼节性地点点头。他们搭乘黑狗子的三轮车冲向金猴村，三轮车像哪吒脚下的风火轮，几个颠簸之后就进村了。凤子看见爷爷站在马路边张望，她远远地扬起手里的围巾。三轮车刚刚停稳，凤子和黄龙争先恐后地叫爷爷，文八斗怯懦地说："阿伯，让您和莲儿受委屈了，我是来向你们赔罪的。"

爷爷早已老泪纵横，他哽咽道："孩子，别说赔罪了。该责怪的已经责怪过了，该遭罪的也遭罪过了。既然你今天来了，过去的一页就翻过去了……"文八斗为爷爷的豁达而震撼，他情不自禁地抱住了爷爷。这个拥抱，化解了爷爷二十多年的积怨，仿佛一切的付出都是天意，仿佛一切的付出都是值得的。

为了缓和一下气氛，凤子不紧不慢地开起了玩笑："爸爸，爷爷是村里最年长的，不管见谁，他一概叫别人'孩子'。"大家被凤子的话逗乐了。

爷爷破涕为笑："你这孩子说话就是没个准头，我会叫张大爷'孩子'吗?"

"当然可以啦，因为您比他大两个月啊!"

文八斗对爷爷说："二十多年没有见面，您没有太大的变化，我一眼就认出您了!"凤子和文八斗一起搀扶着爷爷往家走，黄龙拖着行李跟在后面。

胡爱莲的紧张程度绝不亚于文八斗。她坐在房间的窗前，偷偷地盯着离家越来越近的四个亲人。文八斗每往前走一步，她紧张的心情就会加剧一步，怦怦的心跳似乎让房子也跟着抖了起来。她不知道文八斗会对她说什么，她想着应该如何应对他的解释、悔恨或狡辩。尽管她近几天把如何对阵文八斗做过无数次的沙盘演练，并制定了三种应急预案，但当文八斗缓缓走向房子的时候，胡爱莲突然把这些预案全部推翻，她必须在三分钟之内重新完成排兵布阵。

大家进了客厅，胡爱莲从房里走了出来。文八斗很热情地叫了一声："莲儿!"胡爱莲好像没听见一样，一个劲儿拥抱凤子，似乎抓住了一个失而复得的宝贝。胡爱莲对黄龙说："小黄，你把衣服脱下来，妈妈帮你洗一下。"在文八斗面前，胡爱莲把慈母形象挥洒得淋漓尽致。

客厅里冰火两重天，凤子的当务之急就是要把冰与火揉搓到一起。凤子搬出一个木书箱，对文八斗说："爸爸，您当时送给妈妈的书，妈妈一直保存着。妈妈每天都看这些书，看得可熟了。小时候，妈妈常常给我讲书呢!"

胡爱莲冲着凤子骂道："你这个傻丫头，就是多嘴! 他扔在这里的东西，我才懒得动呢!"

胡爱莲给大家倒茶，也给文八斗送上一杯。文八斗接茶水的时候，眼睛一直盯着胡爱莲的脸。那张脸，虽然挡不住岁月的痕迹，虽然经历了沧桑的洗礼，但神态和表情依然是让文八斗着迷的那张脸。

爷爷坐在门前晒太阳，避而不问儿女情长的琐事。黄龙对凤子使了个眼色，两人手牵手走了出去。上次回家他们没来得及爬后面的飞龙山和凤凰山，凤子想带黄龙去看看，看她曾经逮住一只小野猪的地方。

龙凤成亲

黄龙和凤子回家时，文八斗独自待在家里坐立不安。

凤子问："爸爸，我妈呢?"

文八斗沮丧地说："你妈躲我像躲瘟神似的，你们一出门，她就溜走了。"

凤子搂着文八斗的脖子说："妈妈这些年真的不容易，您要多一点耐心，多一分理解。"

这时，胡爱莲从外面走了进来，看到凤子在文八斗怀中撒娇的样子，她着实吓了一大跳。胡爱莲没有想到几个月的时间，凤子就和文八斗建立了深厚的感情。凤子长大成人之后，从来没有这么在她的怀里撒过娇。胡爱莲在心里想：孩子太需要父爱了。

晚上，胡爱莲躺在床上难以入眠，想到年轻时曾经与文八斗一起度过的美好时光，想到怀上凤子后村民的窃窃私语，想到这些年和凤子相依为命的艰难岁月。在无尽的追思之中，胡爱莲噙着眼泪睡着了。

第二天清晨，凤子听到敲门声。她眯着惺忪的眼睛去开门，只见门口站了一个瘦瘦高高的女孩，长头发，细长眼，身后背了一把吉他。凤子冲上去一把抓住来人，拼命地拍打，嘴里叫道："佟梅，你总算来了！你总算来了！"

佟梅讲述了离别后的情景，说："我爸爸的企业做得很大，我回武汉后给他当助理。每天就是陪客人喝酒，和客户谈判，这样的人生有什么意思呢？爸爸本来安排我今年出国念个 MBA，回来后掌管家族企业。可我想来想去，实在不安心做商人，还是当艺术家好玩。爸爸坚决不同意，吵了几次架之后，我还是妥协了。但我每晚仍然坚持练吉他，不过有点静不下心来，所以也不见长进。"

一家人为婚宴忙开了。胡爱莲带着乡亲们在门前搭起了临时灶台，佟梅帮忙接待客人。凤子带着黄龙和文八斗到镇上去赶集。集市在小胡同里，人叫马欢，拥挤不堪。黄龙牵着凤子，凤子牵着文八斗，从一个摊位挤向另一个摊位。他们挤到了卖鱼的摊位，黄龙一眼就看见了"老冤家"——鲶鱼。只见卖鱼的老汉戴着旧毡帽，衣衫褴褛，脸上密密麻麻的皱纹，却热情洋溢，笑声朗朗。挂在北京人嘴上的"正能量"此刻分明写在山区老汉的脸上。

凤子上前询价："老大爷，鲶鱼怎么卖？"

"有四根须和八根须的，你要买哪一种？"

黄龙只听说两根须的是家养的，四根须的是野生的，没想到这大山深处藏龙卧虎，居然还有八根须的鲶鱼。黄龙建议："咱们就买八根须的吧？胡须多的是野生的，胡须少的是家养的。"

老汉又是一阵爽朗的笑声："孩子，咱们这儿连人都是野生的，哪有家养的鱼啊？四根须的是河里长大的，没有腥味；八根须的是塘里长大的，有腥味。"黄龙着实吓了一大跳，没想到鲶鱼的胡须里大有学问，这胡须多了也不行，少了也不好。

傍晚，借着斜阳，凤子家门前摆了几桌酒席。两位新人容光焕发，村民们执意让黄龙和凤子喝个交杯酒。

黄龙在凤子耳边嘀咕："你们这里的人还很时髦，居然还知道喝交杯酒。"

凤子嗔怪道："你还真以为神农架都是野人啊？"

黑狗子突然叫了一声："不如让文教授和胡阿姨也喝个交杯酒吧！"

胡爱莲连声说："不好，不好。"

黑狗子不由分说地抓住胡爱莲和文八斗，让他们推辞不得。俩人喝交杯酒时，文八斗用另一只手紧紧地握着胡爱莲的手，胡爱莲突然有一种触电的感觉。

黑狗子大声问："文老师，现在又没有太阳，您还戴着帽子干嘛？"

"不好意思，头发都掉了。"文老师边说边取下帽子。文八斗谢顶了，只剩周边稀稀疏疏的一圈。文八斗戴上帽子像小伙子，取下帽子就是老头子。他用手在前额摸了摸，似乎在整理那并不存在的发型。胡爱莲对这个动作太眼熟了，他年轻时的习惯动作。头发掉了，习惯却改不掉，这就叫沉淀。

黑狗子安慰道："没关系，没关系，还是原生态的好。"

村民们哄堂大笑，文八斗自嘲道："当然，当然，自然的就是最美的！"

有人在窃窃私语，因为胡爱莲曾经告诉村民："凤子从小死了爸"，没想到这"死去的爸爸"从天而降。大家不清楚这个爸爸是凤子的亲爹，还是凤子从北京引进的"后爹"。不管胡爱莲如何解释，村民们总是半信半疑。一直不受关注的凤子家，这两年相当吸引眼球。村民们的生活实在无聊，也难怪他们对能够制造新闻的家庭格外追捧。

正当村民们兴奋地划拳赌酒的时候，一位手握竹竿的算命瞎子跌跌撞撞地走了过来。

他急促地问："哪位是胡爱莲啊？"

"我就是。您有事吗？"

"你把手伸过来，让我摸一下。"

胡爱莲疑惑地把手伸了过去，算命瞎子摸过之后兴奋地叫道："哦，没错，真是的。谢谢你了，我的恩人。"

"我并不认识您，您谢我什么啊？"

"你回忆一下，二十多年前你曾经给我吃过两碗稀饭。"

胡爱莲给算命瞎子端过来一把椅子，扶着他坐下。

"老大爷，您认错人了，我真的不认识您。"

"不会错的，这个地方我记得清清楚楚，这双手还是原来的那双手。你再想想，二十多年前，我在你隔壁一户人家算命，那户人家没有饭了，你带我到你家，给我吃了两碗稀饭。"

黑狗子的爸爸喝得半醉。他在一旁叫道："我记起来了，您说得对。当时我家黑狗子总是害病，想找个算命先生算一下，逢凶化吉。算完之后，他找我讨吃的，我家没有饭了，你说你那边正好还有一点，就带他过去了。"

胡爱莲这时才记起，凤子半岁时，她抱着凤子到隔壁黑狗子家看热闹，最后还把自己家的饭菜给算命先生吃了。

算命先生动情地说："我当时饿得两眼昏花，是你雪中送炭。"

胡爱莲疑惑地问："这么多年了，您怎么还记得呢？"

"每天都在走黑路，我担心记不住路，但我牢牢记住了你的名字和这双手。我知道有一天，我一定会回来谢你的。我当时就算过，你年轻时过得很辛苦，但老年会享福。你的凤子不是一般的孩子，她的骨子里有难得的灵气。上个月，我掐指一算，知道今天是凤子大喜的日子，还算出你久别的情人会团聚。这等好事我不能错过啊！"

黑狗子笑着说："算命瞎子太神了！"

"说话的小伙子是黑狗子吧？"

"嘿，您怎么知道的？"

"你的名字还是我取的呢！你当时总是犯病，你爸让我给你算一卦，我给你开出的'命运处方'就是换个乳名，叫黑狗子。名字贱，身体才会好。"

"黑狗子，赶紧给算命先生敬酒！自从换了名字之后，你的身体就日渐强壮了。"

"酒免了。这世界上的事情有得有失。你原来的乳名叫白面儿。如果我不给你改名，你的身体会差一些，但你可以考上清华大学机械系，中国二汽总设计室里就会有你的身影。遗憾啊！你现在只能开三轮车了。一年到头，风吹雨淋连感冒都不患一次。"

黑狗子听得玄乎其玄，他笑着说："虽然没有上清华，但我还是要感谢您。我现在很健康，也很快乐。那清华不上也罢！"

酒至半酣，凤梅组合背起吉他，为乡亲们演奏了《灵魂深处的呼唤》，乐曲优美舒缓。在夜色之中，在月色之下，乐曲越过山脉，飘向无垠的宇宙。黄龙觉得整个人都沉浸在音乐之中。每一分、每一秒、每段旋律、每个音符都能打动黄龙；一张张脸、一个个眼神，黄龙都会铭记心里。

水乳交融

深夜，金猴山上晃动着两个人影，隐隐能听见说话声。

"莲儿，当时我人在北京，心却留在了巴东。真的让你受苦了。"

"有这么个宝贝女儿，任何苦都算不了什么。但当时我是恨你，真想把你杀掉。"

"莲儿，今天借孩子的婚宴，我们也喝了迟来的交杯酒。"

"红军，你还好意思。当着那么多人，你抓着我的手。"

"只是八斗已经不是当年风流倜傥的红军了。头发白了，谢顶了，啤酒肚也出来了。来之前，凤子非让我把头发染一下。我没同意，就是想以原生态的形象来见你。"

"说实在的，第一眼看到你，确实让我大吃一惊，但这两天看习惯了也就好了。又是另外一种魅力，同样很耐看。"

山上没有了声音，两个人影紧紧地抱在一起。当胡爱莲躺在文八斗怀里的时候，她突然有些恨自己。如果当初怀孕后马上到北京找文红军，而不是碍于面子躲进深山，如果二十五年之前有手机……但自责只能埋在心里，一定不能给文八斗有自我赎罪的感觉。

清晨，一对老情人的眼睛是红肿湿润的，但脸上却洋溢着春天。文八斗张口一个"莲儿"，闭口一个"莲儿"。该叫"莲儿"的地方恰如其分地叫一声"莲儿"，不该叫"莲儿"的地方无病呻吟地叫一声"莲儿"。凤子的心里比蜜还要甜，她知道妈妈一辈子真的不容易，有个幸福的晚年也符合文八斗对"罪有应得"的新注解。

晚上，黄龙和凤子钻在被子里聊天，凤子甜蜜地依偎在黄龙的怀里，表演她一贯以来的撒娇。她问黄龙："幼稚老公，你究竟最喜欢我什么啊？"

黄龙说："只要属于凤子的，我一律喜欢，毫无保留地喜欢，从头到脚地喜欢。多情的眼睛，性感的嘴唇，每一根头发，还有每一个神态……"

凤子说："大作家，你听清楚我的问话了吗？我是说'最喜欢'，是一道单选题。"

黄龙说："都是一样的最喜欢！"

凤子说："不行的，只能说一个。"

"小凤子，你想听真心话吗？"

"当然啦，咱们之间还能掺假？"

"那我说出来了，你可不能生气啊！"

"言者无罪！"

"我喜欢你的圆圆的、鼓鼓的、白白的，还有一对可爱的小酒窝……"

"我的脸？"

"错，屁股！"

"讨厌！"凤子开始在黄龙身上习惯性地拍打，她半嗔半笑地说，"你就不能说点高雅的吗？"

"真实的就是高雅的。"

"幼稚老公，你的可爱之处就是你的幼稚，一种真实的幼稚。"

黄龙看到凤子嗔怪时皱起的眉头，恍如微风吹皱的湖水。他知道历史上还有一个很会皱眉头的女子叫西施，但他坚信西施皱眉绝对不能与凤子同日而语。西施的那种皱眉，充其量也是通过幽灵隧道软件从凤子这儿剽窃的招数。历史上不是有个什么典故叫做"西施效颦"吗？

从此，凤子每次洗澡之后总是情不自禁地对着镜子看看屁股，欣赏那对可爱的小酒窝……每次想起黄龙的这句话，她就觉得好笑，恐怕会偷偷地笑上一辈子。凤子想，或许这就是嫁给作家的好处吧！

清晨，两只黄鹂鸟站在新房的窗台上叽叽喳喳，似乎在对红窗花品头论足。两位新人躲在被子里卿卿我我。黄龙在凤子的胸部吹一口气，捂一下；又吹了一口，再捂一下。凤子酥软地蜷缩在黄龙的怀里，眼睛半睁半闭，口中喃喃地问："幼稚老公，你在干什么？"

黄龙一本正经地回答："热奶。"

凤子哭笑不得，低声抱怨："文人的坏毛病真多！"

面对黄龙的幼稚行为，凤子不好意思直视他。她只是睁着眼，羞涩地斜视着天花板的远角。表面上凤子心不在焉，事实上她正屏气凝神地享受着"热奶"的过程。凤子的脸上露着媚态、娇态、羞态、醉态。四态，既错综复杂，又水乳交融。

又是一个上午，又是一个金秋。文八斗陪胡爱莲到地里割稻谷。文八斗说："这几天的时间，我要把莲儿吃过的苦好好地品尝一遍。不用黄龙和凤子做帮手，把我一个人累死了算了！"

文八斗放眼望去，地里一片金黄，山上一片翠绿。黄绿相间，错落有致，再高档的相机也记录不了风景的精妙之处。这风景，宛如二十五年前的莲儿，让文八斗怦然心动。

三三两两的农民在地里忙碌。他们只知道手里拿着的是金灿灿的粮食，不知道拿着的是金灿灿的风景。胡爱莲承包了山洼里的一小块稻田，她和文八斗俩人一起把稻谷割下来，装在箩筐里，再抬到路边的手推车上拉回家。

文八斗问："平时你一个人是怎么收割的？"

胡爱莲笑着说："一个和尚挑水吃，两个和尚抬水吃。"

虽然胡爱莲说得一脸灿烂，但文八斗听得一肚子的心酸。他对眼前的这个女人肃然起敬。

"莲儿，为什么你不找个男人啊？这样也不会把自己弄得这么苦。"

"爸爸肯定希望我找，家里有个男人撑着，日子会好过一些。虽然媒婆三天两头地往家里跑，但我实在不忍心让我的漂亮女儿叫一个陌生男人'爸爸'。时间长了，媒婆渐渐失去了耐心，我也落得一份清静。"

这句话多少给了文八斗一点安慰，一些解脱，一个借口，至少胡爱莲不是痴痴地等他而耽误了婚姻，否则他会觉得自己十恶不赦！文八斗还能说什么呢？除了感动，还是感动。在母爱面前，父爱显得多么苍白、多么渺小啊！

文八斗突然问："莲儿，你觉得凤子喜不喜欢她爸？"

"喜欢，喜欢，你是她爸，她能不喜欢吗？"

听到这句话，文八斗的心里踏实了许多。

胡爱莲也不停地问文八斗："你觉得我们的女儿漂亮吗？"

"漂亮。"

"我给你生了个这么漂亮的女儿，你高兴吗？"

"高兴，高兴，你说我能不高兴吗？"

这段对白，滋润着这对老情人沧桑的心灵。这段对白，是真正的"灵魂深处的呼唤"。他们想老得走不动了，每天就叨唠这几句话。世界上最好的复读机是老年痴呆，最幸福的老年痴呆就是重复念叨那美好的时光。文八斗让黄龙和凤子好好地享受蜜月，不让他们插手家里的农活。

胡爱莲只是嗔怪："红军，孩子被你惯坏了。"

文八斗暗忖："这就是伟大父爱的觉醒。"

几口人终于要回京了，胡爱莲躲在房里哭得厉害。文八斗一个劲儿地安慰她，承诺很快就会到神农架来陪她安度晚年，以后永不分离。爷爷带着一群乡亲把他们仁送到路边。

文八斗坐在三轮车上叫喊："阿爸，我很快就接您到北京去！阿爸……"

爷爷使劲地挥手："孩子，你还要陪我到巴东去，看看二十多年没有见面的老乡啊……"

神农架之行收获最大的要数文八斗，来时叫"阿伯"，走时叫"阿爸"。

第十章

春蕾圆梦

黄龙期盼已久的春蕾文学奖终于尘埃落定。《空想企业家》、《药》、《人在旅途》三部长篇小说榜上有名，三位年轻人脱颖而出。颁奖现场，黄龙见到了《人在旅途》的作者平凡，但没有看到《空想企业家》的作者白龙。

平凡的名字很平凡，长相却非常不平凡。一米六五的个头，三月桃花般的脸蛋。上身紧绷着鲜红的外套，下身穿着透亮的白纱裙，腿直而修长。高高翘起的臀部，像另一张骄傲的脸——货真价实的美女作家。不像某些女性，只是长着一张人脸，外加一篇小学生作文，就大言不惭地号称"美女作家"。

黄龙特意穿了一件有"故事"的西服参加颁奖典礼。当年一个小伙子拎着一件旧西服在路边叫卖，黄龙的目光在西服上扫了一眼，小伙子马上迎上来说："兄弟，这件西服是特殊材料做成的，火烧不着。只是我要回老家，才忍痛割爱处理掉。"小伙子随即拿出打火机烧衣服，果然如此。黄龙冲着这个卖点，掏了两百块钱买下西服。一则给急于回家的小伙子帮个忙，二则乘人之危占点小便宜。黄龙知道出租房火灾隐患多，只当买回个消防用具。第二天，黄龙看到小伙子拎着同样的西服讲述着同样的故事。黄龙知道自己上当了，不过难过了几天就好了。这件西服平时皱巴巴的，参加典礼前凤子执意要拿到外面熨一下。黄龙不同意，西服就值两百块钱，干洗一次要花三十五块钱。不出几次，干洗费就超过了西服本身的价值。

颁奖之后，主办方安排两位获奖者作获奖感言。平凡首先发言："我的作品就像我的名字一样，非常平凡。我一直没有多少期待，因为我觉得机会很渺茫。中国年轻人中有许多优秀的作家，春蕾文学奖的评选四年才一次，排着很漫长的队伍。我的获奖只是一个偶然。"谦虚的感言配上不谦虚的表情，简直像一剂春药。记者们开始了不平凡的骚动，一双双充血的眼睛恨不得直接长到白纱裙上去。灼热的目光射向白纱裙，白纱裙再把目光散射到会场的每个角落。白光刺得黄龙实在睁不开眼睛，靠手搭凉棚也看不清台下记者的脸庞。

"平凡小姐，您的小说和张爱玲的风格特别相近，水平真的有得一比。"

平凡似乎有些不高兴，只是淡淡地说："过奖了。你把我抬得太高了，我有些头晕。鄙人只配给张爱玲捶背洗脚。"

"平凡小姐，你认为是不是获奖了，你的书马上就会畅销？"

"不会的。一个月之后大家就会淡忘我……还有我的作品。我仍会将大部分精力放在创作上，文学是一个相对寂寞的领域，不可能像电视剧那样吸引眼球。"

"当你听到你的小说获奖之后，你是怎样的感受？"

"听到获奖的消息，我的确很高兴，但也很平静。我很了解我自己，我是一个平凡的人，获奖并不能代表什么，只是评委对我的一次鼓励。"

平凡过度地谦和，用力地微笑。她不停地抚摸被微风撩起的短裙。记者的目光被一撩一抚的短裙吸引了过去。主持人示意大家淡定，因为还有一位获奖者要发表感言。

黄龙清了清嗓子说："如果大家想听假话，我会说我的作品很一般，获奖只是偶然。如果大家想听真话，我告诉大家，我期待这个奖项已经很久了。我的小说对得起这个奖项，我无数遍地修改小说，我觉得中国当代很少有人像我这样用心写作了。因此，我很少看当代作家的作品，只读一些经典名著。中国的作家很多，比贪官还要多。有人仅仅把'作家'两个字当成了噱头，当成致富的手段，根本没有用心挖掘文学的内涵。"

黄龙的获奖感言引起了现场骚动，骚动的程度超过了美女作家的白纱裙。这种张扬的感言有悖于中国的传统文化，有悖于现场祥和的气氛，有悖于平凡作家的性感裙子！平时大家都在说假话，但还得一板一眼地说。说假话成了一种礼仪，一种美德。时间久了，大家对真话反而不适应。美女平凡这时显得无比难堪，面色由平凡的粉红变成了不平凡的通红。看来相关部门亟待制定获奖感言的政治审查程序。

有记者质问："难道中国就你一个人在认真创作吗？"

"我在书店里买回来的书让我一次次失望，顿时觉得图书市场是个骗局。或许有些好书我没有买到，或许有些好书没有得到出版的机会。"

"黄龙，听说评委会主任文八斗是你的老师，你觉得他有没有偏袒你？"

"文八斗的确是我的老师，至于偏袒了没有，我也不清楚。你们可以去问他。"

"黄龙，听说文八斗是你的岳父？不知道这个消息是真是假，请你证实一下。"

"现在的确是我的岳父，但评奖之前他不是我的岳父。"

"也就是说获奖之后变成了你的岳父，你能保证'岳父'与'文学奖'之间没有任何关联？"

"朋友，我听过钱权交易、权色交易，但从来没有听过奖色交易。如果我和文老师之间是奖色交易，主委会还得授予我一个创新奖。有没有交易姑且搁在一边，你可以拿我的小说和近些年出版的任何小说比较，你可以拿我的小说和历届获奖小说比较。"

"黄龙，恕我直言，我觉得《药》比《人生旅途》差远了！平凡小姐这么谦逊，而您却这么张扬。不仅作品反差大，人品反差更大。"

听到这句话，平凡的脸色从通红又恢复到粉红。主持人觉察到火药味太浓，立即宣布颁奖活动结束。记者们一窝蜂地围住美女平凡，闪光灯犹如一只只色迷迷的眼睛。台下一个蓄着小胡子、戴着粗大的金项链的人一直冲着黄龙坏笑。黄龙觉得他有些面熟，但脑子似乎有些短路，一时记不起这个人是谁。黄龙很知趣地退场，朝公交车站一路狂奔。在摇摇晃晃的公交车上，他突然记起那个套金项链的家伙是打铁公司的老板金皮皮。

全国人民都听到了黄龙的获奖感言，包括丘月和凤子，包括黄老幺和黄大妈，包括文八斗和朱秀德，包括所有的文学爱好者和文学不爱好者。每个人都受到了冲击，每个人都有感言之余的感言。有人给黄龙发邮件称赞他的勇敢，有人给黄龙打电话骂他不知天高地厚。对于所有的褒贬评价，黄龙都是一种回应："感言是我的另一部作品。"

第二天，《京城早报》头版用一个版面介绍《人生旅途》，并配上了美女作家平凡的特写艺术照。报纸的角落有一则短讯："另外两部获奖作品是黄龙的《药》和白龙的《空想企业家》"。

黄龙打开邮箱，收到一封邮件："黄老师您好，我是京都大学中文系的在校生，我的名字叫宁宁，很冒昧地给您发这封邮件。我看了春蕾文学奖的颁奖直播节目，特别欣赏您的获奖感言。您是一个很有个性的文学天才。我想拜您为师，跟着您学写作。"

黄龙草草地回了几句："宁宁你好，论年龄，论阅历，我不能当你的老师，只能算作你的师兄。我没法教你写作，因为写作是一种天赋，后天学不来。"从此，小师妹宁宁再也没有给黄龙发过邮件了。

《空想企业家》的作者叫白龙。黄龙想：难道此白龙就是彼白龙？但他很快否定了自己的想法，因为白龙从来没有创作的念头，他一直宣扬文学无用论。黄龙在当当网上买了一本《空想企业家》。小说扉页上印着一行黑体大字："谨以此书献给一同空想过的袁老板和邹婆婆"。

这时，黄龙接到一个陌生号码发过来的短信："白龙祝贺你获得了春蕾文学奖！"

黄龙赶紧打电话过去："白龙，我更要祝贺你！真没想到，你不动声色就获奖了！"

"黄龙，原谅我换手机号没告诉你，我闭关三个月，写出了《空想企业家》。"

"文老师说咱们有文学天赋，但事实上你比我强得多。我写《药》前后花了五年，你三个月写一部小说就能获奖。"

"不能以时间论天赋。曹雪芹一辈子写了一部《红楼梦》，难道你能说他没有天赋吗？每个人爆发的时间节点不同，我在卖情趣短裤时就在积累素材，办企业不能空想，当作家同样不能空想。《空想企业家》不仅是一部小说，更是我的自传，我的人生检讨书。"

"你太牛了，检讨书也能拿文学奖。"

"我总结了自己做企业处处碰壁的原因，我根本不是做企业的那块料。人生就像站在酒店的走廊上。有些人一辈子不努力，不去推门，在走廊上游荡了一辈子，也没有找到属于自己的房间。人生需要不断地推门，找到适合自己的房间。我转了一圈终于明白，文学才是我的归宿。"

获奖之后，《药》稳稳地坐上了当当网畅销书榜的前十名，偶尔有几本炒作书把《药》挤下去，但《药》很快又恢复了前十名的尊位。地摊上随处可见《药》的盗版书，一度无人问津的《药》，一夜之间变成了灵丹妙药，医治患有虚热症的读者。黄龙和白龙走上了中国文学的舞台，公众预测中国文坛即将进入二龙戏珠的时代。

风水轮回

继上月和朱秀德吵架之后，昨天文八斗又和朱秀德吵架了。朱秀德点名批评他："文老师，你为什么不参加上周的学术活动？"

"因为讲座主题和我研究的领域毫无关系。"

坐在朱秀德旁边的小钢炮帮腔："只要是学术活动，所有老师必须参加。咱们系不是早就规定了吗？咱们是个集体，不能光凭兴趣办事啊。"

文八斗反驳道："我们是学术机构，不是政治团体。不能在系里搞政治运动。"

小钢炮用更猛的火力压制住文八斗，因为朱秀德承诺明年提拔他当系副主任。从工会小组长升为系副主任，绩效考评时的职务加分将由两分变成十分，那是什么概念啊？那是火箭的速度！小钢炮每次想到这个就浑身颤抖。这段时间他特别卖力，朱秀德指向哪里，小钢炮就打向哪里，射程足以覆盖整个东海和南海。

　　"文老师，您是前辈，我们理应尊重您。但您这么自由散漫，怎么能给年轻人做好表率啊？"

　　"我对讲座内容不感兴趣，你们非得让我坐上三个小时，你们觉得有意义吗？"

　　"如果大家都说没兴趣，咱们系就不用搞学术活动了，人人变成了个体户。其他老师都来了，就您没来。您表现得这么牛气，也不见您的学问比别人做得好啊！"

　　"反正不感兴趣的讲座我就不参加。你们看着办吧，该罚款就罚款，该开除就开除吧！"

　　"我没有权力开除您。我只能照章办事，您这个月的绩效奖没有了。"

　　朱秀德只是坐在一旁静静地喝茶，像一位胸有成竹的将军欣赏手下小钢炮单挑文八斗，连小洋炮和小铜炮都找不到发炮的机会。文八斗被年轻人数落了一顿，在家里足足躺了三天。他不停地问自己："我还有什么不知足的呢？虽然中文系的老师在我后面指指点点，但我依旧可以我行我素，敢于藐视一切指指点点的人，自由自在地活了一辈子。该骂的人我骂过了，该写的文章我也写过了。做梦都没想到上帝突然赐给我一个宝贝凤子，找到了初恋情人莲儿。"

　　从床上爬起来之后，文八斗开始运作病退的事宜。他想到神农架

225

去隐居，给莲儿讲讲故事，给凤子带带小孩，种种花草，打打太极，过几天闲云野鹤的日子。正当文八斗全力操办病退的时候，中文系突然出现重大变故：黄厚德和江有德在一个月之内相继去世。

整理好病退材料之后，文八斗去寻朱秀德签字，结果她不在办公室。文八斗到系办公室一打听，才知道朱秀德生病住院了。文八斗买了一些礼品到医院去探视，想趁机让朱秀德签个字。他找到病区后心头一紧。肿瘤科？文八斗赶紧跑到医生办公室打听，确认了病房里的朱秀德就是京都大学中文系的朱秀德，一个步入乳腺癌晚期的朱秀德。文八斗被这突如其来的消息弄得心乱如麻。他不知道自己应该喜，还是应该悲。迈左脚时，他觉得应该悲；迈右脚时，觉得应该喜。他来回走动，走廊里响着悲喜交加的脚步声。经过三个小时的悲喜摇摆之后，文八斗一锤定音地把情绪定格为"悲"，理由是朱秀德这辈子活得很不容易。

朱秀德身形消瘦，表情沮丧。癌细胞那群食肉蚁吃完武师母之后，转头又来啃食朱秀德了。文八斗坐在病床边，久久地握着朱秀德的手，表现出一个亲人、一个老同学、一个蓝颜知己应该表现出的那种表情。他安慰道："秀德，没有战胜不了的疾病，缺少的是战胜疾病的信心。"如果朱秀德没有患癌症，她一定会对这种粗俗的说教嗤之以鼻，但这个时候，她却把这句话当成了灵丹妙药，每天在心里默默诵读几十遍。文八斗，朱秀德心目中曾经的臭狗屎，一下子变成了普度众生的观世音，变成了佛法无边的如来佛。

朱秀德紧紧地抓住文八斗的手问："八斗，咱们认识多少年了？"

"算上今年，应该三十五年了。"

"八斗啊，你当年在大学里可是了不得的风云人物，京都文学社社长，我只是你手下的一名小干事。”

“那是过眼烟云，早就忘了。”

“你怎么会忘呢？在学校礼堂里，你朗诵了自己创作的抒情诗，赢得了满堂喝彩。”

“是啊！那次诗会你是主持人。你穿着鲜艳夺目的舞台服装，外加灯光效果，像个下凡的天使。”

“八斗啊，从感情上讲，咱们应该是最亲近的。但学术上出现了分歧，交往也出现了问题。你不计前嫌，专程跑到医院来看我，我很感动！”文八斗一直犹豫该不该拿出《病退申请书》。但他终于没有拿出来，安慰几句之后道别离开了。

文八斗是来探视次数最多的同事之一。在朱秀德生命即将结束时，一切恩仇都画上了句号。文八斗每次探视时都带着那张《病退申请书》，右手握着朱秀德枯瘦的手，左手一直攥着放在口袋里的《病退申请书》。

又是一天清晨，文八斗准备去医院给朱秀德送点营养早餐。他站在盥洗间的镜子前，看到自己两鬓斑白，扪心自问：“为了这个《病退申请书》，我花了很大气力才疏通校方关系。为什么突然又犹豫了呢？难道我还在等待什么吗？”

凤子在客厅里大声说话：“爸爸，趁这段时间朱秀德心灰意冷的时候就让她签了吧。您不是说要带着我们的孩子到神农架去安度晚年吗？”

文八斗应了一声：“傻丫头，咱们怎么能乘人之危呢？”

“但您已经给我妈承诺了，您不能说话不算数啊！”

“生活有时就是一种无奈。”

当文八斗陪朱秀德追忆似水年华的时候，中文系里正在暗流涌动。小钢炮写匿名信举报小铜炮的学术不端，小铜炮发微博公布小洋炮的不雅视频，小洋炮向纪委揭发小钢炮行贿受贿……

三个月之后，朱秀德随泰斗次斗而去，临终时只有文八斗一个人在场。朱秀德生前做一万种猜想也想不到自己会倒在敌人的怀里。是幸福还是痛苦，是成功还是失败，恐怕只有朱、文二位心知肚明。聪明的读者和愚钝的作者做一万种猜想也不一定能猜透朱、文的心思。文八斗的怀抱如此温暖，朱秀德走得如此安详。如果当初他们的办公室被安排在一起，或许他们会成为一对令人羡慕的情侣。令人遗憾的是，生命之中只有如此，没有如果。

根据朱秀德临终前留下的安排，文八斗被任命为中文系系主任，三门大炮集体哑火。在文八斗强有力的张罗之下，朱秀德的追悼会办得有声有色，除小钢炮、小铜炮、小洋炮缺席之外，各色人等悉数到场。文八斗哭得痛心疾首，难以自持，由学生搀扶才艰难地完成追悼会的全部流程。

文八斗动情地说："在这个世界上，陪伴我时间最长的是秀德教授。我和爱人相伴了三十年，我和儿子一起度过了二十五年，然而我和秀德相识相伴了三十五年。风风雨雨三十五年，苦过累过三十五年，吵过闹过三十五年。试问各位，人生能有几个三十五年？秀德，在你离开的时候，我才感觉相逢是一种美好。三位权威相继去世，对中文系而言是一个重大的损失，也是京都大学校史上空前绝后的损失。这种损失在不远的将来就会凸显出来……"

文八斗停顿片刻，缓解了一下悲痛的情绪，又继续哽咽道："秀德，你的英年早逝，给中文系师生敲响了警钟。大家要加强锻炼，保持心情愉快，有病早治。成功失败，如过眼烟云；功名利禄，乃身外之物。活着才是最大的胜利。"

文八斗的表现可圈可点，师生们更是议论纷纷。

"那场恸哭把整个追悼会推向了高潮。凭他耿直率真的性格是装不出来的。"

"他和她斗了一辈子，最后是他把她克死了，而不是她把他整死了。"

"他太虚伪了，潜伏得太深了！"

"他不是在哭她，而是在哭自己的人生。"

一周之后，中文系会议室里花团锦簇，一派喜气洋洋。文八斗在全系师生大会上发表了气贯长虹的就职演说："你们也知道，我文八斗是不想当这个系主任的。这段时间，我一直忙着办病退手续。在秀德教授住院期间，我曾让她在《病退申请书》上签字，结果被秀德教授当场撕掉了。她骂道：'八斗啊，中文系正处于危难之际，你还想临阵脱逃吗？你对得起我这个老同学吗？你忍心对系里的工作袖手旁观吗？'面对秀德教授的质问，我无言以对，我没有理由拒绝领导的临终嘱托。我也希望全系师生化悲痛为力量，循着三位前辈的足迹，把中文系建设得更好。"

文八斗的就职演说赢得了阵阵掌声。他从来没有这么轻松过，也从来没有这么豪迈过；从来没有这么真诚过，也从来没有这么幽默过。愤世嫉俗的文八斗转眼变成了人类浪漫主义的鼻祖。那头型，那身材，那神态，那气度……一切都那么完美，文教授一下成了女生眼中的真男人。人生都会有春天，或长或短，或早或迟。短的一瞬间，长的一辈子；早的在子宫，晚的在天宫。

国家编制

文八斗上任后大刀阔斧地实施改革。围绕京都大学要建成"世界一流大学"的总目标,文八斗提出了"世界一流中文系"的分目标。结合战略目标,中文系决定做相应的人才引进计划。

晚上,春风得意的文八斗在客厅里来回走动,不停地叨唠:"校领导已经批准了两个人才引进指标,其中一个人才标准是三十岁以下的男性,大学本科,获得过春蕾文学奖。小黄,符合这个条件的人很少啊,这是我为你量身定做的。"

黄龙放下茶杯说:"爸爸,我知道您的良苦用心,但我不想待在高校,自由创作会更好一些。"

"小黄,你是性情中人,但我们不得不面对现实。凤子现在有孕在身,如果你能顺利进入京都大学,你们一家子才算在北京扎了根,小孩将来也才有北京户口。"

"为什么非得要北京户口呢?"

"这个还用问吗?现在弄个北京户口比弄个美国绿卡还要困难啊!往小处说,买房买车,哪样不需要北京户口?往大处说,小孩将来高考就业,哪样又能少得了北京户口?这是个难得的机会,你抓住了这个机会,将来就会有完全不同的人生。"

"爸爸,我看清了中文系这些年的明争暗斗。虽然您当上了系主任,但新的矛盾不可避免。我只想静静地写作,不想蹚浑水。"

"在大学工作与写作并不矛盾,反而能相互促进。你认识圈子里的人多了,你的作品自然会得到承认。只有你成了中文系的老师,你才能名正言顺地拜熊主席为师,你才有机会拿到和谐文学奖。这是中国文人成名的逻辑，遵循这个规律就能事半功倍。"

"自从获得了春蕾文学奖，我就平静淡泊了，大家认不认同无所谓。身外的东西是瞬间的，内在的东西才是永恒的。只要写出经典的作品，即使现在得不到认同，将来也会得到子孙后代的承认。"

"你是个完美主义者，但任何完美的理想只能在不完美的现实中蜿蜒前行。连生存都解决不好的人，还谈什么经典？你单身时可以随心所欲，但现在有了家，稳定压倒一切。春蕾文学奖只是个山丘，离和谐文学奖还相当遥远。有了国家编制，有了京都大学这块招牌，你的枝叶才能伸得更远。"

"编制又不能带到阎王那儿去。人生几十年，何必用编制来束缚自己呢？"说完这句话，黄龙有些后悔。他的喉结动了几下，似乎想把话咽回去。

文八斗有些不高兴，毕竟他为黄龙好，也是对凤子负责。文八斗和黄龙是多年的忘年交，变成亲人之后，反而出现了分歧。文八斗热切地看着凤子，似乎希望她站边表态。凤子犹豫了一下说："爸爸，您不用再劝黄龙了。我也觉得他不适合待在高校里，毕竟现在的高校已经不是象牙塔，而是另外一个政治角斗场。他太幼稚太真实，一个不会虚晃的拳击手肯定会被动挨打。"

凤子的表态让文八斗有些吃惊。谈话没法继续下去，大家只好以睡觉收场。黄龙和凤子回到房间，黄龙对凤子说："小凤子，我想听听你对这件事情的真实想法。"

"你们的观点无所谓对错，关键看一个人的取舍。如果我们想安稳，爸爸的建议肯定是对的，一辈子平平安安地过日子。在这个世界上，漂泊的人寻找平静的港湾，平淡的人向往生命的涟漪。如果咱们想安稳，爸爸的建议肯定是对的，一辈子平平安安过日子。与其说你想自由自在，不如说你有更大的野心。"

"我真的没啥野心。我只是向往神农架的生活，让小孩上个野人户口，我们在那儿垒个石头屋，写写小说，种种果树。我只想做生活的旁观者，看看这个世道的沧海桑田。一旦患了癌症，直接跳入长江，既干净又壮烈。"

"你别在我的面前提到死，我们会永远活着，永远……"凤子边说边紧紧地抱着黄龙，"幼稚老公，我要提前给你打预防针，神农架既不是世外桃源，也不是人间天堂。你上次到神农架去，乡亲们把你当客人笑脸相迎。如果你真的在那里长住下来，也会产生这样或那样的矛盾。"

"那咱们就跑到没有人的原始森林去，与野人为伍，与外星人为伍。"

"你说了算。嫁鸡随鸡，嫁狗随狗，嫁给黄龙满山走。喂，幼稚老公，爸爸今天晚上的兴致那么高，你以后说话要委婉一些啊。你直接拒绝了他，我知道他心里好难受。"

"也是，我一着急就说错了，真的很后悔。那你就踢我的屁股，惩罚一下！"

"踢屁股能解决问题吗？"

"那我给你写一份书面检讨？一万字的。"

"写十万字也没用。"

"那你说咋办呢？实在不行，那就亲一下屁股上的酒窝？"

"幼稚老公，讨厌……"

黄龙捐肝

凤子有孕在身，黄龙不敢用电脑写作了。听说电脑有辐射，他担心辐射从他的体内转到凤子的体内，伤害小宝贝。他没学过医，不清楚辐射会不会通过身体间接传播，但还是决定小心一点好。

这天上午，凤子对黄龙说想去超市看看婴儿用品。

"小凤子，你每天都要逛婴儿用品商场。但看得多，买得少。"

"那当然。每天看看尿布和奶瓶，我觉得特别享受。"

"我今天不陪你去了，我要去买些新鲜蔬菜炒给你吃。"

"别说得那么好听了，你不就是想间接给你宝贝吃吗？"

黄龙刚刚下楼，就在楼下碰到了黄老幺和黄大妈。

"爸爸、妈妈，你们怎么跑到这里来了？"

"我们正准备上楼找你呢。"

"怎么事先也不打个电话呢？赶紧上楼坐坐吧。"

"我们不上去了，找个地方聊聊吧。"

三个人在校园一角坐下来，黄老幺首先开腔："黄虎三个月前被抓去坐牢了，他在监狱里身体状况很差，保外就医，正在医院抢救。不管你们兄弟有多大的怨恨，但这个时候你得出面。你是咱们家的顶梁柱，还得靠你顶起来。"

黄龙给凤子打电话，说有要紧事出去一下，让她自己到食堂吃饭。三人赶到医院，黄虎正处于昏迷状态。他带着氧气面罩，脚上和手上都插着输液管。面色暗黑，面容憔悴。黄龙几乎认不出弟弟了。近十年来，酒精是黄虎的首选饮料，喝酒变成了生活的习惯。不知是生活所迫，还是对酒的嗜好；不知是命运决定了性格，还是性格决定了命运。恐怕连黄虎自己也不清楚。

医生把他们三人叫到病房外的走廊上，对他们说："保住性命的唯一办法就是换肝。"

黄龙说："我年轻力壮，由我捐肝吧！"

黄老幺说："这个不行。换肝有风险，况且你结婚了，即使你愿意，人家凤子不一定愿意啊。"

黄虎在迷糊之中听到了外面的谈话。他不能说话，但在心里想："让我死掉吧！活着还有什么意义呢？"正在想这些的时候，他又昏迷过去了。黄老幺和黄大妈的体检不合格，不符合捐肝的条件。

黄龙恳求医生为他做检查，父母抓着他的手说："别查了，你也不符合条件。"

黄龙疑惑地问："为什么？"

黄老幺和黄大妈只是哭，没有回答。

"医生，我是黄虎的哥哥，我有权做出这个决定。"

"你们一家人想明白之后再找我吧。"

"救人要紧，没有商量的时间了。医生，请您马上给我做检查。"

黄大妈突然叫了一句："黄龙，别查了，检查也不行。因为……因为你根本不是我们的亲生儿子！"

"妈妈，您说什么？您急糊涂了吧？"

黄老幺哭着说："你妈说的是真的。"

黄龙终于知道了自己的身世。黄大妈年近三十仍然怀不上小孩，多方求治不见效果。乡亲们似乎比黄老幺还要热心这件事，三个一群，五个一堆，大槐树下，五丰河畔，枕头边，厕所里，到处都在召开黄大妈生不出小孩的研讨会。在农村，不会生小孩的女人就像不会下蛋的母鸡一样，往往成为别人耻笑的对象。黄大妈实在没法在村里待下去了，她躲到远方的亲戚家。偶然听说医院门前有个被遗弃的婴儿，黄大妈如获至宝地捡了回来。所谓黄龙出生时的久旱逢甘雨，完全是捡到黄龙时的场景。尽管黄老幺把黄龙抱回村之前做了大量的、耐心的群众工作，说黄大妈千真万确给他生了个儿子，而且还是顺产，但村里还是流言满天飞，都说她住在村里整天吃药也生不出孩子，怎么搬出去就生出来了呢？难道是咱们村的水土让她不孕不育？黄老幺和黄大妈恼羞成怒，一气之下，在门前贴上安民告示："生自己的儿子，让别人去说吧！"往后村民们的议论才慢慢消停下来。黄老幺和黄大妈的心情也随之放松了，没想到人一放松就容易怀孕。后来，黄大妈货真价实地怀上了黄虎，腆着大肚子在村里招摇过市。从此，不仅没有人怀疑黄大妈的生育能力，甚至有人吹捧她是生儿子的能手。一些只会生女孩、不会生儿子的妇女专程向黄大妈讨教生子秘诀。黄大妈只差在村里办个生男不生女的培训班了。

黄龙出生那年天气炎热，加上没有吃到母乳，黄龙的体质自然不好。这让黄老幺和黄大妈对黄龙多了一些偏爱，黄虎对此却很不高兴。黄虎认为父母偏心，甚至怀疑自己是抱来的。当黄虎有一次质疑自己的身世时，被黄老幺痛打了一顿。

黄龙知道自己的身世之后，找黄老幺要了一包烟，躲在厕所里猛抽。随后他从厕所里出来，径直走进医生办公室。

"医生，非直系亲戚可以捐肝吗?"

"可以，只是配型成功的几率小一些。"

"那就帮我检查吧!"

检查结果出来了，医生拍案叫绝："黄龙和黄虎的肝脏非常吻合，即使是亲兄弟，也没见过配得这么好的。黄龙的肝脏就是为黄虎而生的！"

黄虎有救了，黄龙激动得泪流满面。进手术室之前，黄龙给凤子打电话："小凤子，我有紧急事情需要出一次远门。这段时间，手机接不通。希望你照顾好自己。"

"一周之后就是预产期，你没有忘记吧？"

"亲爱的凤子，即使我出门了，我的心也会一直守在你的身边，我很快就会回来的。"

"你碰到了什么事，难道不能告诉我吗？"

"确实不方便告诉你，你现在的工作就是生孩子，其他事情都与你无关。每个人都要把自己的事情做好。你放心，我不会去干什么坏事的。"

尽管凤子很不高兴，但黄龙还是狠心地关掉了手机。救人的关键时刻，不能再有儿女情长。换肝手术非常成功。黄虎返回监狱之前，把刚刚出生的小侄女抱在怀里亲了又亲。黄虎的脸上露出了从来没有过的母性的慈祥……

黄龙和凤子把黄虎送回监狱，同在监狱的石敦厚给了黄虎一个拥抱。黄虎和石敦厚蹲在监狱里，他们除了劳动，就是政治学习；除了政治学习，就是讨论黄龙和凤子。黄虎没有想到黄龙会是抱养的，更没想到积怨深重的黄龙会毫不犹豫地捐肝。黄虎用意念在自己的心房内壁刻上一条才华横溢的瘦龙。

当黄虎叨唠黄龙时，石敦厚却想着凤子。凤子在监狱门前的一次晃动，足以让他数年的铁窗生活魂不守舍。他知道这辈子和凤子没有机会了，只能幻想下辈子化作一匹骏马，带着凤子驰骋草原……

白云深处

一天上午，黄龙到出租房找白龙。丁丁到上海参加诗会去了，白龙很懒散地躺在床上。黄龙看到白龙的枕头边放着笔和许多零乱的纸，上面潦草地写着字。原来，白龙躺在床上是为了寻找创作的灵感，他的文章都是躺在床上写出来的。白龙正在构思《空想企业家》的姊妹篇——《空想政治家》。

得知中文系引进人才的消息之后，白龙笑着说："黄龙，我有些动心了。你岳父为你量身定做的标准不小心把我也圈进去了。如果你不去，我可要去了。"

"你安心去应聘吧！我绝对不会去的。"

"但我有些担心，我怕不会写学术论文。"

"那有什么不会的？你拿两篇文章一看就明白了。照着葫芦画瓢，一周轻轻松松地画一个瓢。"

中文系的两个引进人才指标终于尘埃落定：一个是黄龙的大学挚友白龙，一个是文八斗的大学挚友马进京。马进京一辈子的理想就是留在北京，但事与愿违地分到了海市蜃楼大学。他多次托关系试图调回北京，但每次都功亏一篑。五十岁的生日一过，马进京彻底死了心。他万万没有想到失魂落魄的文八斗居然也有咸鱼翻身的时候，以致怀疑这一切都是虚无缥缈的梦。

马进京和白龙分别担任中文系副主任，成了文八斗的左膀右臂。副主任——白龙仕途的新高度。马进京和白龙能进中文系，实力是基础，八斗是关键。当"文派"纷纷进驻中文系时，"三德派"随之作鸟兽散。小钢炮投奔了太平天国大学的洪恩师，小铜炮投奔了水泊梁山大学的宋师兄。喝洋墨水的小洋炮在国内根基太浅，只能尴尬地留守京都大学。他从此沉湎围棋，不理时务。中文系会议室的主席台上依旧是那三把椅子，只是油漆斑驳的靠背上加了三个布套。开会的时候，主席台上仍然坐着三个人，座次不变，程序不变，内容不变，唯一变化的是三副面孔。

经过人事变迁之后，老师们似乎一夜觉醒，掀起了史无前例的健身热潮。大伙自发成立了太极拳协会、大步走协会、瑜伽协会等三大健身组织。太极拳协会的口号：恨你，就得熬得过你。大步走协会的口号：活着，就是最大的胜利。瑜伽协会的口号：人生，无所谓悲剧，无所谓喜剧。

白龙承担的课程是研读《这样的人生》。他声情并茂地朗诵小说的结尾："幸福的人生，在于自己品味。你体会不到幸福，每天吃龙虾鲍鱼也不会幸福；你体会到了幸福，每天吃打折面包也会幸福……"一名小女生对白龙深情地点头，表示心有灵犀。白龙暗想，难道她真是这么想的？难道打折面包也能嚼出鲍鱼的味道？白龙因一连串的胡思乱想而卡壳，在讲台上足足停顿了两分钟也想不起下文，只好无奈地宣布下课。

白龙走到小女生面前问："同学，你叫什么名字？"

"我叫宁宁。就是丁丁上面加两个宝盖头。"

白龙若有所思地说："哦……宁宁？这个名字很有趣。"

"白老师，您讲得太好了，没有生活阅历的人是讲不出这个高度的。我拜读了您的《空想企业家》，从小说主人公身上看到了您的影子。"

白龙不置可否地笑道："看来你还挺善于研究人的！"

宁宁很动情地说："那当然，凡是我研究过的人，往往都和我有缘……"

当黄龙的第二部小说《一席之地》、第三部小说《我们不是天使》相继问世的时候，白龙的第二部小说《空想政治家》仍然处于空想阶段。行政教学琐事缠身，酒会接待应接不暇，所有的时间与空间被塞得满满当当。白副主任，从来没有这么精神抖擞过，从来没有这么有滋有味过。系副主任是一剂灵丹妙药，彻底治好了他的婴儿病。

白龙和丁丁的感情走到了尽头，白龙告别了诗人，还有那部厚重的《唐璜》。不久，白龙结婚了，新娘是宁宁。小两口搬进了两居室，从此过上了幸福的生活。幸福如白开水，没有了情节，没有了故事。

和白龙分手之后，丁丁第一时间给黄龙打电话："白龙这家伙表面上很清高，骨子里俗不可耐。为了一个国家编制，彻底把自己卖了。当个狗屁副主任，居然在老娘面前摆官架子。我指着他的鼻子骂道，'姓白的，别摇头晃脑了！如果想做官太太，老娘早就成了市长夫人！'"

"丁丁，在这个世界上，一个人要做到真正脱俗，说起来很容易，做起来很困难。白龙这么做，也是想为你营造一个安稳的环境。"

"我什么时候让他营造安稳环境了啊？我追求的就是生活的多姿多彩，我讨厌世俗的东西，讨厌一潭死水的生活。黄哥，你和他完全不一样，我更喜欢你的卓尔不群！"

"谢谢你！当你深入接触之后，你会觉得我比白龙还要俗气。"

"黄哥，别谦虚了。我发自内心地喜欢你，我想让你做我的干哥哥，最亲最亲的那种干哥哥。"

"这个不太合适吧？我和白龙是很好的朋友。"

"那又怎样？难道这个时代还不能自由恋爱吗？咱们在一起，你写小说的时候，我就给你朗诵《唐璜》。咱们一起讨论文学，这是多美好的生活啊！"

黄龙一脸痛苦地讨饶："丁丁诗人，我不会做出这种选择的，否则凤子会把我杀了。"

"你可以同时和凤子好，我不会干涉的。真挚的感情是随情随性的，不需要预谋，不需要排练，不顾及后果。"

"感谢你对我的好感，但我的确很传统，不能做出这样的决定。对不起……"

"黄龙，我真的看错人了，没想到你是个胆小鬼。胆小鬼比官迷还要俗气！这个世界上真的没有男人了！"丁丁随即挂断了电话。

黄龙和丁丁的对话，凤子坐在旁边听得清清楚楚。凤子重重地放下手中的茶杯，露出一脸的不高兴。

黄龙捧着凤子的脸说："你这个醋坛子，怎么不高兴了？我不是马上就拒绝了吗？"

"黄龙，你拒绝得多么心不甘情不愿啊！我不会杀你的，你尽管和她好吧！这个丁丁也太不像话了，不去用心欣赏自己的老公，总认为别人的老公就是好的。"

"你怎么这么小心眼啊，我只是给丁丁留点面子啊！毕竟大家都是朋友。"

"对这种女人还要留面子？你无非是想给别人一点可趁之机吧？"

"亲爱的凤子，每个人都有爱别人的权利。"

"黄龙，你更有拒绝爱的责任！"

"那你告诉我，面对这样的女人，我以后应该如何拒绝？"

"你就直接说，'你是个水性杨花的女人，我讨厌你，我讨厌、讨厌、讨厌！'你记住了没有？"

"记住了。"黄龙对着凤子叫道，"你是个水性杨花的女人，我讨厌你，我讨厌、讨厌、讨厌！"

凤子拍打着黄龙说："讨厌！你对着我喊什么，你应该对着手机喊！"

黄龙对着手机叫道："你是个水性杨花的手机，我讨厌你，我讨厌、讨厌、讨厌！"

凤子噘起嘴说："在大是大非的问题上，我懒得和你开玩笑。"

其实凤子的担心纯属多余。丁丁转头把黄龙忘得一干二净，她哪有那份闲心和黄龙慢热调情呀？而黄龙也转头把这个世界忘得一干二净，他哪有那份激情再做什么证明题呀！

只见一个清瘦的男人拖着行李箱，一个清纯的女人抱着小龙女，携手向大山深处走去。女人随口吟诵："松下问凤子，言夫采药去。"男人随声附和："只在此山中，云深不知处。"俩人转过了拐角，不闻俩人的轻声慢语，但闻小龙女银铃般的笑声……

后 记

　　小说搁笔，遗憾多多。本人曾捏造了凤子和石敦厚的藕断丝连，凤子和黄虎的一夜激情，龙凤月的三角恋情……欲用无稽之谈迎合被快餐文学惯坏的读者。

　　后拿初稿给现实中的黄龙看，黄龙原型拍案大怒："无中生有，挑拨离间，歪曲事实，哗众取宠！"我无言以对，只好以事实为依据，一点一点地去伪存真。

　　问："黄龙和凤子躲进了神农架？"

　　答："不一定。一个有山、有水、有树、有鸟、有阳光、有歌声的地方。我的笔下，你的心中。"

　　问："丘月在哪儿？"

　　答："在廉价的快餐店，在高档的夜总会，在拥挤的公交车里，在豪华的轿车里……你的眼前，我的心中。"

　　问："凤子有原型吗？"

　　答："熟识的女士都说我把她当成了凤子的原型。原来，每个女性都有凤子的一面。凤子是黄龙的凤子，丘月是钱百毅的凤子。你找到了你的黄龙，你就变成了他的凤子。"

图书在版编目（CIP）数据

一席之地/潘习龙著．—北京：中国人民大学出版社，2013.10
ISBN 978-7-300-18131-8

Ⅰ．①一… Ⅱ．①潘… Ⅲ．①长篇小说-中国-当代 Ⅳ．①I247.5

中国版本图书馆 CIP 数据核字（2013）第 222852 号

一席之地

潘习龙 著

Yixizhidi

出版发行	中国人民大学出版社		
社　址	北京中关村大街 31 号	**邮政编码**	100080
电　话	010－62511242（总编室）	010－62511398（质管部）	
	010－82501766（邮购部）	010－62514148（门市部）	
	010－62515195（发行公司）	010－62515275（盗版举报）	
网　址	http：//www.crup.com.cn		
	http：//www.ttrnet.com（人大教研网）		
经　销	新华书店		
印　刷	涿州市星河印刷有限公司		
规　格	148 mm×210 mm　32 开本	**版　次**	2013 年 10 月第 1 版
印　张	7.875 插页 1	**印　次**	2013 年 10 月第 1 次印刷
字　数	176 000	**定　价**	29.00 元